文創風
537

傲王馴嬌

3
完

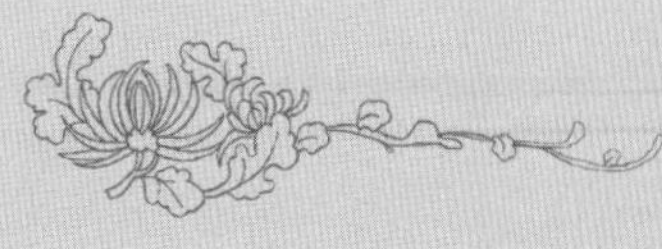

陸柒 著

目錄

第三十章

「王爺，是否需要派人進宮查一查幕後指使之人是誰？」見他突然不說話，雲鷲試探著問。

陸修琰搖搖頭。「不可。」

他身為親王，若是派人查探宮中之事，便是逾矩，亦是對兄嫂的不尊重。人與人之間要長久融洽地相處下去，離不開恪守本分四個字。

只是……若是如此不聞不問，終非他的性情。

想了想，他低聲囑咐了幾句，雲鷲聽罷，應了聲「屬下明白」便躬身退下。

宮中之事還是應該由宮裡之人處理，皇嫂身為後宮之主，那人又是借她的名義欺騙了阿蕖，想來皇嫂亦想早日揪出那人。

想到今日種種，陸修琰輕敲著書案，眉頭緊緊地皺在一起。

想不到皇兄竟然心中另有所屬，但是如此未免對與他同甘共苦多年的皇嫂不公；還有那刑夫人倩瑜到底又是什麼人？與呂家又是什麼關係？竟會為了呂家小姐而求到皇兄跟前……種種疑問縈繞心房，牽扯到兄嫂私事方面的，他自然不好去查，只是那刑夫人倩瑜言語中扯到自己身上，便不可能坐視不理。

他高聲喚了句「長英」，下一刻，長英應聲而入。

正房內，原本已經被陸修琰哄睡過去的秦若蕖緩緩睜開了眼眸，精光四溢。

到底是誰？是誰要針對秦四娘？能夠在宮中設局，當中必定牽扯到宮中勢力，而且這股勢力必定不弱。是康太妃，還是別的什麼妃嬪？世間絕對沒有無緣無故的針對，可是秦四娘那性子……還是說對方衝著端王，或者說……她？

她心中一凜，越想越覺得對方針對的是端王或者她自己的可能更大。端王位高權重，行事又是雷厲風行不留情面，結怨必定不少；至於她自己……常嫣嗎？她真正出手對付過，已經結下了仇，並且對方此時又在京城的，唯有常嫣一人。可是常嫣與宮中勢力有關？又或者說，宮中有什麼人會與常嫣聯手對付自己？

腦子越來越亂，只要沒有確定對方針對的是她還是端王，一時半刻也猜不出幕後主使是何人。

鳳坤宮中，紀皇后接過宮女呈上來的茶啜了幾口，待覺口中乾燥稍解後，這才用錦帕輕拭了拭嘴角。

正在此時，貼身大宮女斂冬一臉凝重地走了進來，俯在紀皇后身邊一陣耳語。

「什麼?!」紀皇后震怒非常，用力在寶座扶手上一拍，怒道：「簡直欺人太甚！」

「王爺將此事告知娘娘，想來也是希望娘娘能將此事查個水落石出，畢竟，那人竟敢借娘娘名義行事，可見……」斂冬沈著臉，也是相當惱火。

紀皇后此時已經漸漸冷靜下來，雙唇緊緊地抿著，臉色瞧來卻有些莫測。

許倩瑜，她終於還是回來了……

下一刻，她又嘲諷地勾了勾嘴角，一股前所未有的疲累洶湧襲來。

二十餘年的夫妻，二十餘年同舟共濟、生死相隨，無論她再怎樣努力，終究還是比不過那人在他心中的位置。

此時此刻，她終於體會到當年懿惠皇后的心情，亦明白她曾經對自己說的那番話的意思。

「娘娘……」見她默不作聲，斂冬有些擔心地輕喚。

紀皇后回過神來，端過茶盞又再呷了幾口，而後冷靜地吩咐。「去查一查今日各府進宮朝賀的命婦及她們帶進來的侍女。」

斂冬一時不解，疑惑地抬眸望來。

紀皇后冷笑一聲，道：「那人專門挑在負責引路的內侍離開之時現身，卻又不怕進宮頻繁的兩位皇子妃認出，足以見得她不懼本宮在宮中尋找她，如此只有一個可能，便是她不是宮裡之人。」

「奴婢明白了，引路的內侍因為清楚人事安排，所以能拆穿她的身分，而兩位皇子妃卻不能。再者，今日能出現在宮中的非宮裡人，唯有各府夫人及她們的侍女；宮外之人能在宮中行事，可見宮中必有同謀，奴婢這便讓人細查各宮……」

「不必如此麻煩，只須查宣仁宮、碧陽宮、章和宮便可，尤其是宣仁宮江貴妃，必須加強徹查。」

斂冬又是一愣，想了想，還是忍不住問：「娘娘為何如此肯定那同謀必出自這三宮之一？」

「宮外人又怎敢在宮中多耗時間，必是希望儘早成事，只有這三宮位置才離那『宮女』現身帶走端王妃之處最方便，完全可以神不知、鬼不覺地出現。這三宮嬪妃當中，江貴妃胞兄當年被端王妃嫡親伯父告發以致丟官流放，此案又是端王經手。」

所以，若說後宮嬪妃當中何人最惱恨端王夫婦，非江貴妃莫屬。

斂冬恍然大悟，正要領命而去，忽又聽紀皇后叫住自己。「找個機會讓大嫂進宮一趟。」

斂冬應了聲「是」，見她再無其他吩咐，這才福身離開。

紀皇后靜靜地坐了半晌，唇瓣越抿越緊。

憐惜呂家姑娘用情至深，所以想要成全她？既然如此憐惜她，本宮乾脆做個人情，讓她長長久久地陪伴妳身邊！

許倩瑜，別怪本宮心狠，要怪就怪妳霸著自己夫君的同時，還不忘勾著別人的夫君！

本宮當年不懼妳，如今自然更不會懼妳！

一絲狠戾從她眼中一閃而過，不過瞬間，那雙美目又再恢復了平靜。

皇后千秋，普天同慶，宮裡宮外佈置得喜氣洋洋。

紀皇后是宣和帝陸修樘的原配妻子，當年為宣王妃時就頗受先帝及先皇后誇讚，先帝曾誇她賢慧嫻雅，乃皇室媳婦之典範。

如今她貴為皇后，賢良淑德，母儀天下，朝野上下頗有讚譽，而宣和帝待她亦是愛重信任有加，每年皇后千秋都親自下旨大辦。

此刻，專為恭賀皇后千秋而製作的煙花在半空中炸開，五光十色，絢麗多姿，把大地照得如同白晝一般，亦映出眾人驚嘆的臉龐。

宣和帝嘴角帶著絲滿意的笑容，不由自主地望向身側正仰頭欣賞滿天煙花的紀皇后，目光落在她弧度優美的側臉上，想到她多年來溫暖的陪伴，滿腹柔情頓時傾洩而出，忍不住伸出手去，將那綿軟的小手抓在掌中。

紀皇后下意識地縮了縮手，宣和帝察覺她的動作，將那小手抓得更緊，看著一向溫婉大度、舉止得體的妻子略顯窘迫地抿了抿嘴，眼神飄啊飄的，既不再看滿天怒放的煙花，也不敢向他望過來，他不禁微微一笑。

紀皇后被他抓著手，心中卻是一片凌亂，腦袋更像是塞滿了漿糊，什麼也想不起來。他這是要做什麼？愧疚？心虛？還是同情？

種種複雜的思緒一直糾纏著她，直到手上力道一鬆，斂冬隨即輕聲提醒她進殿。她壓下凌亂思緒，仰首穩穩地跟上宣和帝的步伐進殿。

殿內早已安排好食桌，眾人按身分品階落坐，身為端王妃，秦若蕖自是與陸修琰坐在一起。

她不動聲色地打量著後宮嬪妃，試圖從中尋出破綻，以確定到底是何人在白日那般陷害她。

突然，她感覺自己的手被身邊的陸修琰抓起，緊接著掌心癢癢的，原來是對方在她掌中寫著字。

謹慎？她略微一怔，隨即明白必是陸修琰察覺她的動作，提醒她要小心謹慎。

她心中一凜，想起此處是皇宮，非尋常人家府邸，明裡暗裡不知有多少大內高手在盯著呢！

這樣一想，她再不敢四處打量，裝出一副溫順的模樣，老老實實地坐著。

陸修琰見她一點就通，並且反應甚快地做出應對，眼中頓時多了幾分讚賞。

凶丫頭脾氣雖壞，卻也知道分寸。

傻丫頭險些出事，宮中還有家宴，他便清楚凶丫頭必會現身，一切果如他所料那般。

帝后就座，照舊先有一番場面話，秦若蕖也無心去聽，待捧著食盤的宮女魚貫而入後，不到一會兒的工夫，她的面前已經擺滿了各式精緻的膳食。

陸修琰見她低著頭狀似認真地用膳，唇角微微彎了彎，順手挾起一塊肉質嫩滑的羊肉送到她碗中，輕聲道：「如今天氣寒冷，羊肉有滋補禦寒之效，多吃些。」

秦若蕖道了謝，稍微想了想，好歹如今掛著秦四娘端王妃的名頭，總得代她做些妻子該做之事。

心思一定，她亦裝出體貼溫柔的模樣接連為他挾了幾樣菜餚，裝模作樣地道：「王爺您也多吃些、多補補。」

陸修琰眉梢輕揚，對她這舉動頗為意外。

兩人旁若無人的親近落到殿中各人眼中，自有好一番想法。

宣和帝放下手中銀筷，順手取過一旁的錦帕拭了拭嘴角，目光不自覺地落到殿中玉瓶插著的幾株紅梅上，想到一個時辰前暗衛的回稟，他眼神微微閃動，片刻，不疾不徐地道：

「時值寒冬，梅苑中的臘梅已經盛開，入目之處盡是片片紅，倒似是為了慶賀皇后生辰而開。」

他一面說話的同時，目光卻是不著痕跡地注意著秦若蕖的一舉一動。

哪知秦若蕖卻是不動如山，彷彿沒有聽到他的話，只是一心一意地與那滿桌的菜餚作戰。

難道真不是她？宣和帝瞧不出破綻，心中也有些疑惑。

「可不是，這梅花早不開、晚不開，偏選在皇后娘娘千秋之時盛開，可見是為了恭賀娘娘之喜。」江貴妃笑著接了話。

「娘娘母儀天下，賢名遠播，寒梅自然初綻送芬芳。」德妃亦隨之道。

片刻又有其他嬪妃跟著恭維。

紀皇后始終帶著得體的淺淺笑意，心裡卻是一片冰寒。

梅苑……他獨獨在此時提到梅苑，可見仍是想著許倩瑜；甚至，他的心中已經懷疑起端王妃，明知道六皇弟對妻子是怎樣的感情，可為了許倩瑜，他依然……

一時間，方才殿外那一握給她帶來的悸動竟是那樣的諷刺。

陸修琰垂著眼掩飾眼中情緒，端過酒杯仰頭一飲而盡。

皇兄，終究還是懷疑到阿蕖身上了。

他瞥了一眼身邊的妻子，見她若無其事地小口小口喝著熱湯，彷彿身邊的一切都與她無關。

眸中笑意一閃而逝，這丫頭裝傻扮懵的技能當真爐火純青。

宣和帝見試探不出什麼，便也暫且作罷。今日不管怎樣都是皇后的大日子，他不欲拂她的興致。

江貴妃的視線在宣和帝及端王夫婦身上一掃，趁著低頭喝酒的時機掩飾嘴角意味深長的笑意。

殿內絲竹聲聲，宮伶舞姿優美，飄飄似仙，好一派喜慶祥和的景象。

紀皇后臉上笑意不改，偶爾在宣和帝湊到身邊輕聲說話時，還回給他一個歡喜的笑容，每有嬪妃敬酒更是來者不拒。

酒過三巡，她已有了醉意。

除了有心人，殿中之人只當她是心中高興才這般喜形於色，畢竟今日種種儀式足以見得皇上的用心。

望著紀皇后臉頰那被酒意醺出的紅霞，宣和帝難得地愣了片刻。

他一直知道，他的皇后是一個意志相當強之人，無論何時總會保持著端莊得體的模樣，甚少有如此恣意失態之時。

當然，他也不得不承認，她確實是一位相當難得的賢內助，無論是當年的王府內宅還是如今的後宮，她都打理得妥妥當當，根本不用他操半點心……

直到宮宴散去，秦若蕖都無法完全確定宮中到底是何人暗算她，一時心中憋悶。

陸修琰自然知道她的心情，趁著沒人留意之時輕拍她的手背表示勸慰，兩人才相繼從殿內離開。

皇后千秋，宣和帝自然是要留在鳳坤宮中。若是往日，紀皇后自然歡喜他的陪伴，只是今日著實無甚心情，乾脆便裝作醉酒的模樣，在斂冬等人的伺候下沐浴更衣，直接倒床就睡。

宣和帝揮揮手讓屋內宮女退下，坐在床沿注視著閉著眼睡顏安詳的紀皇后。燭光投到她臉上，越發映得她的膚色晶瑩如玉，可眼尾處若有還無的細紋卻仍是出賣了她的年齡。

他低低地嘆了口氣，不知不覺間，她已經陪在他的身邊二十餘年了。

他伸出手細細地描繪她的輪廓，彎彎的眉，挺俏的鼻，嫣紅的唇……不得不承認，他的皇后真的是品貌俱佳的女子，莫怪當年母后會為他選擇了她。

不知不覺地想到了另一張美麗的容顏，他手上動作一滯，眼神漸漸變得有些迷茫。

窗外寒風呼呼颳著，偶爾輕敲窗櫺，發出一陣陣異響。龍鳳架子床上，紀皇后緩緩睜開了眼睛，她側頭望了望躺在身側的宣和帝，唇瓣緊緊地抿成一道。

她輕輕掀開錦被，小心翼翼地趿鞋下地，隨手扯過外裳披到身上，回身瞥了一眼仍舊處於睡夢中的宣和帝，輕手輕腳地走了出去。

「娘娘。」值夜的宮女見她出來，連忙上前行禮。

紀皇后一路到了小書房處，坐在紫檀鳳紋書案前，片刻，從暗格中取出一個金邊漆黑錦盒，頓了頓，緩緩地打開，從中取出一塊陳舊的錦帕，溫柔地輕撫著上面繡著的並蒂蓮，眼神複雜。

少頃，她抓著錦帕站了起來，一步一步朝一旁的炭爐走去，將錦帕舉到炭爐上，隨即，手一鬆，錦帕飄飄蕩蕩，最終落入炭爐裡……

她面無表情地望著燃起的火苗，火光當中，彷彿可見兩道身影——

「妳要知道，修樘將來必是要坐上那個位置，而妳對他的情意，勢必會成為一把刺向妳心臟的利刃。」一身皇后鳳袍的女子，五官隱隱與陸修琰有幾分相似。

「……娘娘，紀璿還是、還是想嫁。」

鳳袍女子嘆息一聲，一字一頓地道：「將來若是妳承受不住了，只須記得八個字——『他為明君，妳為賢后。』」

他為明君，妳為賢后……

紀皇后失神地喃喃。此時此刻，她突然明白了當年懿惠皇后留給自己這八個字的意思。

賢后，何為賢后？不爭不妒是為賢。

怎樣才能不妒？不愛自然無妒！

她重重地嘆了口氣。是自己過於愚鈍了，母后當年明明已經提醒過她，她也一直以為自己做得很好，瞧她，如今不就是一名舉國稱頌的賢德皇后嗎？
可直到許倩瑜的回歸，她才猛然醒悟，其實自己一直還是很在意，還未曾做到真真正正的「賢」。
「娘娘，夜裡涼，怎不多穿幾件？」斂冬邁步走了進來，將手中的大氅披到她身上，心疼地道。
「還好，燒著炭呢，又怎會冷。」紀皇后微微笑著回了句。
「娘娘可是有心事？」
「不，本宮只是想明白了一些事。」紀皇后搖搖頭，少頃，又吩咐道：「可查到什麼消息了？」
「今日進宮的各府夫人太多，一時半刻確定不了是哪一位，不過娘娘放心，過不了多久，一切都會水落石出的。」
紀皇后點了點頭，讓她扶著正要離開，走出幾步又停了下來，問：「前陣子宥恒被皇上訓斥，妳可還記得是因為何事？」
斂冬有些意外她竟會問起此事，皇后一向是不關心前朝之事的。
「並不是什麼了不得之事，只是前不久大皇子曾經舉薦的一位大人犯了事，皇上才有些遷怒，過後端王爺也勸了皇上。」
紀皇后默不作聲，不知在想些什麼，斂冬自是不敢再說。

卻說秦若蕖一連數日都查不出到底是何人在宮裡暗算了自己，心裡不禁有幾分急，偏偏陸修琰又不動如山，絲毫沒有插手去查的意思，讓她又惱又恨。

這日清早起來，她一語不發地坐在一邊，眼刀一下又一下地往施施然整理著朝服的陸修琰身上刺。

陸修琰只當沒看到，臨出門前走到她跟前，在那滑嫩細緻的臉蛋上捏了一把，在她揮掌攻來之前飛身閃開，扔下一句「我上朝去了」便沒了身影，氣得身後的秦若蕖恨恨地跺了幾下腳。

退朝之後，陸修琰便被內侍請到御書房。

宣和帝簡單地問了他幾句朝廷政事，遲疑了一會兒，這才緩緩地道：「時間過得可真快，不過眨眼間，你也已經成親將近半年了。」

陸修琰心思微微一動，隱隱猜到他的用意，不動聲色地頷首道：「確實是如此。」

宣和帝呷了口茶，又道：「宥誠的那名側妃，聽聞生產在即，你卻如今膝下猶空……」頓了頓，他終於將目的說了出來。「呂家那位姑娘，德容言工皆屬上乘，朕便將她賜予你為側妃，也好替皇家綿延子嗣。」

陸修琰抬眸對上他的視線，心中暗暗嘆了口氣。

果然，那刑夫人倩瑜在皇兄心中的分量極重，只是那樣輕輕地開口一求，皇兄便……

「此事萬萬不可，君子不奪人所好，呂姑娘已是刑大人將要過門的妾室，臣弟又怎能……還請皇兄三思！」他深深地朝宣和帝做了個揖，言辭懇切

「什麼刑大人？哪個刑大人？」宣和帝心中一突，連聲追問。

「前不久方從南邊卸任回京的刑大人，他的名諱，臣弟一時記不起來。」

南邊卸任回京的刑大人，他知道的唯有一人，便是倩瑜的夫君刑雋。

宣和帝臉色一變。刑雋竟然與那呂家姑娘……

「這是何時之事?!」

「便是這幾日，聽聞數日前刑大人醉酒，不小心將來府作客的呂姑娘當成了刑夫人，故而做出了些失禮之事……」陸修琰含糊其辭，只是這遮遮掩掩之話卻讓人浮想聯翩。

「豈有此理！」宣和帝大怒，用力一拍御案。

刑雋簡直罪該萬死，明明已經有了倩瑜，卻還要……這讓只想與夫君一雙人的倩瑜如何受得了?!

「呂姑娘確實是令人惋惜了，好好的大家閨秀，卻讓人……臣弟斗膽，請皇兄念在呂大人一片忠心的分上，給呂府一個體面，為刑大人與呂姑娘賜婚，如此便可堵上悠悠之口，以全了無辜受累之人名聲。」陸修琰語氣更加懇切，一字一句都是對呂語媚的同情與憐惜。

宣和帝臉色幾經變化，最後深深地凝望著他，對上那雙無比真摯誠懇的眼神，意圖從中找出一絲破綻。

他不相信世上會有如此巧合之事，這頭他正想要給呂家姑娘賜婚，那頭她便出了事，而且毀了她清白的不是別人，正是倩瑜的夫君刑雋。

「修琰，你老實跟朕講，呂姑娘與刑大人之事是不是出自你的手筆？你不願納呂姑娘，所以就將她推給了刑大人。」

若此事真的是他布下的局，那足以證明，當日在梅苑偷聽的定然是端王妃，否則，修琰不可能將呂家姑娘與刑雋湊到一起。

陸修琰「撲通」一下跪了下來。「皇兄明鑑，臣弟冤枉！」

宣和帝靜靜地望著地上高呼冤枉的皇弟，心情相當複雜難辨。

是他又如何？不是他又如何？呂家姑娘的清白還能回來嗎？橫在倩瑜與刑雋之間的裂縫能消失無痕嗎？

「下去吧！」他無力地揮了揮手，重重地嘆了口氣。

陸修琰慢慢起身，正要退出去，卻又忍不住回過頭去，看了看閉著眼眸靠著椅背的皇兄，雙唇動了動，最終卻是什麼話也沒有說。

走出御書房，他抬頭望望紛紛揚揚的雪花，良久，一聲淺淺的嘆息從他口中逸出。

呂家姑娘與刑雋之事確實不是他設的局，他唯一做的，不過是放任了此事的發生。設局毀去一個無辜女子的清白，這樣的做法有違他一向原則；只是……

他再度嘆了口氣，不由自主地望向鳳坤宮所在方向，憶及昨夜收到的密函，眼神微閃。

宥恒私下幾番動作，呂家姑娘清白毀於刑雋之手，接下來要對付的便是江貴妃了吧？前朝、後宮，只怕要掀起一番風浪了。

陸宥恒的連番動作，看似不顯山露水，實則處處精妙，每一步都巧妙地避開了宣和帝容忍的底線，足以見得他背後的高人對宣和帝相當了解。

人。

而這個人，他想，除了與皇兄同床共枕二十餘年，並深得皇兄信任的皇嫂外，再無他人。

一向與世無爭的皇嫂，終於要放手為自己爭上一爭了嗎？

「當年我連唾手可得的王妃之位都不要，偏選擇嫁你，為的是什麼？還不是因為你我之間的情分？這麼多年來我為你生兒育女、打理家務，自問一直盡心盡力，可你呢？你這樣可對得起我？」許倩瑜淚水如斷線的珠子般直往下掉，身子因為哭泣而微微顫抖著。

刑雋心裡有些煩躁。不錯，當年她確實是放棄了曾經的宣王、如今的皇上而選擇了自己，可成婚已經這麼多年，她還提起此事……難不成是後悔了？還是說嫁自己委屈她了？

只是，看著她這梨花帶雨的模樣，想到多年來夫妻的恩愛，他又難免心生愧疚，摟著她哄了又哄，輕聲道：「都怪我多灌了幾杯黃湯，以致做出這等糊塗事來，那姑娘當日穿著一件與妳一般無二的衣裙，我一時眼拙才錯認成了妳。如今大錯已經鑄成，要打要罵都隨妳，只是千萬莫要哭壞了身子。」

許倩瑜抽噎著避開他的擁抱，心裡相當委屈。

她當年連王妃之位都不要，還不是看在他一片真心，為人實誠不愛拈花惹草，能夠與她一生一世一雙人嗎？如今、如今……

一想到這裡，她不禁悲從中來。

皇上在她成婚多年後仍是心意不改，若是當年她選擇嫁他，說不定也可以如同前朝皇后一樣，獨寵後宮。

還有那呂語媚，枉自己為了助她，還親自進宮求皇上，哪想到她居然在背後狠狠地捅自己一刀。

她心裡又痛又恨，痛的是自己多年苦心經營一朝付之東流，恨的是自己一番好意竟落到引狼入室的下場。

「所幸那姑娘心有所屬，而我心中也只有妳一人，便是迫於壓力不得不迎她進門，好吃好住地供著她便是。」刑雋將自己的打算細細道來。

許倩瑜擦了擦眼淚。為今之計也只有如此了，呂語媚便是進了門，也休想靠近她的夫君半步，一個有名無實的貴妾，哪怕娘家勢力再強，也休想翻出什麼風浪！

陸修琰回到府中後，順口問跟在身後的下人王妃在何處，那人回了句「王妃在書房」，他先是一愣，隨即暗道一聲「不好」。

他昨夜收到的密函還未毀去……

心中一急，他邁開大步急急忙忙朝書房位置走去。

「阿蕖！」他用力推開房門，正在裡面聚精會神地看書的女子聞聲抬眸，認出是他，秀眉輕蹙，噘著嘴不高興地道：「沒事叫這般大聲做什麼？嚇了我一大跳。」

陸修琰定定神，斂下慌亂，故作平靜地邁了進來，一直行至她的跟前才停下腳步，不著痕跡地掃了一眼書案後的暗格，一時瞧來倒也沒發現什麼不妥。

「可用了午膳？怎麼也不到園子裡走走？」他放柔聲音，不答反問。

「閒來無事，想到你書房裡找本話本看看，沒想到找了一上午，全是些悶死人的書。」有些抱怨的語氣，下一刻，又盯著他問：「怎麼？這般心急火燎地趕過來，難道這裡還藏著些見不得人的秘密？」

陸修琰注視著她相當坦然的表情，心裡不能確定她是否看到了那封密函，想了想，似真似假地笑道：「倒讓妳說中了，這裡還真藏著些見不得人的秘密。」

「真的？莫非你做了什麼對不起我之事？還是說這屋裡藏了什麼美貌小娘子？」

陸修琰哭笑不得，沒好氣地在她額上輕輕一彈。「淨瞎說，什麼美貌小娘子！」

只是，他的心裡也隱隱鬆了口氣。

會說出這樣的話，可見眼前這個是傻丫頭，那丫頭可是個大而化之的性子，想來應該不會注意到那密函才是。

不過說到話本，他不禁想到當年在岳梁向她辭別回京時，她那些讓他又好笑、又無奈的話。

「那些話本可不是什麼好的，日後不准再看，免得跟著學壞了。」

隨即他便聽到對方輕哼一聲，別過臉去不看他，將手上那本《孝女傳》扔到桌上，轉身出了書房。

陸修琰無奈地搖了搖頭，上前將那書撿起放回原處。

踏出院門那一刻，秦若蕖回眸望望再度合上的書房門，少頃，低下頭去掩飾眼中精光。

看來扮秦四娘是成功瞞過去了！

想到那封密函上記載之事，她臉上一片冰冷。

常嫣……果然是她，當年自己下手還是輕了，以致她今時今日還能蹦躂著找自己的麻煩！

「蓁小姐。」青玉匆匆忙忙地迎面走了過來，壓低聲音喚了聲。

秦若蓁瞥了她一眼。「出什麼事了？」

「剛剛得到消息，那位原本覬覦王爺的呂家姑娘被一名年過四旬的刑大人納進門了。」

青玉語氣中帶著掩飾不住的幸災樂禍。

秦若蓁怔了怔，隨即冷笑道：「她不是一直想給人作妾嗎？如今也算是如了願；再者，那位刑夫人如此憐惜她，兩人正好作伴。」

青玉亦是這般想，只是頓了頓又好奇地問：「此事不知是何人所為，難道是王爺？」

一個大家閨秀，瘋了才會想去給一個年紀足以當父親的男子作妾，故而此事一聽便知其中必有些蹊蹺，就是一時半刻想不明白是何人在背地裡算計了那姑娘及刑大人。

秦若蓁語氣淡淡地道：「他不會做這種事。」那人的性情，做不來這種下三濫之事。

青玉又要追問時，她阻止道：「不管是何人設計，總之這結果咱們喜聞樂見便是。」

「這倒也是。」青玉點點頭。

管他是何人設計的，這一下便解決了那死纏著的呂姑娘，又噁心了那多事的刑夫人，一舉兩得，實是再好不過了。

「不過聽說刑大人待夫人一心一意，如今被逼無奈納了小，說不定那呂姑娘進了門也不過是有名無實。」青玉又道。

秦若蕖嗤笑一聲，不以為然地道：「家裡放著這麼一個貌美如花的鮮嫩姑娘，還是自己名正言順擁有的，哪個男人能控制得住？便是一時念在夫妻多年情分上不去碰她，日子久了，待心中的愧疚消去，還敢忍得住不去碰？若是呂語媚夠聰明，懂得放低身段以弱示人，那刑夫人未必是她的對手。」

所以，「有名無實」不過是男人為了哄騙妻子同意納小的藉口罷了，人都已經進了門，做妻子的還真能綁著他，不讓他到小妾屋裡去？若真想讓對方有名無實，除非把男人那傢伙切了！

兩人一前一後地往正院方向走去，秦若蕖一路上都是若有所思。

當日紀皇后為端王挑選的三名女子，賀蘭鈺最識時務，目前看來所得結局亦是最好，得到皇帝賜婚，婚期便在下個月；而呂語媚則大肆宣揚著她對陸修琰的堅貞不二，將自己逼進了死胡同，最終落得如此下場。

剩下的常嫣斷了腿，嫁入豪門世家怕是很難，但憑著她的家世，挑個身家清白的男兒堂堂正正嫁進門，亦並非不可能。

想來當日她還是手下留情了，以致讓她還有退路，不過無妨，亡羊補牢未為晚矣，常嫣還有心思設計對付自己，禮尚往來，她自然也得送她一份大禮才是。

而宮裡頭……

皇后想來不會放過江貴妃，她只須靜觀其變即可。

原來是常嫣偶然從呂語媚處發現了許倩瑜與宣和帝的關係，透過常夫人與宮中同樣痛恨秦若蘗的江貴妃牽上線，合謀了梅苑一事。江貴妃提供行事路線，那名引路的宮女其實是常夫人帶進宮的侍女，成事後便換上進宮時的裝扮，若無其事地跟在常夫人的身邊出了宮。

這一切，悉數被紀皇后查得清清楚楚。

秦若蘗擔心的是，紀皇后能夠查出幕後真相，只怕皇上那裡亦知道了當日在梅苑偷聽的是秦四娘，若是如此，日後怕是會有些麻煩。

不過也不要緊，皇帝那裡由端王及皇后應付便是，皇后能送那樣的一封密函過來，想來某種程度上已與端王達成了共識。

但是於她來說，當下最重要的還是想個法子解決常嫣，她可沒空再陪她玩這些妒恨的小把戲。

機會很快便來了。

這一日，是賀蘭鈺與京衛指揮使司指揮僉事嚴大人大婚之期，嚴大人雖只是四品官，但賀府門戶卻是不低，加上又是御旨賜婚，皇后在不久之前還賞賜了不少東西給賀蘭鈺，如此一來，婚禮倒是相當盛大。

陸修琰本是打算讓人送了賀禮便可，哪知先前幾日秦若蘗卻撒嬌要去見識見識京城婚嫁，他無奈，唯有應允下來。

數日前便聽到端王會前來恭賀的風聲的嚴老大人，早早就讓下人留意著，一聽聞端王到了，連忙快步出來相迎。

而秦若蕖自然便由嚴大夫人引著進府。

邁進花廳的那一瞬間，她一眼便認出一臉溫順地站在一名華服夫人身側的年輕女子正是常嫣。

她果然來了，也不枉她特意著人放出「端王會往嚴府恭賀」的消息。

這個陸修琰倒是挺招蜂引蝶的，一個、兩個都對他癡心不改。

落坐之後，她不著痕跡地打量著常嫣，見她始終揚著得體的淺笑站在常夫人身側，單從表面看來，完全看不出她是行動不便之人。

一個深閨女子，身體遭受重創、落下終身殘疾，卻很快就能大方得體地出現在人前，不得不說，這常嫣確實是一個相當能忍的狠角色。

她端過茶杯遙遙一舉，彷彿不經意地做了一個舉杯相碰的動作，表面看來是朝著眾人，實則方向卻是對著常嫣，霎時，她便看到常嫣臉上的笑容僵了僵。

挑釁，她這完全是挑釁！

常嫣緊咬著滿口銀牙，眸中殺意一閃而逝。

第三十一章

她深深地呼吸幾下，勉強朝側頭擔心地望著自己的母親勾了勾嘴角，可寬袖中的雙手卻死死攥成拳頭。

或許當日她不該引她去探皇上與許倩瑜的私情，而是直接在宮中便取了她的性命！

身邊的熱鬧她完全不知覺，視線總是不著痕跡地落到不遠處如同眾星捧月的秦若蕖身上，看著她笑靨如花地與各府夫人、小姐寒暄，不時碰杯相飲，那副得意洋洋的模樣，著實相當礙眼。

「新娘子來了，趕快去瞧瞧。」突然，外頭傳來一陣歡呼聲，下一刻，廳內眾人亦被勾起了興致，紛紛起身去瞧熱鬧。

「聽聞賀姑娘的鳳冠是皇后娘娘所賜，咱們也去開開眼界吧！」

「真乃皇恩浩蕩，賀姑娘也是個有福之人。」

「要我說來，或許是因為端王娶了他人，又久久無意納側妃，賀姑娘被耽誤了這般久，娘娘才要給她做臉的吧！」

「如此看來，賀家姑娘倒相當識時務，不似另外兩位……」一位身形稍顯豐滿的華服夫人不無嘲諷地道。

「噓，小聲些，人家還在呢！」身邊一位略高的夫人輕輕碰了碰她的手臂，朝著常夫人母女所在方向努了努嘴。

本是說著風涼話的幾人立即便噤口，齊齊別過臉去，跟在其他夫人、小姐身後出了廳門，打算也去瞧瞧皇后娘娘賞賜的鳳冠。

常嫣臉色一陣紅、一陣白，常夫人雖心中亦是惱得很，可更在意女兒的心情，見狀忙勸道：「長舌婦胡言亂語，咱們不與她們一般計較，沒的降低了自己的身分。」

常嫣勉強笑了笑，低聲道：「娘，妳也出去看看熱鬧吧，再怎麼說也不能讓人小瞧了咱們常家。」

常夫人本不想去，只是聽她這般一說也有道理，若是她們都不跟著去，豈不是又要給那些長舌婦增加話題？

這樣一想，她拍拍女兒的手背。「那妳好好在此坐一陣子，我去去便回。」

女兒腿腳不方便，外頭人又多，若是一不小心被衝撞到便不好了。

不過一會兒的工夫，偌大的廳裡便只剩下包括常嫣在內的數名夫人、小姐。

她緩緩地坐下來，眼神不經意地往秦若蕖所在方向一掃，卻見那裡已經空無一人。

她怔了怔，難道她也跟著去看熱鬧了？

趁著侍女上來續茶的時候，她狀似不經意地問：「怎不見端王妃？」

「王妃不勝酒力，大夫人命人扶她到廂房歇息去了。」那侍女續了茶便退了出去。

不勝酒力？是真的不勝酒力還是另有謀算？

她下意識便望向窗外，花木遮掩當中，隱隱可見兩名女子扶著一身華服、東倒西歪的夫人，她定睛一看，認出那正是秦若蕖。

她心思一動，趁著沒人留意之時緩緩起身朝門外走去。

或許是先前站得久了些，受傷的右腿隱隱有些發軟，走出一段距離，突然一個踉蹌，眼看就要摔倒，幸得一名女子及時伸出手來將她扶住。

「常姑娘小心。」

「多謝。」她深吸一口氣，直到感覺身子穩住了，這才輕推開對方扶著自己的手。

一陣若有還無的香味向她襲來，她恍惚了一下，那姑娘已經盈盈朝她福了福身離開了。

另一邊的大廳裡，陸修琰正與幾位老大人說著話，忽見跟在身邊的長隨朝自己走過來，一直行至他的身側，壓低聲音回稟道：「王爺，青玉姑娘來報，說王妃不勝酒力，身子有些不適。」

陸修琰微怔，無奈暗嘆一聲。

凶丫頭酒量尚可，應付那些夫人倒也不成問題，可惜今日來的是傻丫頭，以她那酒量，當日洞房之夜連一杯交杯酒都能讓她生出醉意。

能讓青玉不放心地來尋自己，可見著實醉得不輕，那丫頭嬌氣得很，不知還會怎樣呢！

他始終放心不下，含笑告了聲罪便走了出去，果然看見青玉候在門外，見他出來忙迎上前來行禮。

「王妃怎樣了？」他問。

「王妃醉得昏昏沈沈的，總是喃喃著要見王爺。」青玉的語氣有些明顯的無奈。

陸修琰嘆氣，心裡卻覺得甚是熨貼。人在不舒服的時候頭一個要尋的便是最依賴之人，可見在她的心裡，他才是她最依賴、最信任之人。

「前頭帶路，本王去瞧瞧。」

青玉應了聲「是」，這才與他在另一名嚴府侍女的引路下往秦若蕖暫時歇息的廂房走去。

此時的常嫣定定地在原處站了片刻，四下環顧已經不見的秦若蕖身影，想了想打算返回花廳坐一陣子，忽然看見鏡湖對面的路上，一個身形挺拔的男子迎著紛紛揚揚的雪花，踏著滿院的燈光大步朝前走。

端王……

她的眼神漸漸變得曚曨，恍恍惚惚之間，似是見那人眼中含情、嘴角帶笑，正朝自己一步一步走過來。

她忍不住上前幾步，想去握住對方朝自己伸出的手，哪知怎麼也觸摸不到；更讓她心急的是，那人忽地停下腳步，緩緩轉過身去，緊接著，背對著她邁步離開。

她急得抬腳便追，眼看著離那人越來越近，卻不知為何總是差那麼幾步，讓她怎麼也觸不到、碰不著。

「等、等等，等等……」她彷彿置身一個白茫茫的天地，眼裡、心裡只有眼前那個魂牽夢縈的身影。

一路追著那人而去，直到見對方邁進一間廂房內，她心中一喜，亦追著走了進去。

「端王……」她如夢似幻地喚著。

那人止步回身，臉上帶著溫柔寵溺的笑容，正朝她伸出手。

她一點一點地將自己的手遞過去，觸摸到溫熱厚實的大掌，那人牽著她的手，緩緩地朝她靠近，行至她身前，雙臂一展，將她摟入懷中……

陸修琰邁步而入時，只見軟榻上的妻子倒在雲鷲懷中，一名嚴府侍女正餵著她喝解酒湯。

他走過去坐到榻沿上，拉著她的手輕聲問：「可好些了？明知道自己不擅飲酒，怎還喝這般多？」

秦若蕖見他進來，矇矓的雙眸眨巴眨巴幾下，嗓音軟軟地道：「頭暈，人家沒有喝很多……」

陸修琰揮手屏退屋內下人，將無比乖巧的妻子摟在懷中，安慰地親了親她的額頭，笑道：「都喝到頭昏腦脹了還不算多？」

不錯，別人喝醉了會耍酒瘋，這丫頭醉了倒是比往日要更乖巧溫順。

「頭疼，揉揉，揉揉。」秦若蕖將他的手拉到額角處，撒嬌地道。

陸修琰順從地為她揉著太陽穴，看著懷中嬌滴滴的妻子舒服得直嘆氣，心中又軟又愛。

「陸修琰，你怎麼來了？」半晌之後，或許是解酒湯起了作用，又或許是陸修琰按摩的手法太好，秦若蕖終於清醒過來。

「聽說有隻小醉貓身子不適，本王放心不下，自然得來瞧瞧。」陸修琰戲謔地道。

秦若蕖往他胸口上輕捶一記，嬌嗔地道：「人家才不是醉貓，不許這樣說人家。」

陸修琰輕笑，雙手環著她的腰肢讓她靠在自己胸膛上，低下頭去偷了記香，這才含笑道：「小醉貓怎麼喝那麼多酒？」

秦若蕖舒服地靠著他，不在意地道：「我也不清楚，跟你出門時還清清楚楚、明明白白的，後來清醒過來便已經在這裡了。」

陸修琰略一思忖便明白了，在來的路上，懷中的小妻子小憩了片刻，想來那個時候凶丫頭便現身了。凶丫頭有些酒量，自然不拒與人對飲，估計喝得懵懵懂懂時便隱了回去，換成這個毫無酒量的傻丫頭。

他有些無奈，看來得找個機會與凶丫頭商量一下，在她現身期間得禁酒，否則一旦她離開，傻丫頭不就辛苦了？

「身上可還有什麼地方不舒服？若沒有，咱們便出去吧！」陸修琰輕聲問。

在別人府上卿卿我我到底有些心理障礙。

「沒有了，沒有了，咱們走吧！」秦若蕖連連搖頭，從他懷中掙脫落下地，順手理了理髮髻衣飾，又回過身去為陸修琰整理衣裳，待一切收拾妥當後，青玉、雲鷲及一名負責收拾廂房的嚴府侍女便走了進來。

秦若蕖正想說話，忽聽外頭傳來一聲尖叫，嚇得她一下子便縮進陸修琰懷中。

陸修琰摟著她安慰地拍拍她的背，聽著外頭雜亂的腳步聲、說話聲，眉頭緊皺，高聲吩咐雲鷲去看個究竟。

雲鷲應下正要出去，房門忽然被人用力地推了開來，伴隨著婦人憤怒的聲音及好言相勸之聲。

「讓本夫人瞧瞧是什麼王爺如此膽大包天！」

「常夫人不可——」

「大膽，端王爺與王妃在此，何人擅闖！」雲鷲勃然大怒，厲聲一喝，竟一下子喝住了吵吵鬧鬧的那幾人。

滿面怒容的常夫人一眼便看見寒著臉、護著妻子的陸修琰，眼前這一幕大大出乎她的意料，質問之話無論如何也說不出來。

「不知幾位夫人有何指教？竟如此不知禮數，本王當真大開眼界。」陸修琰眼神冰冷，一臉寒色。

「王爺恕罪，妾身等失儀！」嚴大夫人率先跪下請罪，其餘眾人醒悟過來，亦跟著下跪。

秦若蕖也被陸修琰這冷然之氣嚇了一跳，輕輕扯了扯他的袖口，小小聲地喚。「陸修琰……」

陸修琰知道自己嚇到了她，煞氣當即便收斂起來，輕拍她的手背以示安慰。

夫妻兩人的小動作自然瞞不過門外眾人。

「若各位夫人無事，便請離開！」他語氣冷冷地道。

「是。」嚴大夫人應了聲，死死扯著瞪著雙眼怒視秦若蕖的常夫人，將她拉走了。

「王爺與王妃如此恩愛，又怎會瞧得上那斷腿的常姑娘？想來必是那常姑娘看到端王的身影便追了過來，想著仿效前段時間那事也來個生米煮成熟飯，哪想到不知便宜了哪個男人？」

「我瞧著也是，偷雞不成蝕把米，丟人丟到別人府上來了。」

「可不是嗎……」

周圍的竊竊私語如利箭般直刺向常夫人的心臟，她的臉色青了又白，白了又紅。

她的女兒，這下子全毀了！眾目睽睽之下衣衫不整，還有什麼名聲可言？

陸修琰是在入席之後才得知常家姑娘出事，從周圍的小聲議論中，他迅速地歸納出事情的經過，再聯想常嫣出事的那間廂房所在位置、常夫人破門而入的質問、先前現身與人對飲後又隱去的秦若蕖、青玉的親自來尋……一幕又一幕如同走馬燈般在他腦中閃現。

他的心，像是被重錘狠狠地砸了一下。

他的妻子，竟然利用他設局對付他人！

他強忍著心頭的失望與隱隱的痛意，面不改色地與身邊之人寒暄，一直到受了嚴氏父子、叔姪敬的酒後，他方起身告辭。

他貴為親王之尊，能親自前來恭賀已經是給了嚴府天大的面子，嚴府眾人也不會妄想著能留他一直到散席。

而女眷那邊因出了事，哪怕嚴大夫人婆媳妯娌幾人努力維持表面的笑容，到底氣氛有些怪異。

秦若蕖不明所以，但她終究不是什麼好奇心旺盛之人，對別人的事也不會放在心上，怡然自得地用了些膳食，絲毫不理會偶爾落到自己身上那探究的目光。

「王妃，該回府了。」雲鷲行至她身邊，壓低聲音道。

秦若蕖輕拭了拭嘴角，與嚴大夫人妯娌等人招呼幾句，嚴大夫人親自送她出了二門，直到見她上了出府的軟轎，這才嘆口氣道：「常姑娘在咱們府中出事，想來常府……日後只怕有得麻煩了。」

「大嫂，依妳所見，毀了常姑娘清白的會不會是端王？畢竟大家可是聽得清清楚楚，那常姑娘口中一直喚著『王爺』。」一旁的二夫人輕聲問。

「端王若是對那常嫣有意，完全可以直接將她納入府中，何須這般偷偷摸摸？再說，當時大家可都親眼看到，端王與王妃在一起。」嚴大夫人瞥了她一眼。

「如此說來，極大可能是那常姑娘跟著端王去了廂房那邊，不知怎地走錯了房間，以致給人占了便宜。」二夫人越想越覺得真相便是如此。

「此事著實有些……常嫣便是走錯了房間，完全可以直接離開，為何……」大夫人越想越不明白。

「兩位嫂嫂，於我看來，此事怕是常氏母女刻意為之。妳們想想，當時常夫人發現女兒醜態，並聽到常姑娘唸著王爺時，她是怎樣做的？」一直默不作聲的三夫人忽地道。

大夫人與二夫人對望一眼，異口同聲地道：「常夫人立即便朝端王所在的對面廂房闖去。」

「正是，如今想來，常夫人倒是有一種希望落實端王與她女兒之事的想法，否則女兒都那樣醜態百出了，她不想盡快為女兒善後，反倒不顧勸阻硬是要闖……」

妯娌三人低低地討論了幾句便噤口。

寒風呼呼迎面颳來，刺得臉上生痛，雪花紛紛揚揚，落到背著手迎風而立的陸修琰髮上、肩上，可他不知覺，直到身後傳來熟悉的腳步聲，他方轉過身來。

「陸修琰。」秦若蕖快步走到他身邊，扯著他的袖口撒嬌地輕喚一聲。

陸修琰定定地望了她一陣，若有還無地嘆了口氣，將那有些許冰涼的小手包入掌中，親手將她扶上馬車，隨後自己亦坐了上去。

車內暖融融，舒服得秦若蕖瞇起了大眼睛，習慣地倒入一旁的男子懷中，纖臂環著他的腰身，在那厚實的胸膛上蹭了蹭，仰著臉愛嬌地問：「陸修琰，為什麼你的身體總是那樣暖暖的？」

陸修琰心裡有些悶悶的堵，卻也記得扯過一旁的毛毯覆到她身上，將她包成個蠶蛹般抱在懷裡。

沒辦法，誰讓懷中的姑娘那樣怕冷呢……

他用自己的臉試了試她臉頰的溫度，有著涼涼的觸感，頓時心疼地將她摟得更緊。「可還冷？」

「一點都不冷，有你在身邊，全身都暖洋洋的。」秦若蘘笑咪咪地道。

陸修琰注視著她，望入她那雙清澈的眼眸深處，彷彿想要透過這雙明亮若星的雙眸望入她的心房。

秦若蘘撲閃撲閃睫毛，不解地脆聲問：「做什麼這般看著人家？」

「阿蘘。」

「嗯？」

「不管妳想做什麼，我都會盡力幫妳，所以……」他的嗓子一啞，對著那黑白分明的眼眸，不知怎地餘下之話怎樣也說不出來。

他的傻姑娘什麼也不知道，什麼也不清楚，還能說些什麼呢？

「我當然知道不管什麼你都會幫我啊！」秦若蘘的笑容異常明媚。

她當然知道她的夫君待自己有多好！

看著這燦爛如朝陽般的笑靨，陸修琰喟嘆一聲。罷了、罷了，利用便利用吧，作妻子的利用一下夫君也不是什麼大不了之事，總歸他沒有什麼損失。

雖然這般想，只是心裡仍有些沈甸甸的悶悶感覺。

常家姑娘在嚴府婚宴上的醜事，次日便傳遍了京城大街小巷。

陸修琰邁向車駕的腳步略頓了頓，不過頃刻便回復如常，大步跨上了車。

流言能傳得這樣快，可見必有人在背後推波助瀾，若是想得再深一層，或許有聰明之人能瞧出皇兄對常大人態度的變化。

而皇兄態度的變化，可見對當日梅苑一事已有了解，若是他已經查到了真相，又怎會一直不……難道是皇嫂從中做了什麼，這才將皇兄的懷疑轉移到常府上？

想到這段時間後宮中的風波，江貴妃，不，如今已經是江妃，接二連三觸怒龍顏，直接從貴妃降至妃位，現今還被禁足在宣仁宮中。

他很清楚，江妃在宮中多年，培植的勢力必然不小，可短短不過一個多月便被打壓得幾乎透不過氣，足以見得出手對付她的人勢力之強大。

這個人，除了皇后，他想不出還有什麼人。

紀皇后深得宣和帝信任，後宮裡的事，宣和帝悉數交付於她，故而，若是紀皇后想要隱藏後宮裡的某些事，宣和帝也未必能輕易查得出來。

而前朝之上，宣和帝最終決定將吏部尚書之位給了三皇子那邊的人，更在數日前降下了旨意，將四名成年皇子封王，皇后所出的大皇子陸宥恒最終被冊封為鄭王。

他甚至覺得，皇兄將吏部尚書之位交給三皇姪那邊的人，或許有為他培植勢力之意，若是如此，儲位之爭必會更加激烈。

他的眼神有幾分迷茫，心裡也有些亂，最終，化為一聲長長的嘆息。

端王府內，秦若蕖施施然從床上坐了起來，在外間聽到響動的青玉連忙進來伺候她穿衣梳洗。

「蕖小姐，事情比咱們想像中還要順利，如今大街小巷都在議論昨日之事，方才錢伯著人傳來消息，一大早常府便趁著霧色將常嫣送到了家廟。」青玉低低地回稟道。

秦若蕖唇邊漾著一絲冷漠的笑意，抬手輕扶了扶髮簪，淡淡地道：「棄車保帥，不過是名門世家慣用伎倆罷了，只要常嫣還出現在人前，勢必會提醒世人昨日的醜事；常府乃清流世家，最重視名聲，又怎可能為了這個女兒而毀了家門聲譽。」

青玉深以為然。

相隔數日，秦澤苡派人來報喜，原來是岳玲瓏有了身孕，秦若蕖大喜，磨著陸修琰要去看望有孕的嫂嫂，偏偏陸修琰奉了旨意要進宮議事，無奈之下只能將妻子送到秦府，許諾出宮後便來接她回府。

望著他離去的背影，秦若蕖雙唇抿了抿，足下步子一拐，帶著青玉從秦府東側門處離開。

沿著長長的巷子走了約莫一刻鐘，在一間一進的宅子前停下來。青玉上前有節奏地敲了幾下門，片刻，大門「呀」的一聲便從裡面打開來。

「妾身見過端王妃。」身披縷金百蝶大氅的女子踏著雪，朝她盈盈行禮。

「嚴夫人免禮。」

這女子，竟是剛嫁入嚴府的賀蘭鈺。

「常嫣已經徹底被毀，王妃也算是如了願，妾身恭喜了。」兩人一前一後進屋落坐，賀蘭鈺不疾不徐地道。

「這也多得賀夫人出手相助。」秦若蕖淡淡地笑了笑。

賀蘭鈺臉上得體的微笑不改，聲音仍是柔柔的。「如此，王妃是否可以將那物交還妾身了？」

「那是自然，青玉。」秦若蕖側頭喚了一聲，青玉連忙上前，將一直藏於袖中的玉珮遞給她。

秦若蕖輕撫著玉珮上那個「賀」字，少頃，將它放在桌上，推至賀蘭鈺面前。

賀蘭鈺接過仔細辨認了一會兒，確定這的確是兄長自幼配戴在身上的玉珮，這才收入腰間。「王妃確乃言而有信之人。」

秦若蕖微微一笑，起身告辭離去。

賀蘭鈺望著她漸行漸遠的身影，片刻，低低地嘆了口氣。

她該慶幸自己及時從端王那個漩渦裡抽身而出，憑端王妃的心計，加上又有端王的寵愛，她若嫁進去，必然討不了半點好處。

看看常嫣，再看看呂語媚，最終得到什麼下場？

若非兄長不爭氣，落下把柄在端王妃手上，她又怎會親手給自己一生一回的婚禮添上污點？

秦若蕖不知她的想法，也無心去理會，一切都照她的意料進行，心情是無比的舒暢。

常嫣當日能借江貴妃之手暗算秦四娘，今日她便能借賀蘭鈺之手送她一份大禮；若無賀蘭鈺提供的詳盡路線圖，就算能讓人給常嫣下幻情散，也未必能順利地將她引到那間廂房裡去。

說起來，錢伯尋來的這幻情散確實是個好東西，無色無味、不易讓人察覺不說，還相當方便好用，只須讓中藥者心中所繫之人出現在視線當中，整個人便會出現幻覺。

而她要做的，便是讓秦四娘醉倒，再讓青玉去請端王，引端王往設定的路線走去，讓他的身影落入中了藥的常嫣眼中。

常嫣最終去的那間廂房與秦四娘所在的廂房位在同一方向，但是一東一西相對而立，常嫣中了藥又行動不便，哪跟得上端王等人的步伐，只知道他行走的大致方向，只要將她引到了目的地，兩間廂房，一間有侍女進進出出，另一間卻是安靜得很，她自然會認為端王進了無人的那間。

只要她走進去，剩下的便順理成章了。

這份大禮，想必常嫣及常府人非常滿意——

陸修琰從宮中出來時，本欲直接往秦府去接妻子，豈料剛出宮門，便遇上鄭王陸宥恒。

陸宥恒瞧來心情有些不佳，拉著他到東街的一家酒樓裡。

他也不多問，加上自己亦滿懷心事，故而只是默默地陪著他飲酒。

「睿兒近來習武唸書都認真刻苦不少，多得小皇叔教導有方。」幾杯酒下肚後，陸宥恒心情稍稍好了些許。

「並非我教導有方，睿兒本就是聰穎好學的孩子，加上又有鑫兒一起努力，自然學得便更認真了。」陸修琰微微一笑，並不居功。

「這倒也是，有競爭者總是更易受鞭策。」陸宥恒有些唏噓地道。

陸修琰並不接他這話。這些日子，陸宥恒與陸宥誠在朝堂上爭得厲害，哪怕目前陸宥恒是占了上風，但其間所受的壓力亦並不少。

叔姪兩人一時無話，只是一杯又一杯地飲著酒。

「小皇叔，若是我……罷了、罷了，時候也不早了，小皇嬸想必還在等著你，咱們走吧！」陸宥恒欲言又止，最終仍舊沒有將心中所想說出來。

陸修琰或多或少猜測得出他想問之事，只見他不願明說，也不挑破。

兩人在路口道別，陸宥恒回府，陸修琰則往秦府去接妻子。

因喝了幾盅酒，體內似是燒了把火，馬車裡又燒著炭，他不禁覺得有些悶熱，吩咐車伕駕車跟在身後，自己則是下車緩緩而行。

「……當年臨近婚娶之時他都不要妳，如今更加不會要，若不是看在妳有那麼一位王妃妹妹的分上，他連多看妳一眼都不會。」語帶嘲諷的女子聲音順著寒風飄至他耳中，他皺了皺眉，正欲快步離開，忽又聽見一個有些熟悉的嗓音。

「妳、妳莫要欺人太甚！」他循聲望去，認出這聲音的主人正是秦二娘。

「妳也莫要癡心妄想，秦若珍，這輩子，妳注定處處不如我，不管是出身地位，還是日後的幸福平和！」站在秦二娘面前的年輕婦人輕蔑地斜睨她一眼，跨過首飾店門檻，坐上了候在門外的馬車揚長而去。

留在原地的秦二娘恨得渾身顫抖，一雙杏眼很快便染上了一圈的紅。

她憤怒地盯著對方遠去的車駕，直到那車駕化作一個黑點再也看不到，她方收回了視線。

眼角餘光掃到門外不遠處挺立的一個身影，她怔了怔，不由得想到方才那番話，一時衝動，提著裙襬便朝陸修琰快步走去。

「二娘願為王爺之妾，求王爺成全！」

陸修琰定定地望著她良久，直望得她臉色漸漸發白，這才不疾不徐地道：「妳是阿蕖的姊姊，這番話本王便當不曾聽過。」

他絲毫不理會對方越來越白的臉，繼續道：「一個人幸福與否，並非由身分地位決定，而是發自內心的平和與安樂，永遠不要因為賭氣或衝動而做任何決定，尤其是事關終身的決定。」

秦二娘僵直著身子，半晌，唇角苦澀地微微勾了勾，輕聲道：「若珍失態，讓王爺見笑了。」

是啊，她真是傻了，被人那麼一刺激，竟然輕易便將自己的終身許出去，虧得端王深明大義，否則她日後還有什麼臉面見四妹妹、見她的爹娘！

她深深地吸了口氣，彷彿要將方才那壓抑忿恨的情緒驅散，片刻，揚著輕鬆的淺笑道：「多謝王爺，王爺與四妹妹真乃若珍貴人，當日若非四妹妹迎頭痛斥，若珍想必至今還困在那死胡同裡，今日又得王爺一番道理——」

「什麼迎頭痛斥？」她話未說完，便被陸修琰打斷了。

秦二娘略想了想，也不瞞他，一五一十將當年被秦若蕖五花大綁拎到山坡一事細細道來，末了還嘆息道：「也虧得她想得出這法子，否則今日我還不知怎樣呢！」

陸修琰的一顆心卻是越來越沈。

原來……原來早在岳梁時，凶丫頭便已經現身了，他一直以為她的再度出現是在與自己成婚之後。

若是她一早便出現了，為何素嵐、青玉，甚至她自己一直隱瞞？他還記得，在成婚後、在他發現凶丫頭再度現身前，他曾經問過素嵐是不是自周氏死後，她便再不曾出現過，而素嵐給的回答是「不曾」。

如今他才發現，原來所有人都撒了謊，素嵐、青玉，甚至秦澤苡都有可能向他隱瞞了此事。

為什麼？為什麼要獨獨對他隱瞞？若真論起來，他與凶丫頭相識在前，對阿蕖的雙面性情亦瞭若指掌，這一點，青玉想必最清楚不過；就算他後來是先對傻丫頭動了心，可既然他在明知阿蕖性情特別的情況下，仍舊不改心意要迎娶她為妻，便足以證明他的誠心，為什麼秦府的這些人仍然要隱瞞他？

他的腦子一片混亂，心中堅信的許多事搖搖欲墜，彷彿下一刻便會崩塌。

凶丫頭一心想要復仇，她又是那樣聰明至極，甚至為了達到目的有些不擇手段之人，在周氏主僕等一干與生母之死有關的人物接連無端而亡後，她又怎麼可能會坐視不理？以她的性子，她一定會想方設法查個水落石出，可周氏等人的死明明白白地指向了京城，而她那時又遠在岳梁……

「她有時行事確實有些不知輕重。」他勉強扯起了一絲笑容道。

「也不能這般說，那段時候家裡的人都有些怪怪的，有一回夜裡，我還瞧見五弟與素嵐奇奇怪怪地從四妹妹屋裡出來。」秦二娘蹙眉想了想，又道。

陸修琰心中「咯噔」一下，連忙追問：「是什麼時候？」

「實際哪一日倒也記不清，只知道是在無色……皇長孫殿下六歲生辰前幾日。」

陸修琰臉色幾經變化，也正是那幾日，秦澤苡終於鬆口同意了他與阿蕖的親事。

難道，那一晚秦澤苡與素嵐是去與囡丫頭商量事情？想來定是如此，否則身為兄長的他又怎可能三更半夜到妹妹屋裡去？

他的心跳一下急似一下，再不敢想下去，心中有個隱隱的念頭，真相必是他所不能接受的。

「二妹妹，妳怎麼走到這裡來了，真真讓我好找——王爺？」秦澤耀的夫人久等不見秦二娘急急來尋，正要責怪她不該亂走，卻在見到陸修琰的身影時沒了聲音。

陸修琰心亂如麻，無心再理會兩人，胡亂地應了一句後便要離開，走出數步又停了下來，吩咐長英留下幾人護送姑嫂兩人回府。

更聲隱隱而響，寒風敲打窗櫺，燭光盈盈，映出床上相擁而眠的一雙人兒。

陸修琰緩緩睜開眼眸，側頭望了望懷中呼吸已經均勻的妻子，略思忖一會兒，突然伸手往她身上某處穴位一點，以便讓她睡得更沈些。

他小心翼翼地將熟睡中的秦若蕖抱離自己，掀被趿鞋下地，順手將架子上搭著的衣裳扯下，卻不知是不是用力過猛，竟將梳妝檯上一個四方錦盒掃落到地上。

他連忙彎下身將灑落在地上的各式小玩意兒撿起，一一放回錦盒裡。這裡面裝的多是秦若蕖四處收集的有趣小玩意兒，特地用來哄無色的。

突然，一塊漆黑的腰牌映入他的視線，他拿到手中打量，見上面刻著一個「壹」字。

這腰牌……他的臉色有幾分凝重，下意識地望向好夢正酣的妻子，薄唇抿了抿，將那腰牌收入袖中，穿好衣裳後再披上狐皮大氅，輕輕推開門，舉步而出，整個人很快便融入夜色當中。

「王爺。」候在大門外的長英牽著高大健壯的駿馬朝他走來，見了禮後便將手上轡繩遞給他。

陸修琰翻身上馬，雙腿一夾馬肚子，駿馬長嘶一聲，撒腿疾馳而去。

有一件事，他一定要去問個清楚……

質樸簡潔的廂房內，一身素衣的女子坐在長椅上，神情呆滯，面如死灰。

突然，房門發出「呀」的一下響聲，女子彷彿未聞，直到耳邊響起男子特有的低沈醇厚嗓音。

「常姑娘。」

她愣了一會兒，慢慢地抬頭朝著對方望去。「端王？」

陸修琰一言不發地望了她片刻，終於，緩緩地問：「妳的腿，到底是因為何事而斷？」

常嫣又是一愣，想不到事情過去這般久，他竟會問起此事。

可是，此時此刻她早已一無所有，亦知今生今世再不可能坦然面對眼前的意中人，故而也不再有所顧忌，慘然一笑，道：「若我說這都是拜你的王妃所賜，你會信嗎？」

陸修琰又是一陣沈默。

「妳有何證據？」

「我沒有證據，可是當年在岳梁，只有她有動機，因為，她要向我報復！」

「妳可認得此物？」陸修琰將手上握著的那塊腰牌遞了過去。

常嫣接過一看，當即便愣住了。「此物怎會在你手中？難道當年真的是你從阿壹手中救了秦若蕖？」

「救？」陸修琰面無表情。

常嫣早已是破罐破摔，當下便一五一十地將自己曾經派人暗殺秦若蕖無果之事道了出來。

「我的腿，便是在那回跟蹤她時跌落陷阱斷了的；可是王爺，我明明是親眼看到那襲桃紅衣裳才跟過去的……王爺，秦若蕖並非表面看來的那般單純無害，她那樣的人，根本不可能真真正正、毫無雜質地喜歡一個人，她瞧中的不過是你親王的身分與權勢罷了！」常嫣到底心有不甘，大聲道。

陸修琰垂眸，片刻，聲音不喜不怒。「本王自認識她初始，便清楚她是怎樣的人，是怎樣的性子。世間，任何人心悅一個人，總是因為對方身上所擁有的某一特質；身分與權勢，本就是本王與生俱來的一部分，她看上這兩者，等於是看上了本王。」

常嫣陡然瞪大了眼睛，滿眼難以置信。

陸修琰將藏於身上的匕首扔到她跟前，冷冷地道：「妳幾次三番欲害吾妻，本王若是饒妳，枉為人夫，妳若是知趣，自當自刎，本王或許能放妳常府一馬！」

第三十二章

常嫣神情一呆，隨即慘然地笑出聲。

也好，反正她早已成了京城的笑話、家族的恥辱，苟活於世又有何意思？她癡戀他一場，如今能死在他的眼前，也算是上蒼對她最後的一點眷顧了。

她顫著手撿起匕首，帶著最後一絲希望地看著他，啞聲問：「若是沒有秦若蕖，王爺可會娶常嫣為妻？」

「有沒有她，本王都不會娶一個心腸歹毒的女子。」陸修琰神情冷淡。

常嫣雙唇微微抖動，最終絕望地大笑起來，笑著笑著，猛然發力，狠狠地把那匕首插入胸中。

只聽得一聲利刃入肉的悶響之聲，下一刻，她的身體緩緩地倒在地上。

燭光映著地上的女子，照著她身上的斑斑血跡，那鮮血，紅得奪目，豔得決然……

候在屋外的長英走進來，探了探她的鼻息，輕聲回稟道：「王爺，她死了。」

陸修琰背著手失神地目視窗外，良久，低低地「嗯」了一聲，轉身離開。

長英策馬緊跟著前面的主子，跟隨端王多年，他又怎會看不出他如今的心情已是處於谷底。

駿馬在寒風飄雪中疾馳，陸修琰身上大氅隨風翻飛，寒風透骨，卻比不過他心底的冰寒。

原來，她並不是頭一回利用自己去對付別人，甚至他以為的兩情相悅，或許真的不過只是他的「以為」。

不知自己是怎樣回到府中的，待他回過神時，已經坐在正房那張寬大的床上。

他怔怔地望著呼吸平緩的妻子，不知坐了多久，直至床上的女子眼皮微微顫動，下一刻，那雙明亮卻清冷的眼眸便對上了他的視線。

「你為何要點我的睡穴？」秦若蕖翻身坐起來，皺眉不悅地瞪著他。

陸修琰抿唇不語，片刻，緩緩地道：「我今晚去見了常嫣，問了她一些事。」

秦若蕖眼眸微閃，別過臉去不再看他。「你去見何人與我何干？只是，深更半夜，你一個作丈夫的扔下自己的妻子去見別的女子，這未免過了些吧？」

陸修琰彷彿沒有聽到她的話，兀自道：「我問她關於她當年誤入陷阱以致摔壞了腿之事，她也沒有瞞我，一五一十將前因後果盡數道來……」

他頓了頓，壓下滿懷凌亂思緒。

「我一直認為不管性情多麼極端，妳們終究還是同一個人，這兩日我想了許久，一直到方才我才醒悟過來，原來，妳與她從來不是同一個人。」

「我早已經說過，我不是秦四娘，秦四娘也不是我，我與她不過是同屬一個軀體的兩個不同之人，是你自己執意認為我們是同一人，這又能怪得了誰？」秦若蕖冷哼一聲道。

「是啊，一直以來都是我搞錯了……」陸修琰苦笑。「妳可以讓阿蕖多年來一直堅信自己患有所謂的夜遊症，可以讓她不去深究發生在身上的一切異樣，既然可以如此操控於她，想來當年亦是妳暗示她與我親近。」

秦若蕖臉色一變。他知道了？

「我不懂你在說什麼，嫁你是秦四娘自己的選擇，與我何干？」

陸修琰一言不發地盯著她，直盯得她臉色微微發白，最終狼狽地移開視線，再不敢與他對視。

這還有什麼不明白的？他一直細細珍藏的岳梁歲月，原來不過是有心人的謀算，他給予平生所愛的姑娘真心與誠摯，換來的卻不過是……

似是有一盆冷水兜頭潑來，生生澆熄他體內一直燃燒著的愛戀之火。

「妳可知道，本王並非只付出而不求回報之人，本王既然已經喜歡甚至愛上了，那便一定要得到同等的回報；否則，沒有回報的愛對本王來說不過是腐肉，本王寧願忍著錐心剮骨之痛，也必定要將它挖下來扔掉。」他深深地凝望著那張刻入心底的臉，良久，一字一頓地道。

秦若蕖心口一緊，想要說些什麼，卻發現自己什麼也說不出來，直到見對方站了起來，一言不發地轉身就要離開，她忙伸出手去抓住他的手臂。

「我承認當初是操控了秦四娘，暗示她主動去親近你，可是、可是後來秦四娘會選擇嫁你，完全是她個人的意願。」

陸修琰並沒有回頭，也沒有因為她這番話而讓心中好受多少，只是靜靜地聽著她這番略顯急切的話，而後，將她的手從自己臂上扯了開來。

既然已經給了暗示，這番暗示便已經刻入了腦子深處，掩蓋了她真正的意願；換言之，也許連傻丫頭自己也已經分不清最初真實的想法，她不過是以為自己喜歡上他而已。

他茫然地走出正院，平生頭一回，他覺得這座最溫暖的院落給人一股透不過氣來的感覺。

清晨，紛紛揚揚了數日的雪竟然停了下來，三三兩兩的王府下人正清掃著地上的積雪，偶爾的「噼啪」響聲，被雪壓得沈甸甸的樹枝終於承受不住壓力而斷開。

「王爺沒有歇在屋裡？」素嵐吃驚地問。

「沒有，方才我還見著大管事吩咐人將王爺的洗漱用品送到書房裡。」雲鷲輕聲稟道。

素嵐眉間憂色漸顯。這可是頭一回，往常王爺不論多晚、也不管多忙，必會回到王妃身邊歇息的，如今怎麼獨自一人歇在書房？

「可知是為何？」她忍不住追問。

雲鷲略遲疑了下，緩緩地搖了搖頭。「並不清楚，只是、只是我夜裡起來一回，曾見王爺從屋裡出來，後來便不清楚了。」

素嵐心中越發不安，望向正從屋裡走出來的青玉。「王妃可起了？」

「起了。」青玉頷首，臉色也有幾分凝重，一副欲言又止的模樣。

素嵐無心理會她，連忙舉步走進去。

暖融融的屋裡，一身家常打扮的秦若蕖正失神地望著銅鏡裡的自己，察覺她的到來，雙唇抿了抿，下一刻，嘆息著道：「嵐姨，端王爺他知道了。」

「王爺他知道什麼了？」素嵐一時反應不過來。

「他知道了我曾經讓秦四娘主動親近他的事。」

「什麼?!」素嵐大驚失色。「妳為什麼要告訴他？妳可記得妳曾經答應過我什麼？」

「並非我主動相告，而是他自己察覺的。」秦若蕖解釋道。

素嵐急得直跺腳。「這可如何是好！難怪王爺昨夜留宿書房，原來、原來……」

見她如此，秦若蕖倒是冷靜了下來，毫不在意地道：「總歸如今秦四娘已是他的王妃，事實不容更改，他能做的最多不過是多娶幾房新人，然後將曾經給秦四娘的寵愛分給別人罷了。」

素嵐氣極反笑，語氣含著掩飾不住的失望。「難道到了今日妳在意的還只是這王妃頭銜？王爺平日是如何待妳、如何待四姑娘的？妳當真一點觸動都沒有？沒有王爺的睜隻眼、閉隻眼，妳以為錢伯的那丁點力量能輕易進出王府？沒有王爺的善後，妳當真以為自己對付長樂侯夫人是天衣無縫？」

她閉著眼睛深深地吸了口氣，神情更加失望。「妳還是不懂珍惜別人的真心，否則，妳不會一而再地利用王爺去對付常家姑娘，更加不會說出如今這番話來……蕖小姐，人心是非常脆弱的，一旦出現了裂痕，終其一生的時間也無法修復如初。王爺身處一人之下、萬人之上的地位，素有處事公正嚴明之名，可他的原則、他的底線卻因妳而一退再退，那不是因為妳手段了得，而是因為他的愛與包容！他不在乎妳的奇怪性情、狠辣手段，也不在乎妳背著他惹上多少麻煩事、得罪多少人，更不在乎妳一而再將他當作棋子般利用，可是……」

素嵐眸中含淚，卻是再也說不下去。

事已至此，說得再多又有什麼用？

秦若蕖神情木然，饒是親手帶大她的素嵐也看不清她的想法。

很快地，端王府的下人便發現了主子的異樣。

王爺接連數日一直歇在外書房，連後院都沒有踏進半步，當然也沒有再陪王妃用膳、陪王妃散步、賞雪。

便是偶爾王妃命青玉姑娘送了參湯到書房，相隔幾個時辰，下人進去收拾時，卻發現那參湯原封不動地放在一旁。

可若說王爺完全不理會王妃倒也不是，每日他依然會過問王妃的衣食住行。

「已經半個月了……陸修琰怎麼還沒有忙完啊！」秦若蕖無聊地托著腮幫子，望著窗外的飄雪抱怨道。

正收拾屋裡的青玉聞言一頓，垂眸不語。

她已經從素嵐口中得知那日之事，知道王爺為什麼會突然冷落王妃，可是，王妃卻不知道，只是單純地以為王爺近日公事繁忙，這才一連半月不見人影。

「不行，我得去瞧瞧他，今日明明是朝廷休沐的日子，再怎麼忙也得歇息啊！」秦若蕖「噔」的一下從椅子上跳起來，二話不說便衝出門去，待青玉反應過來時，已經不見了她的身影。

陸修琰怔怔地望著卷宗失神，書案上攤著的卷宗已經許久沒有翻動了。

他並非是想冷落她，只是不知該如何面對。他最怕的是自己會在衝動之下傷害她，對她說出一些無法挽回的話。

他不介意她是因為什麼而喜歡上自己，他介意的是她的喜歡是否發自內心！

事到如今，他才猛然發現，原來便是腐肉，自己也狠不下心來將它從身體裡剮掉。

書房門突然被人推開，他抬眸望去，身體當即僵了僵。

秦若蕖不知他的心事，逕自來到他的身邊，扯著他的袖口撒嬌地搖了搖。

「陸修琰，你都好久不陪人家了，今日可是休沐的日子，公事哪有忙得完的時候，不如與我到園子裡逛逛吧！」

陸修琰垂眸掩飾眼中複雜，乍一見到這張嬌顏，心更加搖擺不定了。

是啊，不過半個月未見，他怎會有一種恍若隔世的感覺？

他緩緩抬眸，望入她眼底深處，相當認真地問：「阿蕖，妳可喜歡我？」

秦若蕖呆了呆，隨即害羞地捧著臉蛋，扭扭捏捏地道：「喜歡啊！」

而且是非常地喜歡！不過這話太羞人了，她著實不好意思明明白白說出來。

聽著心愛妻子的愛語，他的心跳竟是跳動如常，表情亦是相當地平靜，彷彿對方說的是再尋常不過的話。

他突然有點悲哀，他的傻姑娘從來不會撒謊，她對自己的依戀與信賴是那樣的明顯，他卻已經不敢相信她對待自己的心意。

他不知道這樣的愛語到底是那些刻入她腦子裡的「暗示」讓她說的，還是真的是她內心最最真實的想法？

他知道自己鑽進了死胡同，更清楚這樣待他的傻姑娘非常不公平，可他沒有辦法控制內心深處瘋狂生出的懷疑與不確定。

他很介意，介意自己得到的感情摻入雜質，他更怕自己傾心愛慕的姑娘其實並不愛他，對他的戀慕不過是習慣使然。

這副嬌軀內藏著兩個人——是的，兩個人，他終於承認，那是兩個完全不同的人！他很清楚地知道，冷漠的那一位心中並沒有他，若是心中有他，又豈會聽不進他的勸告，又怎會一再視他如棋子般利用。

可正是這樣一個待他無情之人，卻能控制著另一人主動親近他，她的力量太過於強大，強大到讓他完全分不清她的真心與假意。

「我還有要緊事要辦，讓青玉與雲鷲陪妳去吧！」他輕輕推開她，嗓音平淡聽不出喜怒。

秦若蕖愣愣地望著他淡淡的神情，低下頭注視著方才扯著他袖口卻被他推開的手。

這是頭一回，他將自己推開。

她的心裡突然有些難受，鼻子更是酸酸的，只是很快便收拾心情，揚著笑容道：「好，那你先忙著，我回去了。」

陸修琰下意識地伸手去拉她，卻在即將碰到她的手時止住動作，怔怔地看著那纖細瘦弱的身影漸漸消失在視線中。

秦若蕖的笑容在轉過身的那一刻便垮了下來，她蔫頭耷腦地回到正院，青玉一見她這模樣便清楚她必是碰了軟釘子，心一下子沈了。

那樣疼愛王妃的王爺，連王妃的主動也不理會了，難道事情真的已經到了無法挽回的地步了嗎？

蕖小姐是對王爺無心不錯，可四小姐不是啊，她對王爺是那樣地喜歡，難道這還不夠嗎？

她忍不住將這番話在素嵐面前道了出來，素嵐聽罷沈默片刻，嘆息道：「越是用情至深，便越發在意得到的感情是否純粹，王爺又是那樣驕傲的性子，如今更是鑽入牛角尖，再過一陣子他想明白了，能客觀地看待王妃的心意便好了。」

「若是王爺一直想不明白呢？」青玉追問。

素嵐沈默。

這也是她一直擔心之事，性情驕傲之人大多難以接受欺騙，尤其是來自最親密之人的欺騙，這也是她一直提心弔膽的原因所在。

不過秦若蕖垂頭喪氣了半晌便又振作起來，她在心裡不停地告訴自己，她要做個賢慧的妻子、貼心的妻子，夫君如今正忙碌，她不應該去打擾。

這般一想，她頓時豁然開朗，笑容再度爬上臉龐。

自這日後，她難得地開始掌理家事，每日認真地坐在議事廳裡聽著各管事向她回稟府裡事務，偶有不懂的便請教素嵐，對於陸修琰的衣食住行，她更是事必躬親，時時過問了解。

她本就不是愚笨之人，如今又是一心一意地學習，過不了多久便也掌握了十之七八。

「陸修琰，你可得空了？若是得了空，咱們烤肉吃吧，後廚裡有好大一塊鹿肉呢！」簾外探出一張無比燦爛的笑臉，讓正更衣準備外出的陸修琰愣了一會兒。

他遲疑地道：「怕是不行，我得進宮一趟。」

秦若蕖的笑臉一下子便凝住了，那明亮的眼眸瞬間暗了下去。

又是不行，他已經拒絕她好多回了……

陸修琰看得心口一揪，想要說些什麼安慰之話，可秦若蕖已經轉身邁步離開了。

「王爺，該出發了。」久不見他現身的長英進來提醒。

他確實是不得空，今日宣和帝要檢查皇子、皇孫學業情況，他自然要到場。

「皇叔祖你瞧、你瞧，皇祖父賞給我的。」進了演武場，無色如小炮彈般朝他衝過來，得意洋洋地將手中那套精緻的小弓箭遞到陸修琰眼前。

「我也有、我也有！」陸淮睿不甘落後。

陸修琰含笑在兩個小傢伙腦袋瓜子上分別揉了揉，毫不吝嗇地誇獎道：「做得不錯！」

兩人瞬間便笑瞇了大眼睛。

皇室男兒講求文武兼修，今日宣和帝意外發現小一輩的這兩個小娃娃不論是功課還是武藝居然都有明顯進步，頓時龍顏大悅，當即便賞了兩人一張小弓和一套文房四寶。

陸修琰笑望著兩個小傢伙手拉手地跑開，心中滿是欣慰；只是當他的視線不經意地落到不遠處那對面和心不和的兄弟——鄭王陸宥恒和章王陸宥誠身上時，不禁微微嘆了口氣。

如今儲位之爭越來越激烈，當中又以鄭王陸宥恒與章王陸宥誠勢力最強，雙方互不相讓。

大人的世界終究不如小孩子單純，所幸鑫兒與睿兒兄弟倆感情仍舊相當好，雖然小打小鬧不斷，不過和好的速度也是相當快。

「修琰，你認為幾位皇兒當中哪一個能最先跑到終點？」宣和帝滿意地望著前方馬背上互不相讓的兒子，側頭噙笑問。

陸修琰笑道：「不到最後一刻，臣弟都不敢妄下結論。」

宣和帝哈哈一笑，指著騎著馬率先躍過障礙物的陸宥恒道：「朕瞧來，宥恒的勝算似乎更大些，你瞧……」

「殿下！」

「小心！」

話音未落，便見原本一馬當先的陸宥恒突然從馬背上重重地摔了下來，驚得周遭眾人失聲驚呼。

陸修琰一躍而起，當即便朝著失事地點飛掠而去……

「宥恒！」

「小、小皇叔，不要緊。」陸宥恒勉強扯出一絲笑容，試圖安慰正蹲在地上細心地檢查自己左腿傷勢的陸修琰。

陸修琰皺眉。「骨頭都斷了，怎會不要緊！」

下一刻，便有一直候在場外的太醫趕了過來。

陸修琰將位置讓給太醫，看著他仔細地檢查傷勢，很快便有侍衛將陸宥恒扶下去。

「宥恒為何竟會這般不小心，傷得可嚴重？太醫怎麼說？」宣和帝緊張地問。

陸修琰回道：「左腿骨頭摔斷了，身上想必還有些擦傷，若好生休養一段時間，想來便會回復如初。」

宣和帝這才鬆了口氣，略思索一會兒。「宥恒騎術一向精湛，無緣無故地怎會從馬上摔下來？」

陸修琰沈默不語。

宣和帝望了望關切地護送兄長離開武場的幾個成年兒子，臉色漸漸沈了下來。

「皇叔祖，爹爹怎樣了？」陸淮睿邁著小短腿跑了過來，擔心地揪著陸修琰的衣袖問。

「不必擔憂，不會有事的，你先與鑫皇兄到皇祖母處去，過陣子你爹爹便會派人接你回府。」陸修琰安慰了他幾句，又吩咐宮女將他與無色一起送到鳳坤宮。

自幼一起長大的皇姪出了事，陸修琰也放心不下，故而便陪著宣和帝到了龍乾宮，等著太醫院那邊的診治結果。

兩人心中都藏著事，是以均沈默地坐著，並沒有交談。

良久，內侍終於引著太醫院正走了進來，從院正口中得知陸宥恒只是傷了腿，與方才在練武場上診治的一般無二，陸修琰徹底鬆了口氣，因餘下之事不便插手，故而先告辭離宮回府。

回到王府，他照舊是到了書房，端過書案上的茶盞呷了幾口，命管事從庫房挑了些適用的藥材送到鄭王府，又批閱了小半個時辰公文，便見長英一臉凝重地走進來。

他瞥了他一眼，提筆的動作卻不停，問：「有何事？」

「王爺，鄭王殿下摔下馬的原因查到了。」

陸修琰手一頓，將筆放在書案上。

「說。」

「是、是誤服了藥。」

「誤服了藥？」陸修琰一愣。「又非三歲孩兒，怎會誤服藥？」

長英遲疑片刻，緩緩地道：「是食用了睿公子給他的糖，而這糖，是鑫公子給睿公子的——」

陸修琰一下子從椅上彈了起來。「鑫兒?!」

這事怕是有些不妙，鑫兒與睿兒素來交好，彼此也喜歡分享好吃的，只是如今正是敏感時刻，若宥恒果真是食用了……

「為何鑫兒的糖裡會有藥？」小傢伙的兜裡總愛藏零嘴他是知道的，可是那些東西又怎會無緣無故沾了藥？

「鑫公子曾經好奇地翻過高太醫的藥箱，想來是那個時候不知不覺地沾上的。」

陸修琰的臉色並沒有因為他這番解釋而變好多少，這一切實在太過巧合，宮中人人皆知皇長孫淘氣又貪嘴，加上他最近又與睿兒形影不離的……

「……王爺，王妃她身子抱恙，素嵐姑姑命人請太醫。」正不安間，有侍女進來稟道。

陸修琰心中一突，忙問：「好好的怎會如此？」

「王妃昨日便有些咳嗽，生怕打擾王爺，也不讓人來報。今日一早起來好了些，素嵐姑姑與青玉姊姊便也放了心，沒想到歇晌過後突然嚴重，如今整個人都昏昏沈沈的。」

陸修琰臉色一變，一拂衣袍大步流星地出了屋，一路往正院方向走去。

看著床上昏睡不醒，整個人明顯消瘦了不少的妻子，陸修琰心疼到不行，顫著手輕撫著那透著不正常紅雲的臉蛋，觸感微熱。

「奴婢失責，請王爺降罪。」以青玉為首的侍女跪了滿屋。

失責？陸修琰苦笑，真正失責的是他這個做夫君的，竟然沒有察覺妻子身子的異樣。

「都出去吧！」他的視線始終不離床上的人，沈聲屏退眾人。

偌大的正房裡一下子便只剩下他們夫妻兩人。

他伸著長指，細細地描繪著她的輪廓，啞聲輕喚。「阿蕖……」

回應他的只有風敲打窗櫺發出的響聲，以及床上女子的呼吸聲。

他低低地嘆了口氣，心情越發沈重。

秦若蕖迷迷糊糊地睜開眼睛，隱隱看見身邊似坐著一個有些熟悉又有些陌生的身影，她喃喃地喚。「陸修琰……」

「我在呢！」

「陸修琰，我難受……」腦子燒得昏昏沈沈的，她眼眶紅紅，帶著哭腔的聲音聽來甚是委屈。

陸修琰更加心疼，伏低身子摟著她輕聲地哄。「別怕，喝了藥便會好了。」

「不要喝藥，好苦的……」抽抽噎噎的姑娘往他懷裡縮了縮，咕噥著表示抗議。

「乖，喝了藥病才會好，病好了才不會難受。」陸修琰耐性十足地哄。

「不要，不要喝……」秦若蕖嚶嚶哭著就是不肯。

這嬌氣包……陸修琰嘆氣，唯有又是哄、又是騙，好不容易才哄著她服了藥。

摟著軟綿綿的姑娘在懷，他輕柔地拍著她的背哄她入睡，直到看著她再度沈沈睡去，這才小心翼翼地將她放回床上，細心地為她蓋上錦被。

素嵐站在一旁，沈默地看著這一幕，心裡總算是略微鬆了口氣。

王爺的心裡果然還是有王妃的……

秦若蕖再度醒來的時候，天色已經完全暗了下來。

她用力眨了眨有些朦朧的雙眸，片刻，有些不確定地伸手揉了揉，只是當那張俊朗的臉龐清晰地映入眼簾時，她不敢相信地喃喃喚。「陸修琰？」

「是我，可好些了？」陸修琰探了探她的額頭，不放心地問。

秦若蕖眼睛一眨也不眨地盯著他，彷彿沒有聽到他的話。

陸修琰見狀更擔心，莫非燒傻了？「阿蕖？」

「好、好些了。」秦若蕖囁嚅道。

陸修琰點點頭，望了望屋中沙漏，想要起身到外間去吩咐下人準備些清淡的粥，哪知還沒舉步，袖口被人揪住，下一刻，便聽到秦若蕖的哭音。

「陸修琰，你是不是不要我了？」

心口似是被千萬支針扎中一樣，他張張嘴，解釋之話還未出口，又聽她抽噎著道：「你別不要我，我會努力做個好妻子，我已經會管家事了，繡功比以前也進步了些，就是廚藝還是不怎麼行，不過我會認真學……每日我也很早便起來，聽府裡管事嬤嬤彙報差事，偶爾還會與嵐姨一起巡視各院，雖然還有許多事不是很清楚，可假以時日……」

「阿蕖。」陸修琰心酸難耐，輕輕為她拭淚，不料秦若蕖突然抓住他的手緊緊地抱在懷裡，一副生怕他會逃走的模樣。

她吸了吸鼻子，可憐兮兮地道：「陸修琰，你別不要我，我會做好多好多事……」

陸修琰心痛得幾乎擰作一團，猛地將她扯入懷中，抱著她啞聲道：「我又怎會不要妳，我怎捨得不要妳……」

我更擔心，有朝一日妳大仇得報後便不再需要我了……

貼著久違的溫暖胸膛，這段時間來的忐忑不安與心酸難過彷彿一下子找到了宣洩的出口，秦若蕖「哇」的一聲大哭起來。

「你怎麼那麼壞，怎麼那麼壞！你要嚇死人家了，我還以為你不要我了……」一面哭，一面控訴著他近來的冷漠。

話雖如此，她的手卻緊緊環著他的脖子，濕濕熱熱的臉蛋貼在他的頸窩處，淚水肆意流出，滾燙的淚水透過衣物觸及他的身體，似烈火在灼燒著他的心。

自與她相識以來，這是他頭一回見她哭得這般厲害，而造成這一切的罪魁禍首正是自己。

「……對不起，都是我不好，莫要哭。」他輕吻著她的頭頂，眼圈微紅，啞聲道。

「你怎麼那麼壞，怎麼那麼壞……」嗚咽聲一下又一下地凌遲著他的心。

「對不起，是我不好。」此時此刻，除了道歉，他再也想不出能說些什麼。

秦若蕖哭得直打嗝，任他怎麼哄也不理會，一直到哭累了，這才抽抽噎噎、淚眼汪汪地重複問：「真的不是不要我了？」

陸修琰嘆了口氣，一面為她拭著淚，一面道：「是，不會不要妳，永遠都不會不要妳。」

秦若蕖這才破涕為笑。她就知道，他這樣疼她，又怎會捨得不要她。

「又哭又笑的，像個小娃娃。」陸修琰無奈地搖了搖頭，親自為她洗乾淨那張花貓臉，又吩咐青玉讓後廚送些清淡的粥來。

青玉還有什麼不明白的，當即又驚又喜地領命而去。

好了，總算是雨過天青了……

很快地，青玉便端著粥及幾道小菜走了進來，小心翼翼地把它們放在那張圓桌上，相當識趣地又退了出去。

掀開門簾時，身後便響起秦若蕖撒嬌的聲音，以及陸修琰既無奈又寵溺的回答。

「我不喜歡吃這個，我要吃烤鹿肉……」

「等妳身子好了再吃，聽話。」

「那等我好了，你得親自幫我烤，就像當初在岳梁幫我與酒肉小和尚烤魚那樣。」

「好好好，妳要怎樣都可以……」

「在這兒傻笑什麼呢？」迎面走來的素嵐見她一個人站在廊下笑得傻乎乎的，不禁好笑。

「嵐姨，王爺、王爺他果真沒讓我失望……」青玉激動得抓著她的手，有些語無倫次。

素嵐愣了一會兒便明白她的意思，眼中光芒大盛，可她終究穩重得多，很快便壓下激動的情緒，輕戳她的額。「什麼叫沒讓妳失望？沒大沒小的。」

青玉捂著額頭笑得無比歡喜。

這一晚，秦若蕖是前所未有地黏人，雖然身體仍然有些不舒服，可因為心情愉悅，整個人竟瞧來容光煥發。

陸修琰耐性十足地陪著她，對她簡直是有求必應，直到見她睏得直打呵欠，眼皮都垂了下來，卻硬是撐著不肯就寢。

陸修琰捂著她的眼睛，輕聲哄道：「夜深了，早些就寢吧！」

「你會一直陪著我嗎？」秦若蕖伏在他的懷中，打著呵欠問。

「會，會一直陪著妳。」陸修琰親親她的額，許諾道。

「明日一早醒來，你會不會又像前些日子那般待人家冷冷淡淡的？」秦若蕖仍舊有些不放心。

陸修琰心口一痛，貼著她的臉一字一頓地道：「不會，阿蕖，對不起，是我不好，我不該鑽牛角尖，不該懷疑妳的真心。」

秦若蕖反摟著他的腰身，軟軟地道：「總之、總之你不能不要我，人家都是你的妻子了，你若是不要我，我、我就、就……」

「妳就怎樣？」陸修琰額頭抵著她的，笑問。

這傻姑娘也會威脅人了？倒是有些意思。

秦若蕖苦惱地皺著小臉，「就」了半晌也想不出可以威脅他什麼，唯有輕哼一聲，在他肩上磨了磨牙，這才在他懷中尋了個舒服的位置閉上眼，放心地睡過去。

陸修琰如同待孩子般輕拍著她的背哄她入睡，她的呼吸聲變得均勻平緩，這才止住動作。

他深深地凝視著懷中紅彤彤的睡顏，想到這段日子的自擾，忽地低低地笑了起來。

他覺得，上輩子定然欠了這姑娘良多，以致這輩子被她吃得死死的，可偏偏他還心甘情願得要命。

就這樣吧，不管她是發自真心實意的喜歡也好，受「暗示」而自以為喜歡也罷，只要她的心中還有他一星半點兒的位置，這輩子他都不會再放開她了。

他曾經以為只要自己得到的感情不是純粹的，哪怕心再痛，也絕對會揮劍斬斷這段孽緣，可如今他才發現，只要對象是她，他便永遠做不到放棄。

翌日，如先前一樣，陸修琰照舊先起來練了半個時辰武功。

他接過侍衛遞過來的棉巾拭了拭臉上汗水，抬眸便見長英臉色沈重地朝他走來。

陸修琰見他這般神情便知必有要緊事，頭一樁想到的便是昨日陸宥恒墜馬一事。

長英行至他跟前一陣低語，不過頃刻，他的臉色便變得鐵青一片。

「陸修琰呢？」一起來不見身邊人，秦若蕖焦急追問。

「王妃放心，王爺有事外出，不過已經吩咐了青玉，說務必要親自盯著妳按時服藥，不准妳又鬧小孩子脾氣嫌苦。」青玉笑著道。

秦若蕖哼了一聲，咕噥地反駁。「人家才不是小孩子！」只是，臉上卻溢滿了甜蜜歡喜的笑容。

真好，昨夜她真的不是作夢，陸修琰又回來了，他依然那樣疼愛她、關心她。

只是此時的陸修琰寒著臉，目光如炬地盯著站於身前的男子。

「本王此生，亦有為了達到目的而不擇手段之時，可是，若論起心狠，卻是遠遠不及你！」

「小皇叔此言，宥誠不懂。」陸宥誠眼眸微閃，一臉的驚訝。

「你不懂？」陸修琰冷笑，從懷中掏出一個荷包重重地砸在他的身上。「你真當本王眼瞎了不成?!」

陸宥誠下意識地望向地上那只荷包，臉色當即變了，不過瞬間又回復如初。

「小皇叔果真疼愛鑫兒。」他彎下腰撿起荷包，緩緩地將裡面的桂花糖倒出。

「他是你的親骨肉，你怎能利用他來達到陷害人的目的？他不過是七歲的孩童！」陸修琰怒視著他，咬牙切齒地質問。

陸宥誠沈默。

「你確實是相當會算計，鑫兒不過是孩童，又是個活潑好動的性子，與睿兒更是親密，便是查到他身上，也不過會認為是小孩子不懂事而闖了禍。」

陸宥誠並不否認，只有一點陸修琰沒有說出來，那便是他的這個兒子異常得寵，宣和帝、紀皇后對他的寵愛顯而易見，再加上端王夫婦……

而事實證明，利用這個兒子給鄭王下藥是無比正確的。瞧瞧，父皇不是讓得知內情之人不准聲張了嗎？而母后亦對此無異議，這都是為了什麼？不就是不想讓鑫兒知道後會內疚，從而蒙上陰影嗎？

陸修琰看著他這副毫不在意的模樣，便知道他根本不認為自己所作所為有什麼錯，心中失望至極。

他再不願多看他一眼，轉身便欲離開，卻聽身後傳來對方別有深意的話——

「小皇叔，你這般疼愛鑫兒，想必不會希望他將來落得如平王世子的下場……」

平王奪嫡失敗，連累妻妾兒女一同被囚。

陸修琰身體微僵，下一刻，大步流星地離開。

第三十三章

章王府正院內，曹氏端著茶盞輕吹了吹蒸騰的熱氣，冷冷地瞥了一眼跪著的高嬤嬤。

「奴婢謝王妃賞……」高嬤嬤強忍著臀部的劇痛，額冒冷汗緩緩地道。

「放開我！」曹氏還未說話，一直緊緊被染梅抱住動彈不得的無色用力掙開她的束縛，朝著高嬤嬤跑了過來，扶著她哭著問：「嬤嬤，妳怎樣了？」

「多謝大公子，奴婢很好。」高嬤嬤勉強衝他笑了笑。

「可是、可是……」無色望著她的傷處，淚水頓時流得更厲害了。

「鑫兒，過來。」曹氏淡淡的聲音在他身後響著。

無色含淚轉過頭，恨恨地瞪她，高嬤嬤見狀忙啞聲道：「公子，王妃叫你呢，快去吧！」

「鑫兒！」曹氏重重地將茶盞往桌上一放，聲調當即提高了幾分。

「公子，快去啊，聽話，快去……」高嬤嬤急了，生怕他會激怒曹氏，也顧不得身上的傷，低聲勸道。

無色咬著唇，忽地用力跺了跺腳，大聲衝著曹氏道：「我討厭妳！」

一言既了，飛也似地往院門跑去。

「反了、反了，妳們瞧瞧、妳們瞧瞧！」曹氏氣得渾身發抖。

「王妃息怒，王妃息怒，大公子他只是……」

「全是妳們這幫刁奴帶壞了他！」

「王妃息怒，王妃息怒……」侍女頓時便跪了滿屋。

染梅心中擔憂著跑出去的無色，但視線掃到門外與她一起被陸修琰撥來照顧無色的茗忠已經追了出去，這才暗暗鬆了口氣。

曹氏將無色身邊伺候的下人悉數罵了一通，這才深深地吸了幾口氣，眼不見為淨地揮手讓她們退下去了。

染梅與另一名侍女連忙上前將高嬤嬤扶起，帶著她一步一步離開。

侍眾人退出去後，曹氏才低低地嘆了口氣。

「殿下。」見陸宥誠朝這邊走來，曹氏連忙收斂滿懷複雜心緒，揚著得體溫柔的笑容迎了上去。

陸宥誠應了聲，道：「方才遠遠見鑫兒哭著跑了出去，怎麼？可是他又淘氣了？」

「鑫兒身分畢竟不同以往，一言一行都代表著章王府、代表著殿下，父皇與母后又是那樣疼愛他，他更要懂事知禮才行。」曹氏伺候他脫下身上大氅道。

「妳做得很好，父皇雖下了旨意不准知情人外道，到底此事也是鑫兒淘氣所致，總得嚴加管教才是。」陸宥誠點點頭，略頓了頓，他又道：「還有皇兄那裡……」

「殿下放心，妾身已經親自上門致歉，還送了不少補身的名貴藥材。」曹氏明白他的意思，忙道。

「妳做事我自然放心，不過明日妳得再準備一份厚禮，我與妳再親自上門一趟。」

「妾身明白，妾身會安排的。」

伺候著陸宥誠用膳，見他去了書房，曹氏一個人靜靜地坐了一會兒，想到這兩日發生的事，心情又一下子變得異常沈重。

「將上回母親帶來的傷藥給染梅送一瓶過去。」她低聲吩咐。

正摺著衣物的侍女聞聲連忙應下，轉身去取藥。

曹氏靠坐在軟榻上，輕撫著手上的玉鐲，片刻，嘴角勾起一絲嘲諷的笑意。

此事是鑫兒淘氣所致？連親生骨肉都能如此利用，她這個不曾給他生過一兒半女的妻子在他心中又能有幾分地位？

不自覺地想到方才無色那句「我討厭妳」，她的笑容又添了幾分苦澀。

是該討厭她的，她明知一切都不是他的錯，可為了給某些人一個表面上的交代，她不得不……

她發出一聲若有還無的嘆息，其實，她此番作為，也算是助紂為虐了吧？

對於這個名義上的兒子，她一開始確實是有幾分抗拒，可長久相處下來，卻是添了真心喜愛。這個孩子單純率真、活潑開朗，似豔陽般照入她陰暗的內心，這樣的孩子，又怎會讓人不喜歡？

可是……

卻說無色憤怒地跑出去，一口氣跑回了自己屋裡，重重地關上門，將追過來的茗忠擋在了門外。

「大公子、大公子……」茗忠擔心地敲門。

「走開、走開，我討厭你們，討厭！」

茗忠勸了又勸，可裡面的小主子仍舊不肯開門，無奈之下，他道：「可是染梅她們已經把高嬤嬤帶回來了，高嬤嬤受了傷，她一定很疼……」

話音未落，門「呀」一聲便從裡面打開來，下一刻，無色的身影便出現在他的眼前。

小傢伙也不理他，邁著小短腿「噔噔噔」地跑了出去。

茗忠二話不說跟了上去。高嬤嬤是大公子生母身邊的老人，對大公子的疼愛不比府中任何一人少，大公子平日也最聽她的話，今日王妃藉故發作了高嬤嬤，小公子又怎會不惱？

「嗚嗚嗚，嬤嬤……」看著躺在床上臉色蒼白的高嬤嬤，無色再忍不住抹起了眼淚。

高嬤嬤勉強衝他笑了笑，輕聲安慰道：「公子莫要擔心，嬤嬤沒事，公子是男子漢，可不能輕易掉眼淚。」

小傢伙打了個哭嗝，嗚咽著道：「母親不好，我不要喜歡她了！」

「公子千萬莫要這般說，王妃都是為了公子好……」高嬤嬤急了，掙扎著想去拉他。

「嬤嬤，王妃命人送了療傷的藥來。」染梅急急忙忙地走進來，手中拿著曹氏命人送來的藥。

高嬤嬤一聽，忙拉著無色的手，語重心長地道：「公子你瞧，嬤嬤可有說錯？王妃心裡是很疼愛你的，若不是看在公子的面上，她又怎會特意賜下藥來？」

無色低著頭，小手揪著衣角，也不知在想些什麼。

半晌，他低低地道：「嬤嬤，我想師父，想大師兄他們了……」

屋內一陣沈默。

染梅將手上的藥交給身旁的侍女，讓對方為高嬤嬤上藥，而她則拉著無色到外頭，輕聲哄道：「將來若有機會，公子還是能見到他們的。」

小傢伙照舊是垂著腦袋，少頃，悶悶地又道：「我想皇叔祖，想芋頭姊姊……」

端王爺與王妃？這個倒不難。

染梅鬆了口氣。

「那奴婢立即傳信到端王府，請王爺派人來接你過府可好？」

「好……」

「小皇叔，你此話是何意思？」鄭王府內，陸宥恒吃驚地望向身前的男子。

「我的意思是，我全力助你取得那個位置，但有一個要求，便是將來清算時，莫要牽連婦孺。」陸修琰盯著他的雙眸，一字一頓地道。

陸宥恒沈默良久，幽幽地道：「是為了鑫兒？」

除了這個，他著實想不出還有什麼原因讓一向不願插手他們兄弟之事的小皇叔如此明白地表明立場。

「是。」陸修琰無比肯定地頷首。

「……鑫兒在你心中便是如此重要？」

「他是我的責任，不論何時，我都必要護他萬全，這是我當年給予萬華寺眾僧的保證。」陸修琰不疾不徐地回答。

陸宥恒嘆了口氣，靠著軟榻半真半假地道：「小皇叔，我真的有些嫉妒了。」

奪嫡路上凶險無比，他並沒有必勝的把握，不曾將他牽扯入奪嫡的漩渦裡，便是顧念著多年的情分。

畢竟，以端王的身分及心性，只要他不參與其中，將來無論是哪一方得勝，他的地位都不會有太大的影響。

可一旦他參與了，萬一站錯了隊，只怕日後……

只可惜，他處處為他打算，希望他能獨善其身，最後他卻為了別人而一腳踏了進來。

陸修琰望入他的眼底，道：「那日之事，你亦有順水推舟之意。」他的語氣是相當地肯定。

陸宥恒臉色一僵，默然不語。

不錯，他在察覺異樣下便順水推舟摔下馬，否則憑他的武功及騎術，哪怕是被下了藥，又豈會輕易摔下？

他只是覺得，自己近來鋒芒太露，再這般下去必會引起父皇不滿，倒不如借受傷一事暫且隱下，也可避避鋒芒。

陸修琰眼神異常複雜，片刻，轉過身去緩緩地道：「宥恒，我此生從不做後悔之事，可如今，我卻非常後悔當年將鑫兒從岳梁帶回京中；若知皇室血脈親情淡泊如斯，我寧願他一輩子都是萬華寺的無色大師，也不願他成為如今被人利用的陸淮鑫！」

「小皇叔……」陸宥恒怔怔地望著他離去的背影，喃喃地喚。

對無色這幾日經歷之事，陸修琰並沒有告訴秦若蕖，並非有意瞞她，只是因為她如今仍在病中，他怕擾了她養病。

收到染梅派人送來的訊息時，他想了想，到底也是擔心那小傢伙會受委屈，遂喚了長英進來，讓他親自前往章王府接無色過府。

「酒肉小和尚要來了嗎？」秦若蕖從書房裡間走了出來，自然而然地將手交給他，由著對方將她摟在膝上坐好。

「嗯，醒了？」陸修琰探探她額上溫度，又摸摸她的臉蛋，見情況已有明顯好轉，這才放下心來。

「都睡了好久，你怎麼也不叫人家……」秦若蕖嘟著嘴，嬌聲抱怨道。

陸修琰抱著她的腰，輕聲道：「妳的病尚未好全，自然得多休息。」

秦若蕖在他懷裡哼哼，咕噥道：「我的病早就好了，頭也不沈，嗓子也不難受，連藥都不用喝了。」

她的身子一向極好，甚少得病，記憶中生病的次數屈指可數，當然，那個「夜遊症」不算。

陸修琰親了親她的臉頰。「肚子可餓了？」

「不餓、不餓。」秦若蕖搖搖頭，下一刻眸光閃閃地問：「等酒肉小和尚過來，咱們一起烤鹿肉可好？」

這傻姑娘，對那幾塊鹿肉可真夠執著的。

陸修琰無奈地笑笑，輕聲應允。「好，等他來了，我便親自給你們烤。」

「當真？」秦若蕖眼眸更晶亮了，環著他的脖子飛快在他臉上親了親，甜甜地道：「陸修琰，你真好！」

陸修琰輕笑，額頭抵著她的問：「只是給你們烤幾塊肉便算好了？」

「這是當然，試問世間有誰能請動端王為她烤肉啊？」秦若蕖得意地道。

陸修琰哈哈一笑，用力在她唇上親了一記，相當贊同地道：「可不是，世間也只有本王懷中這個人能有此榮幸。」

秦若蕖聞言更加得意了。

兩人說說笑笑一陣，秦若蕖問：「青玉什麼時候能把酒肉小和尚接來？」

「想來這時候他們已經在回府的路上了。」陸修琰把玩著她的長髮回道。

他原本只是讓長英去接無色，但轉念一想便讓青玉跟著一起去，一來長英與青玉分別是他與秦若蕖身邊之人，最能代表他們夫妻兩人；二來青玉與無色相熟，加上又是女子，容易出入後宅探查了解無色在章王府中情況。

此時確如他所說的這般，長英與青玉正將無色從章王府中接出來。

「染梅姊姊，妳記得好好照顧嬤嬤，不用擔心我。」青玉欲將無色抱上車，小傢伙卻突然止步，回身認真地叮囑身後的染梅。

「大公子放心，奴婢會好好照顧嬤嬤的。」染梅點頭保證。

無色這才放下心來，也不讓青玉抱，自己相當索利地爬上了車。

馬車轆轆前行，一路往端王府方向駛去。

另一側路口停著一輛青布馬車，怡昌長公主得體地與幾位夫人道過別，吩咐侍衛長準備回府。

身材魁梧的侍衛長瞧著前方的一輛馬車，似乎有些失神，不似往日那般反應及時，還是他身後的一名侍衛輕輕碰了碰他的手以示提醒，他才回過神來。

怡昌長公主自然沒有察覺他的異樣，放下車簾那一刻，她臉上揚著的笑容立即消失，冷冷地問車內的侍女。

「那賤人如今怎樣了？」

「怕是不行了，想必只是這幾日之事。」

怡昌長公主輕撫著腕上的玉鐲子，慢條斯理地問：「可有留下什麼蛛絲馬跡？」

「長公主放心，不管是駙馬還是那邊府裡之人，誰也不會懷疑。」

「如此便好，妳做事，我自是放心。」怡昌長公主嘉許地點了點頭。

那侍女遲疑一陣，輕聲道：「長公主，方才有消息傳來，沈柔跑了……」

「跑了？」怡昌長公主臉色一沈，磨著牙壓低聲音惱道：「那麼多人連一個手無縛雞之力的弱女子都看不住？跑了多久？可派了人去找？」

「昨夜才發現她不見了，已經立即派了兩隊人馬去找，如今大雪紛飛，她身無分文，又拖著那副殘軀，想必跑不了多遠。」

「不管怎樣，絕不能讓她回到京城！」怡昌長公主眼中閃過一絲狠辣。「傳我命令，若是找著了，原地把她解決掉！」

「是，奴婢知道了，立即便通知下去。」

約莫不到半個時辰，馬車在長公主府門前停了下來。

怡昌長公主施施然下車，換坐上府內的軟轎，一直到了正院才停下來，自有院中侍女上前將她扶下轎。

「駙馬何在？」回到屋裡，她端著熱茶喝了幾口，隨口便問。

「駙馬、駙馬在朱姨娘處。」

怡昌長公主緩緩地放下茶盞，輕拭了拭唇角，淡淡地道：「人之將死，多陪陪她也是好的。」

正要邁步進來的駙馬盧維滔聽到這話，腳步一滯，隨即便大步跨了進來。

屋內侍女忙上前行禮，而後靜靜地退了出去。

「我記得前陣子府裡還有幾株上好人參，可方才我命人去取，怎麼說沒有了？」盧維滔問。

「鄭王殿下受了傷，昨日我便讓人送過去了。」怡昌長公主不疾不徐地回答。

「妳明知道珊兒如今正是最需要的時候，為什麼要把它送人?!」盧維滔臉上難掩惱意。

「你的意思是鄭王殿下的命還不如你愛妾的？」

「我可沒這樣說，殿下傷的是腿，又用不上人參，府上什麼名貴的藥材不能送，為何就──」

怡昌長公主重重地一拍桌面，冷冷地道：「你這是什麼態度？難道是我有意要害你的珊兒了？」

盧維滔忍氣吞聲地解釋道：「我不是這個意思，我只是……」

「出去！」怡昌長公主冷冷地掃他一眼。

盧維滔死死地攥著手，可終究不敢逆她之意，強壓下滿腹怨恨轉身離開。

怡昌長公主輕蔑地斜睨他的背影，沒用的男人！

「長公主，何侍衛有要事求見。」

聽到下人回稟「鑫公子到了」時，陸修琰剛好見完訪客，略思索一會兒，乾脆留在原地，等著小傢伙過來。

無色邁過門檻時，一眼便看見陸修琰熟悉的身影立於不遠處假山石旁，正含笑地望著自己。

他的眼睛一下子便紅了起來，飛快地朝他跑過去，緊緊地抱著他腰身，好不委屈地喚。

「皇叔祖……」

陸修琰猝不及防地被他抱住，聽著他委屈軟糯的童聲，憶及陸宥誠對他所做之事，心中一軟，忍不住彎下身子將他抱了起來。

無色依賴地摟著他的脖子不放，腦袋瓜枕在他的肩上。

陸修琰輕拍拍他的背，一直將他抱到了正院。

「酒肉小和尚，你居然還要人抱抱，也不害臊！」得到回稟出來相迎的秦若蕖見小傢伙竟是被陸修琰抱回來，頓時取笑道。

無色掙扎著從陸修琰懷中下來，動作飛快地揉了一把眼睛，大聲道：「人家還是小孩子呢，被人抱抱又怎樣了？」

秦若蕖「噗哧」一聲笑了出來，捏了捏他氣鼓鼓的臉蛋，彎著腰對著他的眼睛，笑咪咪地道：「你可是當師叔祖的人了，還小孩子呢！」

咦，這話可是有些熟悉，她以前好像說過。

陸修琰原本有些沈重的心情在聽著兩人的鬥嘴時，也不禁露出了笑意，正欲說話，卻見無色的小臉瞬間沈了下去。

小傢伙低著頭，手指不停地絞著衣角。

秦若蕖從未見過他這般蔫蔫如被霜打過的茄子的模樣，當即愣了愣，無色落寞地道：

「芋頭姊姊，我想師父，想大師兄他們……」

陸修琰心口似是被重物砸了一下，臉上笑意當即便消逝。他長長地嘆了口氣，伸出手去揉揉他的腦袋，鄭重地許諾道：「皇叔祖答應你，日後必會帶你回去探望他們。」

「真的？」無色眼中放光。

「真的！」

「皇叔祖，你真好！」得到肯定的保證，小傢伙一下子便笑得眉眼彎彎。

「好了、好了，酒肉小和尚、陸修琰，咱們去烤肉吧！」秦若蕖笑嘻嘻地一手拉著一個，歡歡喜喜地道。

「好啊、好啊！我要烤肉，要烤肉！」無色的沮喪一下子便消失得無影無蹤，扯著秦若蕖的手就要跑出門去。

陸修琰無奈。「總得先讓下人準備準備……」

待青玉等人將一切準備妥當後，陸修琰笑望著眼前吱吱喳喳、笑聲不斷的一大一小，看著他們玩鬧似地一股腦兒將各種調味料灑在那幾片鹿肉上。

「芋頭姊姊，蜜糖、蜜糖，我要蜜糖，多放些。」

「不行，放太多的話太甜，你吃了又會牙疼。」毫不留情地拒絕。

「才不會，給我啦……」撒嬌撒嬌，耍賴耍賴。

「哼，才不理你，說不給就不給！」

「討厭，我讓皇叔祖幫我烤！」

毫無意外地，一刻鐘過後，陸修琰認命地親自動手為兩個小祖宗烤肉。

念。

他定定地望著吃得笑顏燦爛的兩人，憶起當年岳梁山那條小溪旁的一幕，眼中滿是懷念。

所處景致雖截然不同，人卻仍舊是同樣的人，可見當年他的預感便是真的，這兩人當真能將他吃得死死的。

眸中柔和的目光在兩人身上來回輕掃，最後落到臉蛋被秦若蕖壞心眼地抹了一把灰卻渾然不知的無色身上，想到他方才想念師父、師兄的那番話，忍不住暗自嘆了口氣。

他當年真的做錯了，血緣上的親近哪及得上實實在在的親情與呵護，想來若是梅氏泉下有知，也寧願讓唯一的兒子留在被關愛包圍的萬華寺，也不會願意讓他回到親情淡漠的章王府中……

「皇叔祖，肉快吃完啦，你再接著烤啊！」無色不知他的心事，毫不客氣地指使道。

「沒大沒小！」秦若蕖輕戳他的額頭，引來小傢伙扮出一個鬼臉。

天色漸暗，青玉辭別錢伯，緊了緊身上斗篷，迎著風雪急忙往端王府方向趕。

行至一條後巷，抬眸竟見不遠處有一名黑衣蒙面男子擋在路中央。

她心中一緊，飛快回頭一望，身後不遠處同樣站著一名黑衣男子，她大驚失色，厲聲喝問：「你們是什麼人，想要做什麼?!」

那兩人卻不理會她，猛然一前一後朝她攻來，攻勢凌厲，招招毫不留情。

青玉足尖一點，堪堪地避過兩人攻擊。那兩人見一擊不中，隨即緊攻而來，青玉揮掌接招，苦苦迎戰，可對方武藝卻是勝出她許多，短短數十回合，身上多處被重拳擊中，痛得她五臟六腑似是移位，最終一口鮮血噴出，整個人倒在雪地裡。

其中一名黑衣男子半跪在地，將全身力氣集中在右拳上，朝著地上青玉的心口位置高高舉起，用力就要砸下去——

「什麼人在那裡？」男子大聲喝問之聲從不遠處傳來，黑衣男子抬頭一望，竟見一名陌生男子站於巷子盡頭。

「走！」因不辨對方身分，他迫於無奈收回拳頭，對同伴扔下一句，率先飛身離開。

高聲喝止的那男子見情況不妙，連忙跑過來，只是當他認清倒在地上女子的容貌時，失聲叫了出來。「青玉？」

這位路過的男子，正是陸修琰的貼身侍衛長英。

長英探探她的氣息，氣息微弱，再把把她的脈搏，臉色更是大變。他用力將青玉抱起，朝著端王府飛快跑出幾步又停了下來，想了想，轉身往相反方向而去。

他施展渾身功力似離弦之箭一般往自己家中方向掠去，不過片刻的工夫便已抵達。

他連門也來不及叫，凌空一躍而入，一下子便抱著青玉落到院內，一面飛也似地往東邊空置的房間跑去，一面大聲吩咐下人請大夫。

將青玉小心翼翼地放到床上，他翻箱倒櫃尋傷藥，可無論如何就是尋不著想要的那盒藥。

他努力讓自己冷靜下來，少頃才想起藥昨日給了兄長。

他高聲吩咐著匆匆而來的侍女照顧青玉，自己則三步併成兩步地往長義屋裡跑去，用力推開門，直接衝到長義平日存放傷藥的木櫃前翻了起來。

找到了！眸光乍亮，他緊緊地將那瓶藥攥在手中，轉身就要離開，卻在奔出幾步時不知踢到了什麼，一個指環似的東西滾出一段距離，最終在門檻前停了下來。

他愣了愣，彎下身將那物撿在手中，臉色微微一變，只是也來不及多想，直接將那物放入懷中收好，大步邁出了門。

「王爺，青玉姑娘出事了！」陸修琰正翻著周氏主僕那份卷宗，一字一句仔細地斟酌研究，忽見原本請假歸家的長英大步流星地邁了進來。

陸修琰大驚，連忙追問：「她出什麼事了？」

「屬下今日外出，在西街後巷處發現青玉姑娘被人襲擊重傷倒地；襲擊者應是兩名五尺六左右的黑衣男子。因怕驚動王妃，屬下把青玉姑娘帶回家中，已經立即請大夫為她診治了，只是傷勢著實太重，怕是有性命之憂。」

陸修琰臉色一變。「馬上派人去請何太醫，不惜一切代價務必保住她的命，還有，千萬莫要聲張。」

何太醫是可信之人，相信也會守口如瓶。

長英離開後，他有些焦慮地背著手在屋內踱著步。到底是什麼人要殺青玉？青玉這些年一直跟在阿蕖身邊，應該沒有什麼得罪人的機會，又豈會突然惹來殺身之禍？

青玉……

他皺著濃眉沈思。難道是青玉來到阿藻身邊以前？他一直記得，素嵐曾經說過青玉是當年阿藻因緣巧合之下救回來的，後來凶丫頭又從青玉處習得武藝，推算下來，青玉那個時候應該是十二、三歲的年紀，可普通人家的姑娘怎會習武？而且武功亦不算弱。

青玉到底是什麼人？又是從何而來？

他百思不得其解，也不敢讓秦若藻知道青玉出事一事。

而長英從王府離開後，親自到何太醫府上，請他到家中為青玉診治。

看著侍女將何太醫迎進去，他定定地立於門外，忽地想起懷中那枚指環，緩緩掏出，仔仔細細地翻看良久。

這是……大哥怎會有這樣一枚指環？他又是在何時得到這樣一枚指環？憑他的性子，若明知此物是何人所有，自當會物歸原主，又怎可能占為己有？

還是說，此物……

他越想越覺得不安，隱隱有些想法即將冒出頭。

「崔大人。」何太醫的聲音在他身後響起，也讓他瞬間回過神來。

「太醫，那位姑娘傷勢怎樣了？」他連忙定定神，急問。

「情況不是很好，外傷倒不算什麼，只是內傷卻是有些麻煩，我也沒有十分把握。」何太醫一臉凝重。

「太醫，請您救救她，不惜一切代價！」

何太醫明白能讓端王請他來診治，這位姑娘的身分必然相當重要，自然不敢怠慢。

「我只能盡力而為，但結果不敢保證。」他的語氣仍然有所保留。

「多謝太醫！」

夜色漸深，秦若蕖坐在梳妝檯前，素嵐站於她身後為她絞著濕髮。

「青玉呢？怎麼不見她？」她把玩著匣子裡的首飾頭面，心不在焉地問。

素嵐手上動作頓了頓，輕聲道：「菁丫頭生病了，她前去探望，估計得過些日子才回來。」

菁丫頭是一直在錢伯店裡幫忙的丫頭，與青玉交情一向很好，故而秦若蕖對素嵐這番話並沒有懷疑。

「菁丫頭病了？可請了大夫？」她關心地追問。

「已經請大夫看過了，王妃放心。」

「那就好，總歸如今府裡也沒什麼事，便讓青玉在那裡多住幾日，一來可以陪菁丫頭解解悶，二來也可以照顧她。」秦若蕖體貼地道。

「好，我明白了，會讓她多住幾日。」素嵐垂眸掩下眼中的沈重與難過，勉強回道。

青玉出事，陸修琰並沒有瞞她，既是要透過她細細盤問青玉的來歷，也是想讓她幫忙先瞞住秦若蕖。

片刻，陸修琰便從淨室走了出來。

見他到來，素嵐躬了躬身便退了出去。

邁出門檻那一刻，想到危在旦夕的青玉，她的眼淚一下子便流了下來。

青玉……她死死地捂著嘴不讓自己哭出聲來。

她這輩子在乎的只有這兩人，她親手帶大的秦若蕖與多年來一直相陪在身邊的青玉，這兩人如同她的孩子一般，可如今……

她不敢去想，若是青玉真傷重不治，她會如何，王妃又會如何？

便是方才，陸修琰將青玉遇襲一事詳細地告知她，亦問起她關於青玉的來歷，可她對青玉的來歷卻是知之甚少。

她只記得那年與七歲的蕖小姐陪著老夫人到廟裡還願，打算離開時，突然狂風驟雨，待好不容易天放晴時，蕖小姐卻不見了。

待她尋到她時，卻見她正拖著一名十二、三歲、滿身泥污的小姑娘，一問才知道，她跑出來時見對方暈倒在泥坑裡，這才吃力地將對方拉了上來。

而這名被救的小姑娘正是青玉。

青玉醒過來後稱父母親人俱已亡故，自己孤身一人，因秦若蕖救了她，便欲為奴為婢以報救命之恩；秦老夫人豈會輕易同意讓來歷不明的女子伺候最疼愛的孫女，自是拒絕。可青玉是個相當固執之人，跪在地上一再懇求，秦老夫人無奈，唯有將她帶回府，只是讓人安排她做雜事，並不讓她到秦若蕖身邊去。

很快半年便過去了，青玉在府中一直任勞任怨，做事勤懇細心，秦老夫人漸漸便對她消了戒心，後又見一向除了素嵐外不喜別的侍女親近的秦若蕖不排斥她，故而將她撥到秦若蕖身邊去。

這麼多年下來，她從來沒有細問過青玉的身世，將她視如親女般看待，如今見她這般……

陸修琰雖順利瞞下了秦若蕖關於青玉被襲重傷一事，可有一人卻瞞不過，那便是「秦若蕖」。

這一晚，他滿身疲累地回到正房，對上坐在圓桌旁品茶的妻子淡淡地掃過來的目光時，心中一凜，當即便明白眼前這個不是嬌憨甜美的阿蕖。

這也是自當日他揭穿她曾操控傻丫頭親近自己後，她頭一回現身。

他的眼神有幾分複雜，不知怎麼，他突然有些無法面對眼前這人。

眼前的女子，有著與他的阿蕖一模一樣的容貌，可她的心中卻沒有自己一星半點兒的位置。對著她，彷彿是對著一個不喜歡自己的阿蕖，這種感覺，讓他非常不舒服、不自在。

只是，他不知道的是，其實秦若蕖面對他亦是相當不自在，實際原因她也不清楚，只知道對著他，她不自覺有種詭異的心虛。

她連忙壓下這種陌生的情緒，定定神抬頭問：「青玉呢？不要跟我說她到菁丫頭處住些日子那一套，我不是秦四娘，不會相信這種話。」

陸修琰不疾不徐地在她跟前坐了下來，薄唇微微抿了抿，也知道這種話騙不過她。

「……她受了很重的傷，至今昏迷不醒，如今正在安全之處養傷。」

秦若蕖一下子便從椅上彈了起來。「青玉受了重傷？怎麼會這樣?!」

陸修琰沈默一會兒，緩緩地道：「此事本王仍在追查，相信過不了多久便會有消息。」

秦若蕖臉色凝重，袖中雙手攥緊了鬆，鬆了再度攥緊。

不可能的，不可能的，青玉這些年一直跟著自己，她做的所有事都是出自她的授意，幕後之人莫非真正想對付的是她？

陸修琰見她眉間憂色深厚，心突然便軟了下來，想要伸手去牽她的，動作卻在中途停下來，而後，不著痕跡地收了回去。

「妳好好休息，本王還有些事要處理。」他扔下一句，起身離開。

城西崔宅。

「大哥。」長義正擦拭長劍，見胞弟推門而入，只是淡淡地瞥了他一眼，目光再度落到手中長劍上。

「大哥，當年到底是何人殺了周氏那兩名下人？」長英緩緩地問。

長義眼皮抬也不抬，並不理會這老生常談的問題。

長英也知道他不會回答自己，從懷中掏出那名鐵指環遞到他跟前。

長義乍一見此物，臉色一變，飛快奪回手中，沈著臉質問：「你亂翻我屋裡之物？」

「大哥，你老實回答，公主府侍衛的標記指環怎會在你手上？當年殺害那三人的，到底是不是公主府上的侍衛？」

第三十四章

長義沈默不語。

長英見他久久不作聲，也不再追問，淡淡地道：「你既然不肯說，我便將一切回稟王爺，憑王爺的聰明，想來很快便能知道真相到底是什麼。」

說罷，他轉身要離開，剛跨出一步，便被長義死死地扯住他的手臂。

「你若是為了王爺好，便當什麼也沒有發生過。」

長英盯著他，一字一頓地問：「是怡昌長公主，對不？」

長義又是一陣沈默。

長英見他仍然不肯坦白，憤憤地推開他的手，就要轉身離去。

「王爺乃先帝唯一嫡子，先帝在位時對他甚為寵愛，不少朝臣都以為先帝最終或會棄長立幼，便是當時的宣王、如今的皇上亦有此想法。皇上當年受盡懿惠皇后恩惠，懿惠皇后為了護著他的生母，連自己的性命亦不在意；最後更是為了打消他的不安而臨終託子，可他仍然會因為害怕先帝最終冊立嫡幼子而險些對一直信賴他的王爺出手。」長義並不阻止他離去的腳步，而是緩緩地道。

長英愣了愣，顯然對這些秘事一無所知。

「王爺今日所謂的得聖寵，全是懿惠皇后用她的才智，甚至性命換來的，如今瞧來皇上對他甚是信任，可你不要忘了太妃娘娘。太妃娘娘因為對懿惠皇后的心結，這麼多年來一直視王爺為眼中釘、肉中刺，再加上周氏之事，勢必對王爺更為惱恨。皇上乃太妃親子，雖然多數時候站在王爺這一邊，可那畢竟是他的生母，久而久之，心中難免不會對王爺有些看法。」

「那又關怡昌長公主什麼事？」長英不解。

長義冷笑道：「太妃對王爺的不滿及干涉，最終都會不了了之，你以為這是誰的功勞？還不是因為怡昌長公主從中規勸，再加上皇上對這唯一的胞妹甚為寵愛；假若長公主與王爺對立，再加上太妃從中作梗，你以為皇上最終會偏幫何人？我不再瞞你，當日暗殺了周氏那兩名下人及呂洪的，確實是怡昌長公主的侍衛，可那又如何？我不管她是為了殺人滅口還是另有目的，只要王爺不牽涉其中便可。」

長英久久說不出話來。

「我知道王爺為了王妃一直不肯放棄追查此事，可我明明白白地告訴你，便是父親，也絕不會願意讓王爺與怡昌長公主生出哪怕一點嫌隙！」長義盯著他的眼睛，沈聲道。

長英低著頭不知在想些什麼。

良久，他才緩緩抬眸對上他的視線，輕聲道：「大哥，我不是你，也不是父親，我永遠做不到對王爺欺瞞……」

「你給我站住！」長義咬著牙擋住他欲離開的腳步。「你怎麼就沒有腦子，所有的利害我都已經清清楚楚地告訴你了，你為什麼還要把王爺牽扯進來？」

「大哥，我相信皇上待王爺是真心信任……」

「放屁，伴君如伴虎你懂不懂?!若是先帝再長壽些，今日正陽殿上坐的人就不會是他，這一點，他比任何人都更清楚。心中有著這樣一根刺，他能對王爺沒有一星半點兒的猜忌?!」長義氣極，只恨不得敲開弟弟這榆木腦袋。

「皇上不是這樣的人……」長英欲分辯，可長義根本不再聽他說，突然出手，狠狠地往他後頸上一敲。

長英瞪大眼睛難以置信地盯著他，隨即身子一軟，「轟」的一聲便倒在地上。

他的兄長居然暗算他……

「你莫要怪我，我這也是為了王爺。」望著暈倒在地的兄弟，片刻，長義方上前將他扶起，喃喃地道：「我答應過她，會不惜一切代價為她護著孩兒，我答應過她的……」

那樣溫柔敏慧的女子留在世間的唯一骨血，哪怕是盡己所有，他也會為她護著他。皇室當中哪有什麼真情，今上表面待王爺再好，心中也不可能絕無半點猜忌，何況還有一個在旁煽風點火的康太妃。

王爺是那般光風霽月、心懷坦蕩之人，他既安於現狀，縱使只是粉飾太平，他也會盡最大的能力維持著這表面的太平。

故而，對這表面太平具有關鍵作用的怡昌長公主絕對不能有事！

長義原本迷茫的眼神漸漸變得堅定。

饒是秦若蘽再怎麼大而化之，哪怕陸修琰為了轉移她的注意而縱容著無色不停地鬧她，最終仍是擋不住她的懷疑。

「青玉怎麼還不回來？都好些天了，菁丫頭病也該好了吧？」這日，她終於忍不住拉住素嵐，道出了心中疑問。

素嵐勉強衝她笑笑。「菁丫頭的病確實是好了，過幾日不是金州城的廟會嗎？她又與菁丫頭看熱鬧去了。」

這藉口著實爛了些……門外的陸修琰聽到她這話只想嘆氣。

果然，下一刻，屋內便傳出秦若蘽滿是懷疑的聲音。「真的？」

「真、真的。」

「不可能，青玉才不會扔下我這麼多天自己跟別人去瞧熱鬧！」秦若蘽相當肯定的話語傳出，讓陸修琰再聽不下去，掀簾舉步而入。

「阿蘽。」

「你回來啦！」秦若蘽見是他，便暫且放下心中疑惑，歡歡喜喜地笑著迎了上來。

陸修琰牽著她在榻上坐下，素嵐如蒙大赦般連忙退了出去。

「陸修琰，你可知青玉去哪兒了？我問嵐姨，她卻總搪塞我，怎麼也不肯說真話。」秦若蘽依偎著他，嬌聲抱怨道。

陸修琰端茶的動作一滯，思忖片刻，放下茶盞，認真地望著她，輕聲道：「青玉她出了點事，我怕妳擔心，故而才讓素嵐瞞著妳。」

「什麼？青玉她怎麼了？」秦若蕖一聽，險些急得哭了出來。

「莫要怕，她只是……病了。」最終，他仍是不忍心告訴她青玉被襲擊而身受重傷。

「病了？生了什麼病？可嚴重？」秦若蕖連聲追問。

「嗯，說嚴重倒也不算，就是不好、不好輕易接觸人。」他含糊其辭。

「她的病會傳染嗎？」秦若蕖皺著眉頭問。

「……對，就是因為會傳染，所以才一直沒有回府。」陸修琰見她居然想到了這層，自然順著她的意思道。

「我不怕，我要去見她！」

陸修琰愣住了。「妳不怕會被她的病傳染？」

「不怕，陸修琰，我要去見她，現在就要去，你帶我去好不好？」她軟軟地求。

陸修琰被她磨得毫無辦法，知道若不讓她去看看，必是難以心安，思索一會兒，道：「這會兒天色不早了，明日我再帶妳去看她。」

秦若蕖想了想便同意了。

翌日一早，秦若蕖便催著他帶她去看青玉，因昨晚已命人準備妥當，陸修琰也不再拖延，高聲讓人準備車駕，親自陪她往青玉養傷之處而去。

鵝毛般的雪紛紛揚揚，給大地披上一層銀裝素裹。

某處街道的角落，一名身形瘦小的「乞丐」縮著身子，抱著撿來的饅頭狼吞虎嚥。

突然，一陣馬車前行發出的轆轆響聲隱隱傳來，緊接著，周遭便響著路人的議論聲，她毫不理會，直到某個名字傳入她的耳中，一下子讓她呆若木雞。

「……真沒見識，這是端王府的車，一群鄉巴佬！」

「想來王爺又陪王妃回娘家了。」

「十有八九是這樣，都說端王待王妃寵愛有加，如今看來確實是如此。」

「這老秦家必是祖墳冒青煙了，才能將姑娘嫁到端王府。」

「說來說去還是老沈家的姑娘沒福氣，否則今日的端王妃就落不到老秦家了。」

「這是怎麼回事啊？關老沈家什麼事啊？」

「說你們是鄉巴佬吧，還不承認！早些年端王原與工部沈大人家的大姑娘有婚約，誰知那沈大姑娘命薄，還沒過門便一病沒了……」

端王、沈大人家、沈大姑娘……

久遠的記憶排山倒海般朝她洶湧襲來，她緊緊地抱著腦袋，一張髒兮兮的臉滿是痛苦……

馬車在一座二進的宅子前停下來，秦若蕖也不知身在何處，只能緊緊地跟著陸修琰，直到他止步衝她道：「青玉便在屋裡。」

她先是一怔，隨即大喜，連忙拂開他的手便要推門而入，卻被門外守著的侍女制止了動作。

「王妃，青玉姑娘剛服藥睡下了。」

「哦，那我輕些。」她了解地點點頭，果然放輕了腳步，由著侍女將她引進屋。

進得屋內，便見裡面擺著一張寬大的架子床，透過紗帳隱隱可見床上躺著一名女子。

「王妃請這邊來。」侍女引著她到了紗帳前。「青玉姑娘便在裡頭，除了大夫與伺候之人，旁人不得輕易接近。」

秦若蕖頷首表示明白，青玉既然得到會傳染之病，大夫自然不會輕易讓人靠近。

她隔著薄薄的紗帳望進去，果然看見青玉安然地躺在裡面，瞧來臉色有些蒼白，可那輕緩的呼吸聲卻是那樣清晰可聞。

她頓時便鬆了口氣。

「如今可放心了？」陸修琰不知何時來到她的身邊，牽著她的手低聲問。

秦若蕖點點頭，片刻又搖了搖頭，壓低聲音問：「陸修琰，她什麼時候才能好起來？」

「我答應妳，一定讓太醫全力把她治好！」陸修琰低聲保證。

她張張嘴欲再問，可不知怎地腦子突然變得一片空白，想問的話怎麼也記不起來，唯有撓撓耳根，憨憨地道：「既如此，咱們便回去吧！」

陸修琰意外她竟然這般輕易便肯回去，只是也不多想，與她攜手走了出去。

「這裡是什麼地方？」往院門外走的中途，她彷彿不經意地問道。

「是父皇早些年賜給崔老大人的宅子……」說到此，陸修琰方猛然想起，剛才好像不見長英。

他皺了皺眉，明明已經吩咐長英要親自守著這處的。

崔老大人的宅子……竟將青玉安置在前青衣衛首領崔老大人的宅子裡，可見重創青玉的絕非等閒人物。

她低著頭，掩飾眼中一閃而過的精光。

凜冽的北風呼呼地颳著，似一把把刺骨的刀往行人身上戳，凍得人瑟瑟發抖。街邊的一處後巷裡，衣衫襤褸的瘦弱乞丐雙手緊緊環著身子縮在角落處，可眼睛卻一眨也不眨地盯著不遠處宅院的大門。

突然，大門從裡面打開，隨即有幾名侍衛引著一名錦衣華服的英俊男子走了出來，那男子的身邊緊緊跟著一名身披大紅撒花斗篷的年輕女子。

兩人行至大門前的馬車前停了下來，男子轉身為女子緊了緊身上的斗篷，臉上漾著溫柔寵溺的淺笑，而後半牽半扶地將她送上了車。

馬車從她身邊經過時，恍恍惚惚間，她好像能聽到男子低沈醇厚的帶笑嗓音，眼淚，就這般毫無徵兆地流了下來……

片刻，她就著傾洩而出的淚水，狠狠地擦了一把臉，緊了緊身上的衣物，舉步從另一條道路上離開。

她拖著如千斤重的雙腿不知走了多久，當記憶中的那座府邸出現在眼前時，她的眼睛陡然一亮，忍不住加快腳步欲往前走去，走出幾步，瞳孔驟然驚恐地張大，下一刻，她飛也似地閃到了拐角處，身子因為恐懼而顫慄不止。

是他們，是他們追來了……

她的身子哆嗦得如秋風落葉，牙關不住地打著顫。她拚命將自己縮成一團，一點一點遠離那座府邸，遠離那隱在暗處的劊子手。

昏暗的燈光下，長英憤怒地瞪著推門而入的兄長，想不到大哥為了阻止他向王爺道明真相，竟然將他困在地牢裡。

「大哥，你到底想將我關到何時？」他深深地吸了口氣，從牙關擠出一句。

「關到你想明白什麼話該說，什麼話不該說。」長義將手上的食盒放在桌上，緩緩地將裡面的菜餚取出。

「你能關得了我一時，難道還能關得了我一世？王爺早晚會懷疑的。」長英恨恨地道。

長義沈默片刻，不疾不徐地道：「關得了一時算一時。」

長英氣極，胸口急速起伏著，勉強壓下心中惱意，沈聲勸道：「大哥，王爺有他自己的想法，他分得清輕重，知道什麼事該做，什麼不該做……」

長義斜睨他一眼。「只可惜，若是涉及王妃，王爺便不再是那個理智沈穩的王爺。」

長英默然不語，良久，才低低地道：「咱們都無權為王爺做任何決定。大哥，你有沒有想過，咱們擔心王爺，可王爺卻更擔心王妃，為了王妃，他行事必會更加謹慎，思慮亦會更加全面，不管是你還是我，能做的都只有遵從他的一切命令……」

「說得好！」渾厚的男子聲音突然從外頭傳來，兄弟兩人同時一驚，循聲望去，異口同聲地叫了出來。「爹！」

來人赫然是兄弟兩人的父親，青衣衛的前任首領崔韞忠。

崔韞忠大步走了進來，視線在兩人身上掃了一圈，最後落到長義身上，緩緩地道：「王爺不再是當年需要你時刻保護的懵懂孩童，他已經長成錚錚男兒，你不該再自作主張。」

長義喉嚨一哽，想要辯解之話卻是怎麼也說不出來。

崔韞忠長長地嘆了口氣，大掌在他肩膀上拍了拍，語帶深意地道：「懿惠皇后泉下有知，亦會希望兒子凡事都能獨當一面……」

長義聞言當即臉色一變。

父親為何會突然提到懿惠皇后，難道、難道他知道自己……

想到這個可能，他的臉色又白了幾分，心跳驟然加速。不可能的，他的情意一直隱藏得很好。

見兒子這般模樣，崔韞忠嘆了口氣，頭疼地揉了揉額角。

都是孽緣啊！誰也想不到，自己這個一向堅毅冷漠的兒子竟對曾經的主子——懿惠皇后懷著一份愛慕之情。

掌燈時分，端王府內燈火通明，正院裡卻見不著男主人的身影。

想到青玉的受傷，秦若蕖心中總是七上八下，預感著某些事將會發生，可她偏偏毫無頭緒。

她給自己倒了杯茶，一股腦兒地灌了進去。

這段日子陸修琰不知在忙些什麼，早出晚歸已是家常便飯，便是偶爾留在府裡，也多是與好幾名朝臣在書房裡議事，這般忙碌的模樣，讓她有一種他在密謀著什麼的感覺。

她想來想去也想不出個所以然，乾脆便喚來雲鷲，問起她近日朝廷之事。

雲鷲有些意外，略沈吟一會兒道：「鄭王殿下閉門養傷，章王殿下趁此機會大肆擴張勢力，如今已經壓了鄭王殿下一頭。昨日早朝，定安侯奏請皇上冊立太子，皇上雖仍似以往那般按下不表，只是語氣已是有所鬆動……」

雲鷲點到即止，然而秦若蕖已明白如今朝中局勢。

鄭王閉門養傷，章王勢力大漲，皇上有意立儲……難怪近來陸修琰會忙得這樣厲害。

想到近日府上往來不斷的朝臣，她暗自沈思，莫非陸修琰也加入了這場奪嫡大戰當中？若是如此，卻是不知他支持的是哪一個，鄭王？還是章王？

鄭王居長亦為嫡，論理更名正言順才是，可是宣和帝自己既不是長又不是嫡，最後還不是順利登基稱帝了？

論帝寵，鄭王與章王不相上下，可皇室孫輩當中，章王的兒子陸淮鑫卻是最得宣和帝寵愛，程度更是勝過鄭王的兒子陸淮睿。前朝不是有位皇帝因為瞧中了某位孫兒，從而將皇位傳給這個孫兒的生父嗎？說不定宣和帝也會仿效前人。

只是……想到無色的「宏偉志願」，她不自覺地漾起了一絲看好戲的笑容。

她胡思亂想一會兒，便覺得頗為無聊。她其實猜得出陸修琰一直忙到深更半夜不回正房的原因，想來是之前自己的現身勾起了他的心結，故而才這般避而不見；她知道便是白日裡，他也是要仔細端詳片刻，確認在他跟前的是秦四娘之後，整個人才能徹底放鬆下來。

她的神情突然變得有幾分恍惚。其實自己也說不清對陸修琰是怎樣的感覺，因為秦四娘，他成為離她最近的男子，可這種近，卻觸不到她的心。

越想越覺得心煩，她乾脆推門而出，也不讓人跟著，打算自己到外頭透透氣。

雪不知何時竟然停了，長廊上掛著的燈籠，映出滿地的潔白。

秦若蕖一面走一面想著青玉之事，不知不覺間竟走到了陸修琰的書房院門外。她皺了皺眉，正打算離開，卻見陸修琰與多日不見的長英身影匆匆忙忙地從裡面走出，她下意識地閃到了陰暗處，隱隱約約聽到幾個詞——「抓到了」、「襲擊」、「青玉」。

她心中一凜，難道已經抓到了襲擊青玉之人？想要追上去問個究竟，可才邁出一步便停了下來。

陸修琰對自己有防備之心，必不會坦然相告，除非……

她心思一轉，已經有了主意。

陸修琰沒有察覺她的存在，與長英大步流星地在府裡東拐西拐，最後到了位於端王府西側的一處院落。

「王爺。」守在門外的侍衛見他進來，連忙行禮。

「人呢？」

「屬下無能，請王爺降罪，那人趁著屬下不備，已經服毒自盡。」侍衛當即跪了滿地。

「死了？」陸修琰濃眉緊皺，大步跨進屋內，伸手探了探倒在地上的黑衣男子鼻息。

「他的身上藏著毒藥，如此做派，不似護衛，倒像是死士。」長英皺眉道。

陸修琰緩緩起身，眉間憂色更深。

青玉身上到底藏著什麼秘密，使得怡昌皇姊必要取她的性命；還有周氏那兩名下人及呂洪，怡昌皇姊殺他們又是為了什麼？是為了周府及太妃娘娘的名聲，還是另有隱情？

怡昌皇姊與周氏自幼交好，周氏又是在陪伴南下靜養的怡昌皇姊時結識秦季勳的，難道當年秦衛氏之死，怡昌皇姊亦從中插了一腳？

他下意識便否定了這個可能，當年秦伯宗已經承認了與周氏密謀毒害秦衛氏，周氏對此亦不曾否認，而秦衛氏的的確確是先中了毒再被平王亂兵所殺。

「平王兵敗，亂兵往南逃竄，途經酈陽，搶掠殺害無辜百姓數戶」，史書記載的文字一一在他腦海閃現。

他喃喃自語。「往南逃竄，往南……」

不對！眼眸陡然睜大，他終於察覺有什麼地方不妥了。

「長英備馬，本王要到二皇兄處去！」

長英不懂他為何會這般突然地想要去看被囚禁的平王，也不多問，連忙急步離開讓人準備。

陸修琰出了府門，直接翻身上馬，雙腿一夾，駿馬長嘶一聲撒蹄而去。

長英亦連忙跨上另一匹馬，策馬緊緊相隨。

兩鬢已有些許斑白的平王聽聞端王來訪時愣了愣。自上回他大病一場後，這是頭一回端王主動上門。

「修琰有事要請教二皇兄。」陸修琰朝他行了禮，開門見山地道明來意。

平王緊了緊身上的衣袍，自嘲地道：「想不到我還有能幫得上端王的時候。」

陸修琰並沒有接他的話，直接便問：「當年皇兄兵敗南下，途經酈陽之時，可曾更改行軍方向？」

平王想不到他要問的竟是此事，臉色有些不怎麼好看。酈陽血案，那是他諸多罪名之一。

「六皇弟這是來翻舊帳的？」他淡淡地問。

「不，修琰並無此意，只是有件要緊事與當年這事有些關聯，懇請皇兄如實告知。」陸修琰誠懇地道。

「當年兵敗如山倒，只知一路往南便可出定平關保命，又豈會中途更改方向？」到底是感激他多年來的照顧，平王還是沒有為難他。

「當時搶殺酈陽幾戶人家時亦不曾變過方向？」陸修琰追問。

平王的臉色又難看了幾分，粗聲粗氣地道：「當時追兵已被拋下一段距離，加上逃了數日早已兵疲馬倦，那幾戶人家所處位置又恰好順路……」

恰好順路，不錯，正是這四個字！陸修琰茅塞頓開。

死難的數戶人家當中，偏偏有那麼一戶一點都不「順路」，這一戶人家，戶主便是秦季勳！

他當年是先發現秦宅的死難者，再發現另外幾戶人家，故而只以為亂兵是搶殺了秦宅，發現糧食補給仍欠缺，才會再搶了另幾戶。如今細想，這先後順序可是至關重要。

秦宅位於平王亂兵逃竄方向的西面，當中又隔了一片偌大的紫竹林，若是沿著平王亂兵南下而去的方向，並不能輕易發現遠處隱於竹林後的秦宅；加上後有追兵，一切都講求速度，而且沿路南下又有數戶富足人家，若是想搶掠糧食財物補給，那幾戶富商足矣，何必多費時間繞路去搶另一戶？

如此一來，當年殺害秦衛氏很有可能不是平王的亂兵。可若不是平王亂兵又會是什麼人？周氏？她明明已經與秦伯宗密謀給秦衛氏下藥，何必再多此一舉？而且當年他與長義親自察看過，秦宅死難者身上刀傷確實與軍用刀劍對得上。

他越想越覺頭痛欲裂，隱隱有個答案呼之欲出，可欠缺的卻是一個理由，或者說是動機。

若真的是她，他又該如何？一個是多年來一直為他化去來自太妃刁難的皇姊，一個是他立誓會為她討回公道的妻子，無論是哪一方，他都狠不下心來傷害。

他也不知自己是怎樣辭別平王離開的，回到府中，他逕自進入書房，打算理一理混亂的頭緒。

坐於案前，他仔仔細細地翻閱有關酈陽血案與周氏之死的相關卷宗，可無論他怎麼看，都找不出一星半點與怡昌長公主有關聯的痕跡。

「陸修琰……」拖著尾音的嬌語伴著推門聲響起，抬眸便見寶貝小妻子捧著食盤笑盈盈地走進來，他將卷宗合上，不動聲色地將它們放回原處。

「我特意讓人給你燉的參湯，你嚐嚐。」賢慧的姑娘舀了一勺湯吹了吹，親自送到他的嘴邊。

陸修琰無法，唯有張嘴喝下，在她又要動作前連忙將她抱住。「大冷天的妳怎麼跑來了？還穿得這般單薄，雲鷲呢？怎不跟著伺候？」

「一點都不冷，整日待在屋裡悶得慌，我又不是小孩子，何須人跟著伺候。」

陸修琰不放心地摸摸她的臉，再摸摸她的手，觸感微涼，當即將她的雙手包在掌中呵了呵，直到感覺那柔若無骨的小手又溫暖起來，這才止了動作。

半晌之後，他感覺對方柔軟的小手有一下、沒一下地在他胸膛劃著圈，本就悅耳動聽的嗓音添了幾分刻意的嬌媚。

「陸修琰……」溫熱的氣息噴著他的耳垂，胸膛上一陣酥麻，陸修琰的身子頓時便緊繃起來。

他抓著那調皮的小手，卻又聽對方嬌滴滴地輕語。「嫂嫂都有小姪兒了……」

陸修琰眼神幽深，這動作、這番話，小妻子這般主動還真是破天荒頭一回。

在她面前，他的意志向來極弱，更何況如今她還這般主動，媚眼如絲，吐氣如蘭，他又怎可能再忍耐得住。

他含著那小巧的耳垂吻了吻，當即便讓對方徹底軟了下來。

「不要緊，我再多努力努力，相信過不了多久，咱們府上也可以添丁了。」一語既了，他猛地將她打橫抱起，直往內室去……

說起來，自那回懷疑她的心意後，他已經很久沒有恣意愛憐過她了，初時是擔心她的病，後來又被這樣、那樣之事忙得暈頭轉向。

今日她主動送上門來，百般嬌、千般媚，他又怎可能忍得住，只恨不得將她拆骨入腹。

芙蓉帳暖，肢體交纏，不過片刻，室內便傳出一陣陣讓人耳紅心跳的嬌吟低喘，滿室的旖旎風情，掩蓋住冬日的冰寒。

雲收雨歇之時，兩人交頸而眠，或許是連日來重重的壓力讓他寢不能寐，又或許是此刻身心得到徹底饜足，陸修琰睡得可謂相當沈。

「……陸修琰？端王？」被他抱在懷中的女子輕輕地喚了幾聲，見他依舊沈睡，並無半點反應，這才小心翼翼地推開他環著自己腰肢的手，一點一點從他懷抱中離開。

她輕手輕腳地趿鞋下地，從掉落在地上的衣裳中解下香囊，再取出裡頭的香片扔到香爐裡，不過片刻工夫，一縷素雅的清香裊裊飄出。

她深深地望著床上兀自好眠的陸修琰，半晌，自言自語地道：「果然是英雄難過美人關，對秦四娘，你永遠也生不出半分防備。」

扯過一旁的外袍披到身上，她快步從裡間走出，逕自來到書案後，翻著書架上那一卷卷的卷宗，不過一會兒的工夫，架上已經是一片凌亂，可她想要找的仍然找不著。

她努力回想方才進來的那瞬間，而後，緩緩地將視線落到書案一角整齊地疊在一起的幾本書冊，片刻，伸出手將壓在最下面的那一本抽了出來。

她翻開書卷，目光一掃上面的文字，臉色頓變。她急不可待地往下繼續翻閱，少頃，抓著卷宗的手不停地顫抖，眼眸中早已溢滿了滔天的仇恨。

原來是她！竟然是她！

她緊緊地咬著牙關，努力壓下體內咆哮著欲傾洩而出的怒火，眼神凌厲而狠辣。

陸修琰幽幽醒來時，外頭天色已微暗，他低頭望了望懷中臉泛桃花的妻子，表情帶著寵溺的溫柔。

他輕輕地親了親那豔麗微腫的唇瓣，心滿意足地嗅著她身上讓人依戀不已的馨香。

嗯，傻丫頭今日熏了不一樣的香。

想到方才她的話，他眸色更暖，忍不住伸出手去輕輕覆在她的小腹上。

這裡頭會不會已經孕育了他與她的孩子？

若已經有了，不知是兒子還是女兒？不過無妨，兒子也好，女兒也罷，只要是她生的，他都一樣疼愛。

若是兒子，他便教他讀書習武，將來當一名頂天立地的崢崢男兒；若是女兒，他便將她捧在掌心上好好疼愛，讓她平安而快樂地成長。

他越想便越激動，有那麼一瞬間，他彷彿真的看到一個胖嘟嘟的小娃娃張著小手臂，搖搖擺擺地朝他走來。

他覺得，日後必定要更努力些，努力讓他們的孩子早些出來才是。

「嗯……」軟軟卻又帶有幾分曖昧沙啞的嬌音在他耳畔響著，他含笑望著撲閃著睫毛，有幾分懵懵懂懂的妻子。

「陸修琰？」秦若蕖微張著嘴，神情仍是呆呆的，只是當某處的痠痛傳來時，她的臉一下子又紅了幾分，當即明白自己的處境。

她嬌嗔地在他胸口上捶了一記。「壞蛋，又欺負人！」

陸修琰摟著她低低地笑了起來。「誰讓妳主動送上門來讓壞蛋欺負的。」

「誰送上門來了，盡瞎說！」秦若蕖噘著嘴，不依地輕哼。

她明明在屋裡好好地打絡子來著。

陸修琰也沒深想，只當她害羞才不肯承認。

這一刻，懷抱著摯愛的妻子，什麼煩心事他都不願去想，甚至若是可以，他寧願餘生一直過著似如今這般愜意自在的日子，沒有爭鬥、沒有陰謀、也沒有利用……

這日一早，素嵐照舊進來收拾屋子。自青玉受傷昏迷後，正房裡便由她接替著整理，畢竟除了青玉，唯有她才能將屋裡每一物擺放得讓秦若蕖滿意。

將最後一只白玉瓶擦拭乾淨，絲毫不差地放回原位後，她正要退出去，卻聽見一個幽幽的聲音。

「嵐姨……」

她愣了愣，抬眸一望，對上端坐榻上女子的視線。

「蕖小姐？」她試探著喚。

「是我，嵐姨……」秦若蕖點了點頭，下一刻，突然起身朝她「咚」的一下跪在地上，嚇得素嵐連忙避開。

「蕖小姐，妳、妳這是做什麼？」她忙不迭地去扶，秦若蕖卻輕輕撥開她的手，沈聲道：「當年殺害娘親的另一凶手我已經知曉，此仇我必要親手報，只是需要嵐姨及錢伯相助。」

素嵐大驚失色。「是誰？」

秦若蕖低聲說出個名字，驚得她連連後退。「是她？這、這怎麼可能?!」

「我原也不信，只是陸修琰已經查實。嵐姨，此生此世我只求妳最後一回，請妳無論如何千萬答應。」

素嵐心中百感交集，追查了這麼多年，真相眼看著就要揭穿，可是她卻突然生出幾分害怕來。

不知道一旦揭開那塊名為「真相」的布幕，等待著她們的又會是什麼？可若是就此當作不知，卻始終不甘心。當年那一幕幕如同巨石般壓在心上多年，每當夜深人靜之時，倒在血泊裡的一張張面孔如走馬燈般在腦海中閃現，屢屢將她從夢中驚醒，再不能眠。

所以，一直被仇恨糾纏著的，並不是只有眼前的藻小姐，還有她！

「她乃當朝長公主，是皇上一母同胞之妹，深得太妃與皇上寵愛，又怎能輕易撼動？」

她苦澀地勾勾嘴角，伸手將秦若藻扶起。

聽她這般說，秦若藻便知她同意了。

她微微一笑，眼中閃著精光。

「妳放心，我心中早有計劃，有一個人，將會是我們最大的助力。」

「什麼人？」

「當朝駙馬盧維滔！」

第三十五章

「駙馬？」素嵐想不到她說的竟然是怡昌長公主的夫君，一時愣住了。

「他是長公主的夫君，又豈會幫外人去對付自己的妻子？」

秦若蕖微微一笑，相當肯定地道：「他會的！」

駙馬盧維滔，乃平寧侯嫡次子，數年前，宣和帝將唯一的胞妹怡昌長公主下嫁於他，婚後夫妻舉案齊眉，是為京中一段佳話。

可這些不過是表面而已。

秦若蕖還記得，當日秦四娘新婚進宮謝恩，彼時在仁康宮初次見到怡昌長公主。那時康太妃曾向皇上提及「盧家那老匹夫帶著他那孽子到你跟前請罪」，還有「不將那賤婢母子處置乾淨，休想怡昌再跟他們回去」諸如此類的話。

從中便可知，婚後久久無子的駙馬瞞著妻子與別的女子生下了一個兒子，從而使得康太妃大怒，直接將女兒接進宮中，這一住便住了數月之久。

這也是為什麼幾乎每回秦四娘都能在宮中遇到怡昌的原因。

若是怡昌與駙馬當真如外頭傳言那般恩愛有加，駙馬又怎會瞞著她與別人生下兒子，怡昌又怎可能無視夫家人的一再請罪求饒，久久不歸？

她覺得，怡昌最後同意離宮回府，想來是從平寧侯府處得到了某些好處，對一個深得帝寵、什麼都不缺的長公主來說，能有什麼是她想要卻又沒有的？除了子嗣，再無其他。

「可這只能說明公主與駙馬的感情並不似傳言中那般好，又怎能肯定駙馬會幫著外人對付自己的妻子呢？」素嵐仍是不解。

「嵐姨，妳可記得青玉出事前曾在閒談中提及的那件奇事？」

「奇事？」素嵐沈思，片刻，輕呼出聲。「人參！」

「不錯。」

駙馬盧維滔四處託人求購上等人參，此事偶然被錢伯得知，他便當奇事般對青玉等人道來，而青玉聽了，又傳到秦若蕖及素嵐耳中。

眾所周知，駙馬唯一的妾室自從產下兒子後，身體便一直不好，據聞如今還是用人參吊著命，可若說公主府沒有人參，她是不相信的。

她明明記得，前些日子秦四娘陪陸修琰前去鄭王府，曾見鄭王妃翻看著的禮單當中，有一張便是來自怡昌長公主府，上面清清楚楚地記載著數株百年人參。

想想也是，怡昌長公主體弱又得寵，府裡什麼樣的名貴藥材沒有？可偏偏身為她夫君的盧維滔，只能私底下四處託人求購，為的得是延續愛妾性命。

再者，先不提他對那妾室是否動了真情，單看他敢瞞著怡昌長公主私納了她，便足以見得此女手段；加上對方又為他生下唯一的兒子，在他心中的地位自然有所不同，可如今重病纏身命不久矣，怡昌卻將保命之藥給了別人，要說盧維滔對此沒有怨恨，她是絕不相信的。

而這一點怨恨，只要合理充分地利用，便能使其無限地擴大，最終成為一把刺向怡昌的利刃……

聽她這般細細道來，素嵐終於恍然大悟，對此亦深以為然。

「我明白了，會讓錢伯著人瞧準適當時機接近盧維滔。」素嵐頷首道。

誠如秦若蘗所想，因為愛妾朱彤珊的病，盧維滔對妻子怡昌長公主的怨恨達到了頂點。曾幾何時，他也曾經慶幸自己娶得皇室中最得寵、最溫柔的公主，可婚後他卻發現，一切都不過是表面而已。

妻子看不起自己，從揭開紅蓋頭的那一瞬間他便發現了。他不懂，既然她瞧不上自己，為何答應下嫁？以太妃及皇上對她的寵愛，若是她當真不喜歡，必不會強迫她嫁才是。

若只是瞧不起倒也罷了，最多以後彼此互不干擾，她走她的陽關道，他過他的獨木橋；可是，這個據說是皇室中性情最溫柔可親的公主殿下，實則卻是心狠手辣的毒婦——

他定定地注視著手中的漆黑木盒，裡面放著一株嬰孩臂粗的百年人參。

他深深地吸了口氣，抬頭對上跟前的男子，沈聲道：「我答應你！」

這句話一出，他頓時便覺整個人輕鬆不少。

對，就這樣，妳無情我便無義，忍了這麼多年已經足夠了。曾經，他也是京城人人稱頌的翩翩佳公子，如今卻成了京中的笑話。

他的驕傲、他的尊嚴，早已被她打壓得潰不成軍。

「好，駙馬果然乾脆。」

「你們想怎麼對付她？又需要我做什麼？」

「需要煩勞駙馬時，自會有人前去找您，不管事成還是事敗，必不會牽連駙馬。」

「好，合作愉快！」兩人擊掌為盟。

「我會儘量提早出宮，到時便可以到舅兄府上接妳。」臨出門前，陸修琰望著低頭為自己整理衣裳的妻子，將心中打算道出。

「公事要緊，再說，是早是晚也由不得你作主，還不是得看皇上的意思。我自個兒斟酌時間，陪嫂嫂說會兒話，最遲不過晚膳前便回來，何須你再多跑一趟親自去接。」

「要不我把長英留給妳……」陸修琰想了想，仍是有些不放心。

「不必了、不必了，長英還是跟著你好，我有雲鷩就夠了。」

「王爺，該啟程了。」門外久候的長隨輕聲提醒。

陸修琰無法。「那妳自己注意些。」

「好。」

陸修琰在她額上親了親，這才大步離開。

望著他遠去的背影，秦若蕖摸了摸額上被他所親之處，整個人難得地有幾分失神。

陸修琰……他是將她當作秦四娘了吧？也是，最近她模仿得越來越像，連一直追隨在身邊的嵐姨也不能再像以前那般，一眼便分得出來。

心跳有些許失序，臉上熱度漸高，這樣的感覺很陌生，卻又不壞。

片刻，她狠狠地一咬舌尖，整個人一下子便清醒過來。

這種陌生的感覺，她不需要！

「蕖小姐，一切都準備妥當了。」素嵐掀簾而入，小聲稟道。

秦若蕖微不可見地點了點頭。

所有的一切，便在今日做個了結吧！

馬車抵達秦府時，早就得到下人回稟的岳玲瓏竟親自出來迎接。

秦若蕖嚇了一跳，連忙上前扶她，責怪道：「大冷天的，若是冷著了可怎生是好？妳肚子裡還懷著小姪兒呢！」

岳玲瓏柔柔地一笑，臉上漾著即將為人母的幸福笑容，聞言便道：「在屋裡悶得久了些，想出來走走，恰好聽聞妳到了，便順路來瞧瞧。」

「走了這般久可累著了？小姪兒可淘氣？」

「不累、不累，這孩子倒是個安靜性子，甚少鬧人。」岳玲瓏輕撫著微微隆起的腹部，溫柔地道。

「看來是個孝順孩子，還在娘胎裡呢，便已經會心疼人了。」秦若蕖微微笑道。

姑嫂兩人邊走邊說，很快地便進了正院明間處。

「哥哥不在嗎？」閒聊了半晌，秦若蕖狀似不經意地問。

「一大早便回國子監了，說是有要緊事得處理，不過會早些回來。」岳玲瓏靠在軟椅上，笑著回道。

也因為是感情甚好的親兄妹，故而才會這般不客氣。

秦若蕖當然知道他不在府裡，她還是特意挑選這天過來的，聞言也只是笑了笑，不動聲色地轉開話題，引岳玲瓏與她閒話家常。

「對了，聽說二姊姊親事訂下了，卻不知訂的是哪家公子？」片刻，她問。

「並非什麼名門公子，而是在京候考的舉子，雍州人士，比二姊姊大三歲。三伯母與妳哥哥都看過了，說是品行俱佳，三伯父也同意了，只待春闈過後便完婚。」岳玲瓏解釋道。

「哥哥那樣挑剔之人，他都說好，想必未來二姊夫必是不錯。」

秦二娘的年紀不等人，如今擇得如意郎君，也算是了卻秦叔楷夫婦一樁心事。

時間一點一點過去，見岳玲瓏臉上漸現疲累，她知道時機到了，忙道：「今日起了個大早，這會兒我也有些乏了。」

岳玲瓏不疑有他，道：「碧濤院一直給妳留著呢，既乏了，不如到那兒歇一陣子。」

一切正中下懷，秦若蕖又哪有不允之理。

在秦府侍女的引領下到了碧濤院，看著雲鷲細心地整理著床鋪，她假意地打了個呵欠，叮囑道：「我歇息一陣子，妳到外頭守著便是，不准任何人進來打擾。」

雲鷲知道她向來不喜人在屋內伺候，故而也沒有多想，應了聲「是」便退了出去。

「王妃歇下了？」雲鷲在外間靜靜地守了片刻，便有府內相熟的丫鬟進來小聲問。

「歇下了，咱們到外頭說話。」怕會吵著屋內小憩的秦若蕖，她起身拉著對方往外頭走。

兩人並肩而出，並沒有留意一道身影快速從側門閃過，很快便消失在白雲藍天之下。

秦若蕖熟門熟路地從秦府後門閃出，早有接應之人將手上的包袱交給她，她接過後穿上包袱裡面素嵐讓錢伯為她準備的深藍外袍，再披上那件暗灰斗篷，最後，將匕首藏於袖中。

「行了，咱們走吧！」裝扮妥當後，她率先邁開步伐，來人亦緊緊地跟在她身後。

哪知走出幾步，秦若蕖猛然回身，右手朝那人臉上一揚，只見一陣沙塵迎面灑來，那人連忙捂著眼睛。只是當他終於能睜開眼時，早已不見秦若蕖的身影。

他大驚失色，急急運氣朝原定目的地飛掠而去。

哪知等著他的既不是秦若蕖，也不是他以為會依約而來的怡昌長公主，而是素嵐。

素嵐見他孤身一人，心中那股不祥的預感越發明顯，她一把抓住他的手臂，大聲問：「蕖小姐呢?!」

「我不知，她、她突然向我偷襲，待我回過神時，已經不見了她的身影。」

素嵐雙腿一軟，整個人癱倒在地。

完了，蕖小姐騙了她，她根本是想自己一個人去對付怡昌長公主，所謂借助駙馬之力引怡昌出來根本就是個幌子！

秦若蕖成功地避開了素嵐及錢伯的人，緊著斗篷，獨自一人往真正的目的地走去。

寒風撲面，她卻渾然不覺。

沿著人跡稀少的小道走了片刻，途經拐角處，或許是沒有留神，她一不小心被縮成一團的瘦弱乞丐絆倒，虧得武藝不錯，及時穩住了身子。

她下意識地伸手去扶對方，低低地道了句「對不起」便快步離開。

原本神情萎靡的乞丐一見到她的容貌，精神頓時一振，想也不想便邁開雙腿，朝著她離開的方向跟了上去……

「端王妃？妳怎會到此處來的？」見來的不是她預料之人，怡昌長公主難掩驚訝地問。

秦若蕖緩緩地朝她走去，行至離她約莫一步遠之處方停下，盯著她的眼眸一字一頓地問：「我娘是不是妳害死的？」

怡昌長公主心中一突，臉上飛快地閃過一絲慌亂，只是很快便掩飾過去。

她勉強扯了絲笑容，一如既往的溫柔嗓音卻帶了些許不易察覺的輕顫。「我不懂妳在說什麼，六弟妹，此處不是妳該來的地方，還是趕緊回去吧，免得六皇弟知道了掛心。」

「我娘是不是妳害死的？」哪知秦若蕖彷彿沒有聽到她的話，目光如炬，死死地鎖著她的視線，朝她步步逼近。

怡昌心中慌亂，被她逼得連連後退幾步，好半晌才停下來，臉色一沈，頗有些虛張聲勢地沈聲道：「六弟妹，妳在胡言亂語些什麼？我還有事，恕不奉陪！」

一言既了，她便打算轉身離開，哪知突然眼前一花，隨即左手傳來一陣劇痛——

「啊！」她慘叫出聲，整個人痛得倒在地上翻滾，翻過之處，是一片片鮮豔奪目的血色。

不遠處潔白的雪地上，一根帶著鮮血的斷指赫然可見。

秦若蕖眼神冰冷，臉色陰寒，緊緊地盯著已經痛暈過去的怡昌，片刻，緩步上前，一把扯住她的領口，拖著她到已經結冰的湖面旁，而後將全身力氣集中在右拳上，狠狠地朝湖面擊出一拳。

只聽「轟隆」一聲，湖面竟然被她砸出一個窟窿來。

她用力扯著怡昌的長髮，死死地將她的腦袋往冰冷透骨的湖水裡按去，不過一會兒的工夫，本已昏迷過去的怡昌又是一聲慘叫，四肢拚命掙扎，意欲從她的箝制中掙脫開來。

秦若蕖狠狠一甩，一下便將她甩到了湖邊。

怡昌全身的骨頭彷彿要被摔斷了，只恨不得就此痛死過去。她本就是嬌生慣養的皇家公主，何嘗承受過這般痛苦，十指連心，活生生被人斬斷手指不說，還被人按入冰水裡強行喚醒，那樣的痛苦，當真是讓她求生不得、求死不能。

她不是人，她是魔鬼！

驚恐地望向一步一步地朝自己走來的秦若蕖，她的腦子裡只閃現這樣一個念頭。

「我再問妳，我娘，是不是妳害死的？」秦若蕖的嗓音不疾不徐，彷彿問的是再尋常不過的問題。

「不不不，不是我、不是我……」此時此刻，死亡的恐懼蓋過十指連心的劇痛，怡昌顫著唇，拚命掙扎著往前爬，盼能離眼前的魔鬼再遠一些。

秦若蕖手起刀落，伴著一聲更響亮的慘叫，一道鮮血飛濺而出，落到雪地上，襯著白雪，如同綻放的妖豔血花，有幾滴甚至濺到她的臉上，越發顯得她陰冷的表情狠辣可怕。

不遠處的大石下，染著漂亮蔻丹、又一根斷指孤單地躺在地上，飛濺的血漬在地上勾勒成點點寒梅……

怡昌痛得再度暈死過去。

秦若蕖身上的斗篷亦沾了不少血跡，可她渾然不覺，如同拖著麻袋般再度將對方拖到湖邊，直接將她的腦袋按入湖水中。

「咳咳咳……放、放開我，救、救命……」怡昌覺得自己一會兒身處熊熊烈火當中，一會兒又似是浸在千年寒潭裡，痛苦得只願立即死去。

她全身無力地被秦若蕖再度丟到一旁，整個人撞向湖邊岩石，直撞得她五臟六腑似是要裂開。

劇痛衝擊著她身體每一處角落，一陣寒風吹來，她身上的水珠彷彿要結霜，凍得她雙唇發紫，臉色慘白得嚇人。

腳步聲再度響起，她勉強撐起眼皮望去，心中叫著：快逃，快逃離這個魔鬼，可渾身卻是半點力氣也使不出來，只能眼睜睜地看著對方抓著匕首再次逼近。

「我娘是不是妳害死的？」照樣是那句一樣的話。

她駭然地望著對方再一次舉起那閃著寒光，還滴著鮮血的匕首……

「是我、是我！是我害死的，是我！」無邊的恐懼讓她再不敢隱瞞，頓時放聲尖叫。

秦若蕖終於停下腳步，追尋多年的真相浮現，殺母仇人就在眼前……

她眼睛一眨也不眨地注視著怡昌半晌，直盯得對方毛骨悚然，拖著雙腿掙扎著往前爬，只盼能離她遠一些。

秦若蕖踩著她在地上拖出來的血痕，半蹲在她的跟前，無比輕柔地問：「我娘與妳無冤無仇，妳為什麼要害她？」

不等她回答，她將那滴血的匕首貼著她的臉，極慢地低語。「老老實實回答，若有半句謊話，我便在妳臉上劃一道。」

透著寒氣的匕首貼著臉，怡昌嚇得一動也不敢動。

女子的容貌何等重要，若是被毀去，她寧願直接死在她刀下。

「我、我、我說……並非是我要害妳娘，其實、其實是周家表姊偷了我的權杖，假傳我命令，讓護衛假扮平王亂兵殺了妳娘。」

秦若蕖冷冷地一笑，手一舉，狠狠地將匕首插入她的大腿。高呼的慘叫聲伴著四下飛濺的鮮血，灑落在寂靜的林間。

「妳當我是三歲孩童嗎?!」她並不信這話。

「妳乾脆殺了我吧！」怡昌痛得幾乎痙攣，整張臉都扭曲起來，落到魔鬼手上，死也是一種恩賜。

可是，很明顯，眼前的這個魔鬼並不想給她這個恩典。

秦若蕖拔出匕首，用力地往她另一條腿上刺下去，噴射而出的鮮血，濺了她滿臉。

她的嘴角甚至勾著淺淺的笑容，越發顯得那帶著血污的臉陰森可怕，真如從地獄爬上來的催命惡鬼。

怡昌痛苦不堪的哀號聲不絕於耳，不知是不是兩度被浸冰水之故，這一回，她竟然沒有再度暈死過去。

「我說，我說……我恨她，恨她可以嫁給長樂侯，而我只能嫁一個一無是處的駙馬，我要讓她、讓她同樣得不到幸福的婚姻！」

先帝朝時，在眾多皇子、皇女當中，怡昌並不得寵，準確來說，先帝真正寵過的兒女，唯有嫡幼子陸修琰。

怡昌乃康太妃親自撫養，彼時康太妃為了爭奪帝寵，對年幼女兒耳提面命，讓她一定要乖、要聽話、要溫柔，絕對不可違逆父皇，這樣才會討父皇的喜歡；否則便會如同那位母妃被打入冷宮的皇姊那般，沒有人疼愛，也沒有好看的裙子穿，還要住到陰暗破舊的屋子裡，每天都被老鼠和蟑螂咬腳指頭，甚至連宮女、太監都可以欺負……

因為那人掌握著她的生死榮辱，所以她要柔順乖巧，要端莊得體，要體貼入微；她要討好上位者，要順他們的意，要絕對服從，不能說半句不，否則，她所擁有的一切便會被奪回去。

這樣的想法一直伴著她成長，漸漸融入她的骨血裡，哪怕到後來，可以掌控她生死榮辱之人已換成了她的同胞兄長。

也正因為此，當年宣和帝提出將她嫁給盧維滔時，哪怕她心中更屬意年輕有為的長樂侯，也不敢說半句違逆之話。她嫉妒周氏，嫉妒那個可以仗著家人寵愛而肆意妄為的表姊，為什麼她可以不做自己不願意之事，為什麼自己屬意而嫁不得的長樂侯，最終會與她訂下親事？

所以，在得知對方竟然喜歡上一無所有的有婦之夫秦季勳時，她便覺得這真是天賜良機，她一定會好好地助她的好表姊如願！甚至在得知秦季勳對妻子一往情深時，她亦有意無意地鼓勵周氏勇敢爭奪心中所愛，不惜一切手段。

更有甚者，為免夜長夢多，她還設了一個局，讓周氏連等待衛清筠毒發的時間都等不及，不惜盜取她的權杖，假傳她的命令讓護衛扮作平王亂兵闖入秦宅，殺害衛清筠。

可笑周氏還以為一切都是她自己的設計，誠惶誠恐地在她面前認錯，求她為她保守秘密；也不想想，若非她的授意，她又怎可能輕易使喚得了她的護衛！

一切都非常完美，這麼多年來，從來沒有人懷疑過她，她依然是皇室中最高貴溫柔、最端莊善良的長公主！

「我要將妳碎屍萬段！」想到自己的娘親竟然是死於眼前女子對周氏的嫉妒，秦若蕖怒火中燒，美目中盡是刻骨的仇恨。

她高高地舉起手中匕首，狠狠地、毫不留情地往掙扎著欲逃離的怡昌腿上一扎，而後再重重地抽出，霎時，慘叫聲響徹雲霄，可她渾然不覺，舉著匕首又要往她身上刺去……

突然，似是有把重錘重重地在她腦袋上一砸，痛得她喘息不斷，手中匕首亦「噹」的一聲掉到地上。

她死死地抱著頭，努力想要抵制那股痛楚，可那痛越來越劇烈，甚至連眼前的景物都變得搖搖晃晃。她大叫一聲，步伐不穩地撞上一旁的大樹。

她用力地捶著腦袋，意欲將那痛楚趕走，豆大的汗珠一滴一滴地順著臉頰往下掉。忽地，她一腳踏空，整個人一下子便從山坡上滾落下去……

「蓁小姐！」好不容易尋到此處的素嵐，甫一抵達便見到秦若蕖跌落山坡，幾乎嚇得魂飛魄散，尤其當她急跑過來將她扶起時，看著她滿臉滿身的血污，嚇得險些暈死過去。

「嵐姨，不是她的血。」陪她一同尋來的男子低聲道。

素嵐這才放下心來，也來不及多想，與他一同將早已昏迷過去的秦若蓁扶起。「快走！」

「小皇叔果乃言而有信之人，沒有小皇叔，姪兒也不會有如今這般好景況！」宮門外，陸宥誠面露得意地朝著陸修琰做了個揖。

陸修琰冷冷地掃了他一眼，轉身上了回府的馬車，不願與他多說。

陸宥誠也不在意，既然扯破了臉，他不會妄想對方還能給自己好臉色。

說起來，他那個半路歸來的兒子當真是張王牌，有他在手，端王便成了一個任他拿捏的麵團，最讓他覺得愉悅的事，這張王牌還是端王親自送到他手上的。

想到早朝上，宣和帝對自己的讚許，他便忍不住更加得意了。

放下車簾那一瞬間，陸修琰陰沈的臉色便緩和下來。

他勾起一絲淡淡的嘲諷笑容。這段日子，陸宥誠借他的手在五城兵馬司等重要衙門安插了不少人，勢力飛速擴張，隱隱有未來皇太子的架勢。

這一切雖然都在他與陸宥恒的計劃當中，可是，屢屢被人這般逼著做些違背心意之事，他的心裡確實是堵得厲害。

他深深地呼吸幾下，努力將那股憋悶壓下去，不停地告訴自己要再忍耐，待一切塵埃落定後，他便可以將鑫兒帶離章王府。

這也是當日陸宥恒對他的承諾。

突然停下來的馬車帶來的衝擊讓他一下子回過神來，他皺著眉正要問出了什麼事，長英已經在簾外低低地回稟。

「王爺，出事了！」

陸修琰胸口一緊，一把掀開車簾問：「出什麼事了？」

「怡昌長公主死在南傳山。」

「什麼?!」陸修琰大驚失色。「立即前往南傳山！」

馬車急促往南駛去，一路上，長英將事情細細道來。

原來是回鄉祭祖的京兆尹司徒大人偶爾發現了屍體，認出死者居然是怡昌長公主，頓時驚懼萬分。到底是皇室公主，他思前想後，便尋到端王跟前，畢竟端王執掌刑部又是皇族中人，找他是最適合不過了。

陸修琰心急如焚，這頭他正暗中讓人查怡昌，那頭她竟然死在南傳山！

「王爺，到了！」馬車停下來，他掀簾下車，正要朝發現屍體的地方走去，忽聽長英低聲提醒道：「王爺，您要做好準備，長公主的死狀……」

陸修琰心中一凜，能讓長英說出這番話，可想而知，皇姊之死……

他深深地吸了口氣，穩穩心神道：「走吧！」

饒是已有準備，可當他到達現場，看著地上的斑斑血跡時，仍抑制不住心驚。

那一灘灘觸目驚心的血跡、被拖扯而成的血路、四散的斷指，以及已經面目全非的屍體，這一切，在在說明怡昌長公主臨死前遭受了怎樣的虐待。

換言之，怡昌長公主是被虐殺致死的！

陸修琰的心臟似是被人緊緊揪住一般，痛得他額冒冷汗。不管怡昌私底下做過什麼，可是，這麼多年來，她待他一直是好的，在他跟前，她一直是個溫柔寬和的姊姊，每一回，都是她為他化解太妃娘娘的刻意刁難。

可以說，在這麼多兄弟姊妹當中，除了宣和帝，怡昌長公主便是與他最親近的人。

如今乍一見她慘死在眼前，這教他如何接受得了……

他閉著眼睛別過臉去，努力將眼中淚意逼回去，不忍再看。

「王爺，長公主的致命傷是頭骨破裂，根據一旁岩石上的血跡推測，應是被人抓住頭部撞擊岩石而亡；長公主十根手指被斬斷，其中兩根的切口相當平整，是齊根而斷，另外八根的切口則比較凹凸不平，臉上布滿了極深的刀傷，兩邊大腿都有刺傷，應——」長英一五一十地將檢查結果回稟。

「夠了，本王知道了。」陸修琰打斷他的話。單是聽他這般述說便可知怡昌死前經歷了什麼，嬌生慣養的皇室公主，實在不敢想像她是如何承受住這樣的虐待。

他拖著如千斤重的雙腿，一步一步往平躺在帳篷裡的怡昌走去，正要伸手去掀帳簾，忽覺一道微微的光從一旁的石縫透出。

他手上動作一頓，循著光望過去，只見石縫裡藏著一只精緻的耳墜。那耳墜，竟是那樣的熟悉，分明是今早他親手為妻子戴上去的！

似是有一道寒氣從腳底板升起，很快便滲透他四肢百骸……

他勉強平復心中的驚濤駭浪，不著痕跡地往那邊靠去，而後飛快地將那耳墜撿到手中，緊緊地握在掌心裡。

他自以為一切做得神不知、鬼不覺，卻不料他的動作悉數落入長英眼裡。

「王爺，這便是凶器，凶手想來便是用這把匕首殺害了長公主。」京兆尹司徒大人將差役遞過來、血跡斑斑的匕首呈到他眼前。

他望過去，見只是一把再普通不過的匕首，不知怎地竟是暗暗鬆了口氣，可下一刻，鋪天蓋地的愧疚與沈痛便朝他壓來。

他茫然地立在原地，腦子裡變得一片空白。

若這一切都是她做的，他又該怎麼辦？

待將現場證據都搜集得差不多了，他強作鎮定地吩咐下屬將怡昌長公主的遺體抬到空出來的馬車上運回去，自己則是策馬趕回宮中，將怡昌遇害一事稟報宣和帝。

一路上，狂風呼呼地颳著，吹動他身上的衣袍翻飛似蝶，他木然地望著前方，腦子裡走馬燈似地播著那一幅幅畫面——被鮮血染紅的雪地、岩石上的血跡、十根斷指、曾經柔美的臉龐上凌亂的刀痕、大腿上一個個血窟窿……

他突然劇烈地咳嗽起來，咳得撕心裂肺，彷彿要將心裡的苦意與酸楚全部咳出來。

駿馬忽地一個飛躍，竟將馬背上鬆了韁繩的他甩飛開來，隨著長英一聲驚呼，他整個人重重地被甩落到雪地上。

「王爺！」長英一馬當先，飛也似地跑過來欲扶起他。

陸修琰一動不動地趴在雪地裡，片刻，雙手在雪地上抓出十道長痕，他忽地握拳，狠狠地一下下砸著地面……

淚水瞬間模糊了他的視線，彷彿有把鋒利的刀，一下又一下地凌遲著他的心，鮮血淋漓，很痛、很痛，痛得他恨不得就此死去。

「王爺！」長英緊緊地抓著他的手，不讓他再這般虐待自己。

良久，他才聽到主子沙啞的聲音。

「長英，本王覺得自己很沒用……」

長英瞬間便紅了眼圈。「王爺……」

下一刻，陸修琰輕輕推開他的手，緩緩地從雪地上站了起來，一點一點地整理著身上有幾分凌亂的衣袍，除了眼眶有些微紅外，整個人再瞧不出半點異樣。

他一言不發地翻身上馬，雙腿一夾馬肚子，駿馬一聲長嘶，撒蹄飛奔而去。

長英怔怔地望著他漸漸化作一個黑點的身影，狠狠地抹了一把臉，隨即策馬追了上去。

紅顏禍水，早知今日，當初他便是拚著被王爺驅逐，也必不讓那個禍水嫁入端王府！

秦府內，雲鷲與相熟的丫鬟坐在廊下小聲說著話，不時留意著屋內動靜，只是當時間一點點過去，始終沒有聽到王妃起來的動靜，她不禁有些奇怪。

往日王妃最多不過歇半個時辰，如今一個時辰都快過去了，王妃怎麼還不醒來？

「雲鷲姊姊，今年的雪下得可真頻繁，早上起來的時候還好好的，妳瞧，如今又下起來了。」小丫鬟喟嘆一聲。

雲鷲有些心不在焉地應了幾聲，不時轉過頭去望了望那緊閉著的房門。

「王妃睡了挺久，怎麼還不起來？莫不是也如我家少夫人一般有了身孕了吧？」小丫鬟察覺她的動作，想了想道。

雲鷲愣了愣。王妃有喜？若是如此，倒是天大的喜事。

她垂眸沈思，王爺成婚至今膝下猶空，身邊又始終只得王妃一人，也是時候該添個小世子了。

突然，屋內傳來女子的輕咳，她當即回神，快步推門而入。「王妃醒了？」

進得門去，見躺在床上的女子眼皮輕顫，須臾，那雙明亮又帶著幾分懵懂的眼眸便睜了開來。

「雲鷲……」秦若蕖喃喃地喚。

雲鷲連忙上前扶起她。

「雲鷲，我頭疼……」秦若蕖皺著兩道彎彎的秀眉，夢囈般道。

雲鷲讓她靠在自己的胸前，控制力道為她按捏著太陽穴。「王妃想必是睡久了，猛地醒來才會覺得頭疼。」

「嗯。」秦若蕖弱弱地應了聲。

見揉了半天她仍是不適，雲鷲也不禁有些擔心，正欲說話，便聽對方低低地道：「雲鷲，我想陸修琰了，咱們回家吧！」

「好，咱們回家。」雲鷲心裡有些異樣，只是也不多想，彎下身子打算伺候她穿上鞋子，忽見鞋面那顆瑩潤的珍珠上沾染了一點暗紅。

她伸手去擦拭……

鷲覺那暗紅竟是凝固的血，她臉色微變。

「雲鷲？」久不見她動作，秦若蕖疑惑地輕喚。

雲鷲連忙斂下滿懷凌亂思緒，神色如常地伺候她更衣梳洗，暗中卻留意著她，見她身上並無傷，衣物除了有些許縐褶之外沒有異樣，心中對那血跡的來歷更加不解。

得知她要回府，岳玲瓏望了望越下越大的雪，再想想過不了多久便會歸來的夫君，勸她再多留一陣子。只是秦若蕖堅持，她也不便再說，唯有叮囑雲鷲等人好生伺候，這才依依不捨地親自將她送出二門。

秦若蕖扶著雲鷲的手正要跨上馬車，忽地抬眸望望紛紛揚揚的雪，伸手去接，看著雪花飄落在她掌上。

「王妃，該上車了，您禁不得冷。」雲鷲輕聲提醒。

秦若蕖低低地「嗯」了一聲，轉身上了馬車。

馬車很快便駛向端王府。

「雲鷲，妳有沒有試過，突然有一日，發覺自己都不認識自己？」靜默的馬車裡，雲鷲整理著軟墊，忽聽秦若蕖輕聲問。

她怔了一會兒，正想回答，又聽對方嘆了口氣，自言自語地道：「一個人怎麼會不認識自己呢？我真是糊塗了。」

她深深地凝視著她，心裡那股異樣感更濃了。

王妃她，確實有些奇怪……

第三十六章

秦若蕖回到府中，卻沒有見到最想見的那個人的身影；倒是一直忐忑不安的素嵐見她回來，終於鬆了口氣，連忙迎上來扶著她。「王妃。」

秦若蕖神情有些呆滯，悶悶不樂地由著她將自己扶回正院裡。

素嵐望著她欲言又止，想要問問她今日可曾見到怡昌長公主，可是一時又抓不準她是王妃還是蕖小姐。

近來蕖小姐的言行舉止甚似王妃，她已經不能輕易區分她們了。

「嵐姨，陸修琰還沒有回來嗎？」片刻，她聽到秦若蕖悶悶的聲音。

她愣了片刻，當即明白眼前這位不是蕖小姐。

「王爺怕是要晚些才回府。」

秦若蕖托著腮幫子望向窗外飄雪，也不知在想些什麼。

素嵐定定地望著她。對這個她看著長大的姑娘，突然覺得有些看不透了。

卻說宣和帝聽了陸修琰的稟報，得知胞妹慘死，當場打碎了手中茶盞，整個人一下子從龍椅上彈了起來。

「死了？你說怡昌死了是什麼意思？朕昨日還見她好好的！」

陸修琰垂著頭一言不發地跪在地上，袖中雙手緊緊地握成拳頭。

宣和帝雙目通紅，額上青筋頻頻跳動，他深深地吸了口氣，哽聲問：「她的……如今在何處？」

「暫且置於清安殿。」

「朕去瞧瞧。」宣和帝走下玉階，就要往殿門外去。

「皇兄請留步，實在不宜……」陸修琰連忙阻止他。

「那是朕的親妹妹！」宣和帝紅著眼大聲道。

「請皇兄留步！」陸修琰仍擋在他的身前，重複道。

宣和帝欲避過他離開，可無論他再怎麼避，對方都能死死地擋著他的去路。

「讓開！」他怒視著他，沈聲喝道。

「請皇兄留步！」陸修琰眼睛微紅，卻是一臉堅持。

兄弟兩人僵持半晌，還是宣和帝先敗下陣來，他啞著嗓子輕聲問：「她死前是不是受了很多苦？」

陸修琰的心似是被針扎了一下，怡昌的慘狀一下子便在腦海中閃現，他閉著眼眸平復一下，啞聲道：「……是。」

宣和帝的眼又紅了幾分，他微仰著頭將眼中淚意逼回去，下一刻，大聲吩咐。「傳刑部尚書！」

陸修琰不知自己是怎樣回到府裡的，他木然地走入書房，背著手遙望夜空，怔怔地出神。

自十八歲那年參與政事起，他從來不懼任何繁難棘手的差事，可如今宣和帝讓他追查殺害怡昌的真凶，卻讓他覺得進退兩難，不知如何是好。

一直跟在他身後的長英忍了又忍，終於忍不住道：「王爺，有些話說出來明知會令王爺不高興，可屬下不得不說。」

他深深地吸了口氣，鼓起勇氣道：「王爺自參與朝事以來，處事公允，行事端方，朝野上下人人稱頌，自掌刑部之後更是鐵面無私，斷案如神；可如今卻為了一個女子，一個無視您的真心付出，一而再、再而三地利用您的女子，而毀了自己行事準則！王妃一心只想報仇，屬下不敢有二話，可她行事出格，手段毒辣……王爺，您今日為了她而私藏證據，假若將來她犯下不可饒恕之罪行，您又當如何自處？」

陸修琰痛苦地閉上了眼，片刻，啞聲道：「她有今日，皆因本王教妻無方，御妻無術；假若真有那麼一日，她果真犯下了不可饒恕之罪行，本王定會親手了結她，然後，再賠她一命！」

「王爺，您……」長英大驚失色。

「長英，你說的本王都明白，可是，本王沒有辦法。或許上輩子本王真的欠她良多，今生才會這般……你下去吧，本王覺得很累……」

他是真的很累，一種從心底深處散發出的疲憊正快速將他吞噬。

於公，他既要為韜光養晦的陸宥恒保持實力，又要小心翼翼、步步謹慎地與陸宥誠周旋，所走的每一步都要耗費不少心思，如此才能在讓陸宥誠事事如意的情形下，一步步將他引入陷阱。

於私，為了追查當年秦衛氏的死因，他不惜動用自己隱藏多年的勢力，只為了將一切事情查個水落石出，也為了給死難者一個交代。

在他已經快要不堪重負的情況下，他摯愛的姑娘卻又給他捅一個天大的樓子……

他不知道她是怎樣查到怡昌長公主身上的，也不想知道為了今日這番報復，她背著自己到底佈置了多久。怡昌並不無辜，殺母之仇不共戴天，他不會妄想著她會為了自己而放棄為母報仇。

只是，他寧願她一刀直接取了怡昌的性命，也不願意看著她如此虐殺她，那樣的手段，太過於殘暴，太過於血腥。

斷指、血窟窿、毀容，他一直擔心的事終於成真，她最終仍是被仇恨吞噬殆盡。

他緩緩地將一直藏於身上的那只耳墜取出，定定地望著它。

他的妻子有許多首飾頭面，都是他精心為她尋來的，這耳墜亦不例外。諷刺的是，她戴著他的心意，去做下他最擔心、最害怕之事。

雪不知什麼時候停了下來，寒風敲打窗櫺發出的聲音一下又一下，越發顯出夜的寂靜，以及人的孤寂。

不知過了多久，他終於從椅上站了起來，邁步從書房離開。

正院內，素嵐與雲鷺擔心地望著回來後便一直沈默不言的主子，彼此對望一眼，終是只能默不作聲地退了出去。

陸修琰進來時，偌大的正房裡只有靠著貴妃榻怔怔出神的女子。

聽到他的腳步聲，她抬眸望了過來，嘴唇動了動，似是想說什麼，最終卻什麼話也沒有說出口。

陸修琰緩步來到她的跟前，緊緊地盯著她，不錯過她臉上每一分表情，一字一頓地問：「妳是誰？」

妳是誰？她明顯愣了愣，竟是想不到他會問出這樣的問題。

她垂下眼，少頃，對著他的視線不疾不徐地回道：「我不是秦四娘。」

陸修琰眼睛一眨也不眨地盯著她，聞言嘲諷地勾了勾嘴角。「是啊，妳不是秦四娘，不是我的阿蕖，更不是我的傻姑娘。我的阿蕖，柔順善良、單純明媚……可是，不管是如今的妳，還是妳口中的秦四娘，我的阿蕖，都不是完整的秦若蕖。這麼多年來，妳將所有的悲傷、難過、絕望強行從她記憶中抹去，可曾想過她個人的意願？她在妳刻意營造的平和環境裡無知地長大，不知慈母因何而亡，不懂親父為何冷漠，不明白原本幸福的家何故分崩離析，她快樂又茫然地活著，因無知而顯無情。」

因為無知，所以能很快地將多年來疼愛自己的祖母拋在腦後、任由生父孤身一人離開，獨守著偌大的空宅在回憶裡生活。她什麼也不知道，什麼都可以輕鬆地拋下……

很無情嗎？是！可是，這一切又能怪她嗎？她的記憶不完整，時時缺失……

陸修琰仰著頭，待覺眼中淚光褪去，再度啞聲道：「不是這樣，不該是這樣的，人生應是百味，人應有七情六慾，酸也好、苦也罷，或哭或笑，那都是生活給予的歷練，人是在這些歷練中逐漸成長，當他垂垂老矣時，回顧此生，亦能感嘆一聲未曾辜負時光。」

他當然希望摯愛的妻子能一直簡單而快活地度過每一日，可是，這種簡單與快活，卻不能以「無知」為代價。

他閉著眼眸，片刻，睜眼一字一句地道：「如今，母仇已報，餘生有我，她，已經不需要妳了！」

她不需要妳了，不需要這個充滿仇恨的妳了……

秦若蕖身子一晃，似是被人當眾狠狠地搧了一記耳光，那樣地難堪，又是那樣地難受。

她極力睜著一雙黑白分明的眼眸，努力想要看清眼前之人。下一刻，她冷冷地笑了一聲。「不愧是最負盛名的端親王，說起道理來當真是一套一套的。」

她深呼吸幾下，咬牙切齒地道：「她不需要我？若當年不是我將她那段血腥記憶抹去，你以為還會有你如今柔順善良、單純明媚的阿蕖？」

沒有她，當年的秦四娘根本活不下去，她會徹底毀在那無窮無盡的血腥惡夢當中！

「是，那段記憶對一個未滿六歲的孩童來說，確實是難以承受；可是，她已經長大了，成長得比妳以為的要堅強，而妳，卻仍當她是當年那個徬徨無措的小女孩。」

他的傻姑娘，比任何人以為的要聰慧，要堅強。

陸修琰一步一步地朝她逼近，望入她眼底深處，嗓音低沈卻又相當無情。「她不再需要妳，不需要妳自以為是的保護，不需要妳干涉她的記憶！悲傷也好、痛苦也罷，所有的一切，都有我與她共同承擔，所以，她不需要妳了！」

秦若蕖一直被他逼至牆角處，拚命地搖著頭，胡亂地道：「你胡說、你胡說！她還需要我，她會一直需要我，沒有我，她什麼也不是、什麼也做不了，甚至連活著都不行……」

看著她眼神淩亂，神態已經有些瘋魔的模樣，陸修琰心口劇痛。

傷她一分，於他來說痛苦卻是加倍；可他沒有辦法，怡昌慘死的那一幕帶來的震撼著實太過強烈，仇恨真的會吞噬一個人的理智，讓她變得陌生。

他可以接受一個性情古怪的她，也可以接受一個或許並不是真心喜歡自己的她，卻不能接受一個殘酷血腥的她。

他對長英說的那番話是真的，若是有朝一日，她真的犯下了不可饒恕之罪，他必定會親手了結她，而他，隨後亦會追隨。

上輩子，他定然欠她良多，故而今生注定為她操碎了心，卻又無怨無悔。

「你胡說，你胡說……」秦若蕖喃喃地反駁，雙手胡亂地拂著，彷彿想將那些令她又慌又怕的話語拂開。

突然，她眼前一黑，整個人軟綿綿地往陸修琰身上倒去。

陸修琰緊緊地抱著她，臉蛋貼著她的，眼眸痛苦地閉著。

怡昌長公主的死訊在次日於京中傳開。據聞康太妃得知女兒被害的消息，當場暈死過去，醒來後呼天搶地哭喊著她可憐的女兒。

宣和帝命端王與刑部全力緝拿真凶，但凡覺得於查案有必要的，不論官階等級高低，均可前去問話，必要給枉死的胞妹一個公道。

每日被刑部問訊之人一個接著一個，多的是世家名門等與怡昌長公主往來較多的人家，連怡昌的夫家——平寧侯府中人亦不例外。

一時間，因為怡昌長公主的死，京中變得人心惶惶。

「長公主那日避開身邊人獨自前往遇害現場，想來是與人有約，於下官之見，能將長公主單獨約出去之人，或是與她多有往來且交好的，或是抓住了長公主某些把柄。」刑部尚書細細地分析。

陸修琰沈默地高坐上首，對他的話沒有發表意見。

他只是想到了昨日審問素嵐，從素嵐口中得知秦若蕖曾提議聯合駙馬盧維滔達到目的，可最終她卻將所有人耍了一道，她要合作的對象並非盧維滔，而是他的妾室朱彤珊。

一個無依無靠的弱女子，竟能在怡昌對駙馬的重重控制下安然產下唯一的兒子，單憑這一點，這位朱姨娘便不是個簡單人物。

再加上她深知自己命不久矣，一旦故去，留下的兒子便會落入視她如眼中釘、肉中刺的怡昌手中，到時……

為母則強，這樣的女子一旦發起狠來，什麼事做不得？哪怕她力量不夠強大，可是怡昌這麼多年來在夫家的高壓強勢，早已惹得天怒人怨，只要稍加利用，又怎怕不成事？

這些訊息，他都沒有讓刑部知曉。

坐在明鏡高懸的橫匾下，他覺得甚是諷刺。什麼鐵面無私，什麼公正嚴明，那只不過是因為牽涉其中之人並不是他放在心尖上的那一個，如今的他，是徇私廢公，早已經不配坐在此處，更當不起那八個字。

故而，皇兄讓他來審理此案，更是大錯特錯，他甚至不敢去看皇姊的遺體，因為他注定無法給她一個公正的交代。

刑部尚書見他沈默不語，神色也有幾分憔悴，以為他心傷皇姊的慘死，一時不禁有所感嘆。到底是親姊，便是無堅不摧如端王，也會有承受不住、心神俱傷的時候。

「王爺不如暫且回府歇息一陣？」他試著建議道。

陸修琰搖搖頭，啞聲道：「不必，你繼續說。」

刑部尚書無法，繼續又道：「據——」

「啟稟王爺，啟稟大人，梁捕頭有重要消息回稟。」他的話還未說完，便被匆匆忙忙地走進來的差役打斷，他正要發怒，可聽明對方之話後心中又是一喜。

「請他進來！」陸修琰率先道。

不過一會兒的工夫，身材魁梧的梁捕頭便大步邁了進來，先是朝兩人行禮，這才不慌不忙地將自己的發現道來。「屬下在南傳山一帶打探，事發當日，曾有山中獵戶發現一名滿身血污的乞丐神色慌張地從出事地點跑出來，屬下懷疑，此人或與長公主之死有莫大關連，已經出動手下全力尋找這名乞丐，相信不日便能將他緝拿歸案。」

陸修琰愣了愣，倒是想不到竟然還有第三者的存在，此事因交給了刑部，他自是不好再私下派人探查，也只不過是審問了素嵐一人。

滿身血污的乞丐？

他心中驀地一動，會不會、會不會怡昌皇姊的死其實、其實並不是「她」所為？雖明知這個可能性不大，可他仍抑制不住這洶湧而出的念頭。

「傳本王命令，不惜一切代價，務必將這名出現在出事現場的乞丐找出來！」他沈聲扔下這一句，當即便有長英等王府護衛上前領命而去。

或許他應該細細問問「她」那日之事，問問到底怡昌皇姊是不是她所殺……他思索了一會兒，朝刑部尚書交代幾句，便起身吩咐人準備回府。

車駕駛抵端王府，他本欲往正院的腳步卻是有些遲疑。

自那日「她」突然暈倒在他懷中後，他便再沒有見過「她」，連正院都很少回去，並非他刻意迴避，而是最近著實事忙，忙得他分身乏術。

他忽地嘆了口氣，定定神，大步流星地朝正院方向走過去。

正在整理屋裡的素嵐意外他的出現，當她聽到對方問起王妃時，眼中驚喜之色當即便散去。她暗嘆一聲，緩緩行禮稟道：「王爺不記得了？今日是王妃進宮請安的日子。」

按制，每月初一，身為親王妃的秦若蕖是需要進宮向皇后娘娘請安的。

陸修琰微怔，他確實是忘了這一樁。

素嵐見狀，心中更覺難過，以往，王爺對王妃是事事注意的，又怎會連王妃進宮這樣重要之事都不知道？

陸修琰低低嘆著在花梨木椅上坐了下來，接過素嵐遞過來的熱茶啜了幾口，緩緩蓋上茶蓋，問：「妳認為，怡昌皇姊可是真的死在『她』的手上？」

素嵐只怔了片刻便明白他口中的「她」所指何人，沈默須臾，搖頭道：「奴婢不知。」

哪怕她真的很想大聲告訴他，她親手帶大的姑娘不會做下那等血腥殘暴之事，可是，她已經沒有這樣的底氣，那個姑娘連她自己看著，都覺陌生。

陸修琰苦澀地笑了笑，心頭湧起的那點希望又漸漸不見。

「……王爺，您是要放棄她了嗎？」見他要離開，似要入宮，素嵐這幾日一直壓抑在心中的話衝口而出。

陸修琰止步，良久，輕聲道：「若是能那般輕易放棄便好了……」

素嵐望著他漸漸融入雪景裡的背影，少頃，兩行清淚順著臉頰緩緩滑落。

蓁小姐，如此情深意重的男子，您又怎麼忍心一再害他傷心？

她拭了拭淚水，心中驀地升起無限希望。

如今夫人之仇已報，蓁小姐心中的仇恨想必已了，只要熬過怡昌長公主之死帶來的這道難關，一切、一切便會朝好的方向發展了。

到時王妃再生個小世子，不，小郡主也不要緊，王爺那般喜歡小孩子，不管兒子還是女兒想必都會疼得如珠似寶的，到那個時候，這個家才真正是個完美的家。

她越想便越覺得充滿了希望，只要熬過當前難關，只要熬過去……

鳳坤宮中，秦若蕖心不在焉地坐在紀皇后身邊，聽著她念叨著陸淮睿的趣事及再度有孕的鄭王妃，不時附和幾句。

紀皇后自然看得出她走神，執著她的手輕聲道：「近來因為怡昌皇妹之死，宮裡、宮外人人自危，六皇弟又是受命徹查此事，想必忙得抽不開身，對許多人與事都有所忽略，妳身為他的王妃，萬事都要多體諒些。」

秦若蕖點點頭。「妾身明白。」

紀皇后微微一笑，不自覺地掃向她的腹部，關切地問：「還是沒有消息嗎？」

秦若蕖一時不明白，待看清楚她的視線，俏臉一紅，有些害羞地低下頭，小小聲道：「還、還沒有呢！」

紀皇后雙眉微微皺了皺。這大半年來，康太妃一直不死心地欲往端王府賜人，是她一次又一次地擋了回去；只是，長此以往終是個問題，關鍵還是端王妃必須早日懷上孩子。

「本宮身邊的楊嬤嬤是個調理婦人身子的好手，待會兒本宮讓她跟妳回王府住陣子，順帶為妳調理調理身子。」

「多謝娘娘。」秦若蕖哪會不明白她的好意，自是感激非常。

「妳我之間何須這般客氣，今日天氣放晴，妳又難得進宮一回，咱們到外頭透透氣、說說話，也好過總悶在屋子裡。」紀皇后笑著牽起她，兩人相攜著邁出正殿之門。

對這個年紀小到足以當兒媳婦的弟妹，紀皇后是發自真心的喜歡，除了因為她是自己看著長大的皇弟陸修琰最愛的妻子，也因為對方純真如白紙的性子。

雪後放晴，宮中處處均有好景致，秦若蕖跟在紀皇后身邊緩步而行，看著一路上別致的景色，呼吸著清新的空氣，心境也不禁豁然開朗。

「娘娘您瞧，那像不像一隻展翅欲飛的鳥兒？」她指著遠處的一座假山石，笑著問。

紀皇后順著她所指方向望過去，也不禁笑了。「聽妳這般一說，倒是真覺得像。」

見身邊的姑娘一掃方才的鬱悶，臉上又綻放笑容，她的嘴角不自禁地輕揚。

連月來，因她的雷霆手段，後宮中再無人敢明目張膽地與她作對，人人在她面前都是謹言慎行，生怕一個不小心惹得她鳳顏大怒，從而落得如曾經的江貴妃的下場。

曾經寵冠後宮的江貴妃，如今雖然仍居妃位，卻招來皇上的厭惡，別說再如當年那般與紀皇后分庭抗禮，只怕日後都只能看著皇后的臉色過日子。

「路滑，莫要走太快。」見秦若蕖步履輕快了不少，她連忙拉住她，叮囑道。

秦若蕖憨地衝她笑了笑，正想說句感激之話，忽見不遠處一個身著宮裝的女子迎面走了過來，她定睛一看，認出是江妃。

已經被打壓得毫無還手之力的江妃，本也是在宮人勸說之下出來散散心的，哪想到才走了這麼一炷香的工夫便遇到平生最痛恨的兩個人；只是人在屋簷下，不得不低頭，如今的她暫且沒有能力對付她們，唯有忍著惱意迎上前來見禮。「臣妾見過皇后娘娘。」

「是江妃啊，倒是難得。」紀皇后收回笑容，淡淡地道。

近日江妃想方設法交好章王陸宥誠，欲與之結盟一事，她是知道的，只是也不阻止，冷眼看著她四處折騰，甚至為了討陸宥誠的歡心，連給身邊宮人下藥，將對方送到陸宥誠床上這等下三濫手段都使了出來。

秦若蕖趁此機會亦向江妃行禮。

江妃深恨她兩人，自然不想久留，再度朝皇后福了福，便要離開，忽聽身後傳來女子淒厲的叫聲，她下意識地回頭一望，竟見她身邊女史陳毓筱披頭散髮，手持匕首瘋也似地朝著她衝過來。

「江容，妳毀了我一生，我要殺了妳！」眼看著那鋒利的匕首就要刺來，她用力將身邊的女子扯到身前——

「六弟妹！」

「王妃！」

紀皇后與宮女的驚呼伴著匕首入肉之聲同時響起，江妃手一軟，目瞪口呆地看著被她當盾牌的女子倒在地上，鮮血從對方胸口處流出，很快便染紅了地上。

事情發生得太突然，陳毓筱衝出的距離又太近，所有人都反應不及，直到江妃將站離她最近的端王妃扯到身前充當盾牌，活生生地讓秦若蕖受下這當胸一刀，眾人方反應過來，尖叫著衝上前救人。

可是一切都來不及，噴湧而出的鮮血染紅了地面，亦刺痛了趕來的陸修琰的心。

「阿蕖！」他飛也似地衝過來，顫著手為她止血，汩汩不斷地流出來的鮮血很快便沾滿他雙手。

「太醫、太醫！」他瘋了般大聲叫著，一把緊緊地將倒在血泊中的妻子抱起。

隨即有趕來的宮中侍衛將陳毓筱制住，紀皇后一面大聲吩咐宮女前去請太醫，一面親自引陸修琰往最近的倚竹苑走去。

陸修琰舉步如飛，口中不停地安慰著漸漸陷入昏迷的妻子，直到將她抱到了倚竹苑東居室的床上。

「阿蕖、阿蕖……」他抬手想為她拭去臉上污漬，可滿手的鮮紅卻沾到了她的臉上。

「阿蕖，妳別嚇我，阿蕖……」他哽咽著，一聲又一聲地輕喚著她的名字。

突然，他感覺右手手腕被人死死地抓住，他一望，只見床上本閉著眼眸陷入昏迷的妻子緊緊地盯著自己，纖細的手握著他的手腕。

「阿蕖！」他顫聲喚。

「我、我……不是、不是秦、秦四娘……」床上的女子臉色雪白，艱難地從牙關中擠出一句。

陸修琰的眼淚一下子便流了下來。

他將她的手貼在臉頰，啞聲道：「是，妳是秦若蕖，是我的妻子秦若蕖……」

秦若蕖想不到他竟會如此回答，神情有片刻的愣怔。

「我、我是、是你的……你的妻、妻子？」

陸修琰親著她冰涼的手，用力點著頭，哽聲道：「是，妳是我的妻子，是朝廷的端王妃……」

「你、你的妻子……端王妃……」她夢囈般低語。

她不是秦四娘，可她是他的妻子，是朝廷的端王妃！

胸口上痛楚一陣又一陣，可她的嘴角緩緩漾起一絲若有還無的笑容。

「那日在書、書房的是、是我……」她緊緊望著他的眼眸，氣若游絲地道。

「我知道是妳，我知道的……」陸修琰親著她的手心，任由淚水肆意而下。

怡昌死後不久，他便知道那日在書房引誘挑逗自己的不是他的傻丫頭；可是，那又怎樣呢？不管她以什麼樣的身分出現，不都是他求娶回來的妻子嗎？

「你知道，你、你竟然知道……」秦若蕖囈語，可唇邊的笑意卻更濃了。

下一刻，她拚盡全身的力氣死死地抓著他的手腕，盯著他的眼睛一字一頓地道：「你、你答應、答應我，今生今世，不、不管發生什麼事，都、都要護秦、秦四娘周全。」

「妳放心。」陸修琰又急又痛，強壓下心中酸澀，啞聲保證道。

「好、好、好，如此、如此我便放、放心了。我本因恨而生，如今恨已了，自當、自當歸去……」彷彿放下了心頭巨石，秦若蕖眼神開始渙散，喃喃地道。

陸修琰心中劇痛，緊緊擁著她，臉頰貼著她的，嗓音沙啞道：「不，不是的，是我說錯了，阿蕖她還很需要妳，她一直很需要妳；妳也不是因恨而生，妳是因愛與守護而生，沒有妳，便沒有無憂無慮地長大的小芋頭，更沒有如今的端王妃。」

「是嗎？因愛與守護而生……」秦若蕖的聲音越來越輕，呼吸越來越弱，到最後，抓著他手腕的力道驟然一鬆，纖細的手臂無力地垂落在床沿之外。

「阿蕖、若蕖、若蕖！太醫、太醫——」陸修琰悲慟難抑，瘋狂地叫著太醫。

端王妃遇刺的消息很快便傳遍了後宮，宣和帝龍顏大怒，當即要下旨將行凶者賜死，還是紀皇后沈著臉勸下，只請他將陳毓筱交給她，由她親自審問。

宣和帝最終應了下來，可對貪生怕死地將端王妃扯來當盾牌的江妃卻是痛恨非常，下旨廢去她的位分並打入冷宮；連江府亦被牽連，江妃之父被他當著滿朝朝臣的面痛斥教女無方，不配為父，羞愧得對方恨不得當場撞柱而亡以謝天下。

可這一切，陸修琰都已經不在意了。他的心思全被昏迷不醒的妻子占據，按理，那傷並不致命，雖是失血過多，但也不至於會到昏迷不醒的地步，偏偏血止了，傷也治了，人卻一直昏迷著，無論怎樣也醒不過來。

陸修琰急火攻心，太醫被他罵走了一個又一個，京中但凡有點名氣的大夫亦被他請了來，可最終的結果仍是一樣。

一時間，整個端王府被愁雲所籠罩。

「王爺，那乞丐已經找到了。」這日，他親自為昏迷中的妻子擦拭身子，再換上乾淨衣物，便往書房處理公事，長英走進來回稟道。

「人呢？現在何處？」

「在尚書大人別院……」長英遲疑了一會兒，回道。

「別院？」陸修琰皺眉，沈著臉道：「為何不將她提往刑部大堂？」

「……王爺若是瞧見那人的模樣，便會明白尚書大人此舉用意。」長英低聲道。

陸修琰疑惑抬眸掃了他一眼，不再多問，起身離開。

在長英的引領下到了刑部尚書位於京郊的別院處。

乍一見他，刑部尚書的臉色有些許奇怪，只是很快便若無其事地上前行禮。

「王爺請隨下官來。」

陸修琰單刀直入地問：「人呢？」

跟著刑部尚書七拐八彎地到了一處環境清幽的小院，最終在西側的一間小小的屋子前停下來。

「王爺請。」

進得門去，便見屋裡有一名女子縮在角落裡，察覺有人進來，那女子害怕得直哆嗦，只是當她認出來人竟是端王時，立即撲到他的跟前，尖聲叫道：「王爺救我，王爺救我！」

陸修琰不禁退了一步，避開她的觸碰，皺眉。「妳認得本王？」

「王爺，我是沈柔，是您未過門的妻子沈柔啊！」女子哭倒在地。

沈柔？陸修琰難得地愣住了。

「妳是沈柔？」他微瞇起眼睛盯著她片刻，努力在記憶裡搜索了一通，可是對這個前未過門妻子確實沒有什麼印象。

當年與沈家的婚事是宣和帝為他訂下的，他也只曾經在鳳坤宮遠遠地見過她一面，再多便沒有了。

「是，我是沈柔，王爺，我是您未過門的妻子沈柔！」沈柔痛哭失聲。這麼多年來，她終於可以大聲地向人承認，她是沈柔，是端王未過門的妻子沈柔。

陸修琰眉頭皺得更緊，沈聲不悅地道：「本王早已有原配妻子，她是益安秦府的四姑娘。」

不管她是什麼身分，也不管她曾經與自己是什麼關係，他的妻子只有一個，那便是益安秦府的四姑娘若蕖。

沈柔哭聲頓止，片刻，神情絕望又悲哀。

是啊，這麼多年過去了，一切早已物是人非，她不再是沈家的大姑娘，更不是端王未過門的妻子。

她驀地掩面痛哭。她早已非清白之身，已經髒到連自己都不願多看一眼的地步，又怎敢再承認是他未過門的妻子……

陸修琰定定地望著她，一直到她哭聲漸止，這才不疾不徐地問：「怡昌長公主，是妳所殺？」

原本已經漸漸平靜下來的沈柔一聽到「怡昌」兩字，臉頓時變得猙獰可怕。

「怡昌？賤人！殺了妳，讓妳綁架我，讓妳將我囚禁在那泥淖之地，讓妳叫那些臭男人糟蹋我！賤人，殺了妳！斬斷妳的手，劃花妳的臉，把妳戳成蜂窩，賤人、賤人……」她整個人陷入了瘋癲中，用手比作匕首，一下又一下地作出刺殺的動作，彷彿多年痛恨的仇人就在她跟前。

在場眾人還有什麼不明白的？

陸修琰悲哀地望著眼前這一幕，那個表面高貴溫柔的皇姊，背地裡到底造了多少罪孽？沈柔與她又有什麼深仇大恨？竟讓她……他再不忍目睹，啞聲吩咐交由刑部尚書全權處置，而後大步跨了出去，離開這個讓他窒息的地方。

他棄車策馬往王府方向狂奔。這一刻，他迫切希望見到他的姑娘，親口向她認錯，是他錯怪了她，是他冤枉了她。

「阿蕖，若蕖，是時候起床了，睡得這般久，都快要成小懶豬了。」他小心翼翼地環著床上女子的腰肢，避開她的傷口，躺在她的身側輕聲喚。

「妳是不是怪我了？怪我不該誤會妳？怪我對妳說那些話？對不起，都是我的錯，妳若是仍氣，醒來打我、罵我可好？」在她臉頰上親了親，他的語氣越發輕柔。

可是，回應他的仍是女子淺淺的呼吸聲。

陸修琰靜靜地凝望著她的睡顏，那樣的安詳，那樣的平和，彷彿塵世間所有的愛恨情仇都不再與她相干。

第三十七章

可是，他還在這，還在等著她，她怎麼捨得就此不與這個世間相干呢？

「阿蕖，不要睡了可好？再不醒來，連無色大師都要取笑妳了……」他將臉靠在她的肩處，任由眼淚無聲而流。

失去她的恐懼鋪天蓋地襲來，他甚至不敢想像，若是她就此一睡不醒，他該怎麼辦？若是此後再無她撒嬌耍賴的嬌聲，他如何度過此生漫長的歲月？

相隔數日，紀皇后將審問結果回報宣和帝，原來江妃為了討好章王陸宥誠，竟用藥將宮中女史陳毓筱迷暈，把她送到陸宥誠的床上。

宣和帝聽罷龍顏大怒，當即召來陸宥誠，痛斥其淫亂後宮，下旨奪去他親王爵位，降為郡王，勒令他閉門思過，無詔不得出。

如此一來，不亞於活生生地切斷陸宥誠奪嫡之路，往日的大好形勢竟如大廈傾倒。

而被陸修琰委任全權處置怡昌一案的刑部尚書，卻始終沒有將真正的凶手報上朝廷，對此，協辦此案的官員甚是不解。

「殺害長公主的真凶明明是那位沈柔，大人為何遲遲不結案？」

刑部尚書濃眉緊皺，捋著鬍鬚沈聲道：「我覺得仍有些疑點未解……」

「是何疑點？」

「沈柔千辛萬苦地從狼窩逃出來，應該遠遠避開長公主之人；況且，憑她的能力，又豈能將長公主神不知、鬼不覺地約到南傳山。」

「再者……」他的眉頭緊緊地皺在一處。「長公主那十根斷指中的兩根，切口整齊俐落，比起另外八根，著實相差甚遠，明顯看來是由不同之人所為，若是如此，另一人會是何人？若我沒有猜錯，另一人恐怕才是將長公主約出去之人。事情的真相估計是這樣的，那人約了長公主到南傳山，不知為何與長公主起了爭執，惡從膽邊生，將長公主兩根手指切了下來，作惡之後心生懼意，張皇逃跑。此時，沈柔因緣巧合之下尋來，見到害了她一生的長公主，長期壓抑的仇恨終於爆發，因而瘋狂地殺害了長公主。」

「大人言之有理，只是這個約了長公主外出的會是何人？」

刑部尚書憂色更深。「我暫且還沒頭緒……」

「可是大人，離皇上的限期只有不到半個月時間……」

刑部尚書憂慮更甚。他知道若是將沈柔交出去便足以交差，可是，他卻過不了自己這關。明知有疑點而不去追查，實非他的性情。

陪伴身邊多年的青玉與小姐先後受傷昏迷不醒，素嵐只覺得天都要塌下來了，她日日以淚洗面，甚至暗中準備了白綾，想著那兩人若是傷重不治，她便跟隨她們而去。

反正這麼多年來，都是她們三人相依為命，不管怎樣，她們都不會分開。

秦澤苡、岳玲瓏、秦三夫人、秦二娘等秦府中人先後來看望了數次，可昏迷的秦若蕖始終沒有醒來。

倒是數日之後，長英那邊傳來好消息，青玉終於甦醒了。

素嵐迫不及待地前去探望，經大夫確診青玉身子已無大礙，又得到陸修琰的同意，她便將青玉從長英老宅中接回王府調養。

這日，陸修琰照舊伺候昏迷中的妻子穿衣梳洗，想到青玉，吩咐人將她帶來。

不過片刻的工夫，重傷未癒、臉色仍有些蒼白的青玉便被雲鷲與素嵐扶了進來。

「妳傷勢未癒，無須多禮。」見她欲行禮，陸修琰阻止道。

青玉謝過他，素嵐又在他示意下搬了繡墩上前，扶她落坐。

「傷妳之人乃怡昌長公主身邊侍衛長，本王有幾個問題始終想不明白，一是他為何要置妳於死地；二是妳身上武藝從何習來；三則……」他頓了頓，緩緩地繼續道：「這麼多年來，妳跟在阿蕖身邊又是為了什麼？」

青玉垂著腦袋久久無語，陸修琰也不催她，耐性十足地呷了盞茶。終於，在他要給自己續杯時，他聽到了她的回答。

「奴婢自幼父母雙亡，與唯一的兄長相依為命，四處飄蕩，奴婢的武藝乃是兄長所授。八歲那年，兄長因緣巧合之下幫了位貴人，自此便跟在那貴人身邊做事，家中情況才漸漸改善。」

青玉低聲地道出過往。「奴婢記得，那年是奴婢十歲生辰，兄長離家前曾說有個差事要辦，但是一定會在奴婢過生辰之前趕回來。可是，那日奴婢等了一整日都沒有等到他歸來，直到三日後……兄長才一臉憔悴地回來了。奴婢發現，自那日後兄長整個人便變得心事重重，後來更是大病了一場，病癒之後情況更加差，每日都是失魂落魄，終於在一回砍柴時錯手砍傷了自己的手臂，不得已辭去差事，帶著奴婢回歸故里。」

說到此處，她的眼中泛著點點淚光。

「奴婢一直問他是不是有什麼心事，可是他卻什麼也不肯說，只說他犯了一個大錯，這輩子都會受盡良心的折磨。在他過世的前幾年，他幾乎沒有過過一日舒心日子，最後抑鬱而終。臨死前，他叮囑我前往益安秦府，不管怎樣都要想方設法到秦四姑娘身邊去，一輩子照顧她、伺候她、保護她，為、為兄贖罪……」

終於，她再忍不住潸然淚下。

此事似是巨石一般壓在心口多年，她不知兄長到底犯下了什麼罪孽，這才讓餘生都活在愧疚當中，可他臨終前還念念不忘此事，不管如何，她都一定會為他達成心願；不管那秦四小姐是個怎樣的人，她都會一輩子照顧她、伺候她、保護她。

所以，她埋葬了兄長之後便千里迢迢趕赴益安，可秦府到底是大戶人家，她一個孤女又怎能輕易混入？最後到底皇天不負有心人，那日秦老夫人帶著孫女若蕖到廟裡還願，離開前恰逢狂風暴雨，趁著小姑娘淘氣地與家人躲貓貓時，她使了個小計，讓小姑娘成了她的救命恩人，接著便藉報恩之名跟進了秦府。

屋內三人聽罷她的話，均不由得沈默下來。

片刻，陸修琰道：「本王若是沒有猜錯，妳兄長當年應該是為怡昌長公主做事。」

青玉心口一震，臉色亦微微變了變。若兄長當年真的是為怡昌長公主做事，那、那當年四夫人的死豈不是、豈不是……

「我記得，當年殺手衝入府中，不過瞬間，府裡之人便悉數倒了下去，可那些人仍不放心，為首的吩咐著要逐一檢查，絕對不能留下活口。那時我已身中數刀，可意識猶在，藏於床底下的四小姐因為害怕而哭出聲，驚動了正走進來的提刀男子。我本以為自己與四小姐必然死定了，可那人竟然、竟然在首領問及是否有活口時否認了，並且、並且巧妙地擋在我的身前。」素嵐忽地低聲道：「青玉，我想，那位最終救下我與四小姐的，便是妳的親兄長。」

「大哥、大哥他、他真的、真的……」青玉難以置信地掩著嘴，淚水如斷線的珠子般大滴大滴地掉落下來。

「本王想，令兄能在最後關頭救下素嵐與阿蕖，其間必然也不忍殺人，他的手，是乾淨的。」陸修琰嘆息道。

「真、真的嗎？大哥真的沒有殺人？」青玉淚眼朦朧，在得到對方肯定的點頭後，終於笑了起來。

帶淚的笑容似是豔陽撥開烏雲，又似清風吹拂心間，將裡頭的陰影悉數吹散開來。

「那些人會對妳下手，想必是有人認出妳，知道妳與令兄的關係，生怕令兄生前對妳說過鄺陽血案之事，故而想殺人滅口。」陸修琰一下便想明白了其中關節。

答案都已經得到了，他起身想要回去看看昏迷的妻子，卻又見下人進來稟報，說崔侍衛有要事回稟。

他頷首，吩咐雲鷲好生伺候王妃，這才抬腿出門往書房方向走去。

「王爺，章王殿下要見王爺。」見他進來，長英連忙稟道。

陸宥誠要見他？莫非至今還不死心？陸修琰蹙眉。

「這是王爺讓人交到屬下手中，請屬下轉交王爺，只道王爺看了便明白，還說此物於鑫公子大為有用。」長英將手中那巴掌大的描金錦盒呈到他的跟前。

陸修琰疑惑地接過，當他打開一看，臉色登時大變。

「他說此物於鑫兒大為有用？他當真這般說的?!」

「是，他確實是這般說的。王爺，可是此物有什麼不妥？」

「你自己看看。」陸修琰將那錦盒遞給他。

長英接過一看，臉色亦是大變。

「這個畜生！虎毒尚且不食兒，他竟然、竟然給自己的親生兒子下毒！」長英咬牙切齒，額上青筋暴起。

陸修琰亦氣得身子微抖，臉色鐵青。

他深呼吸幾下，從牙關中擠出一句。「他這般做，必是利用鑫兒要脅本王為他做些什麼事。」

長英亦是這般認為。「屬下有種不怎麼好的預感，章王會不會想要最後拚上一拚？畢竟他如今的境況……」

陸修琰垂眸，並不接他這話，待心中怒火稍稍平息之後，道：「替本王安排一下，本王今晚便去會他一會。」

「屬下遵命！」長英領命而去。

「小皇叔真的很在意鑫兒。」見陸修琰依約而來，陸宥誠難掩得意地道。

陸修琰冷冷地瞥了他一眼，在屋內離他最遠的那張太師椅坐了下來，單刀直入地問：「你要怎樣才肯把解藥給我？」

「小皇叔是個痛快人物，既如此，我也不與你轉彎抹角，我要你執掌的禁衛軍令符。」

「不可能！」陸修琰一口拒絕。禁衛軍關係著宮中安全，他怎可能將令符交給他。

略頓，他又道：「你想逼宮？」

雖是問句，表情卻是相當肯定。

陸宥誠並沒有否認，施施然拂了拂袖口，提醒道：「鑫兒身上的毒……」

陸修琰勃然大怒，朝他跨出一步，狠狠地一拳往他面上砸去。「畜生，他是你的親骨肉！」

陸宥誠被他打得撞向一旁的百寶架，只聽「嘩啦」物體落地聲，他整個人重重地摔在架子上。

他抹了一把嘴角的血跡，也不動怒，緩緩地從地上爬了起來。

「小皇叔與其在此發洩動怒，倒不如想個法子助姪兒早日成事。小皇叔也不想想，姪兒的一切，將來還不是交到鑫兒手上？」

陸修琰冷笑道：「跟著你此等禽獸都不如的父親，鑫兒能平平安安地成長終老都已經不容易了。」

他深呼吸幾下，勉強壓下心中怒氣。「禁衛軍令符絕不能交給你，只是，本王最多為你調開守衛皇城的御林軍，並且給你一份詳細的禁衛換班時辰班點，再多便沒有了，到時成事與否，只看老天容不容你。只是本王也有條件，自今日起，鑫兒便跟著本王，此後他的事再與你不相干！」

陸宥誠思索一會兒。

「好！只是小皇叔千萬莫要陽奉陰違，姪兒若是敗了，鑫兒作為姪兒的長子，必然逃不過平王世子的下場——不，他會比平王世子的下場更慘，至少，平王世子可沒有身中劇毒。」陸宥誠威脅道。

「本王不是你，鑫兒的性命在本王眼中重於一切！至於你要的東西，本王自會派人送來，鑫兒本王便帶走了。」陸修琰丟下這一句，再不願看他，轉身大步離開。

正院內，得到消息的曹氏一言不發地整理著無色的書本、作業及各式玩具，小心翼翼地放入箱子裡，直到侍女來稟，說是大公子來了。

她垂下眼簾，片刻，輕聲道：「請他進來。」

不到一會兒的工夫，染梅便帶著無色走了進來。

「母親……」小傢伙囁嚅地喚道。

「鑫兒，過來。」曹氏朝他招招手。

無色聽話地走到她的身邊。

曹氏輕輕地撫著他的小臉，細細地描繪著他的輪廓。無色被她摸得有些不自在，不由自主地往後退了半步。

曹氏若有還無地嘆了口氣，輕聲道：「你皇叔祖來接你到府上住一陣子，如今在正堂裡等著。」

「真的？」小傢伙眼神一亮，瞬間便揚起了驚喜歡欣的笑容。

曹氏微微笑了笑，拉著他的小手叮囑道：「到了皇叔祖府上要聽話，莫要淘氣，也莫要耽誤了唸書習武，若得空，便多去看看你皇叔祖母，陪她說說話。」

無色如同小雞啄米般連連點頭，心卻飛到了陸修琰處。

曹氏又豈會看不出他的迫不及待，微不可聞地苦笑一下。

孩子的心最是敏感，也最能分辨誰才是真心待他好的，端王夫婦疼他、寵他，自然的，在他心中，那兩人便也是最親近、最信任之人。

離開也好，離開這個毫無親情可言的鬼地方……

曹氏彎身輕輕地擁著那小小的身子，低低地在他耳畔道：「莫怕，母親總不會讓他傷害到你的……」

言畢便鬆開了他，高聲吩咐染梅將他帶下去。

安靜地在正堂候著的陸修琰聽到身後的腳步聲，回身一望，便見無色蹦蹦跳跳地朝自己跑過來，他的身後跟著高嬤嬤、染梅等一干伺候他的下人。

「皇叔祖！」小傢伙脆聲叫道，眉眼彎彎，對自己身上發生之事完全毫無感覺。

陸修琰捏捏他的臉蛋，牽過他的小手，免了染梅等人之禮，再不久留，帶著無色離開了章王府。

「皇叔祖，芋頭姊姊可醒了？她怎麼那麼能睡啊？」馬車裡，小傢伙撒嬌地坐到他的懷裡，眨巴著滴溜溜的大眼睛問。

陸修琰一隻手摟著他，另一隻手不著痕跡地把著他的脈搏，聞言也只是心不在焉地「嗯」了一聲。

無色大師頓時不滿意了，猛地湊到他耳邊大聲喊。「皇叔祖！」

而後看著陸修琰捂耳痛苦不堪的模樣，得意地掩著小嘴偷笑起來。

陸修琰被他這聲響亮的「皇叔祖」震得耳朵都要耳鳴起來，沒好氣地在他臉蛋上用力一捏，笑罵道：「小壞蛋！」

還好，至少這沒心沒肺的淘氣性子沒有變，想來陸宥誠也沒有太約束他。

既如此，所有的陰暗之事，便讓他為他全部擋去吧！

素嵐意外地看見自家王爺出門一趟便將無色帶了回來，不但如此，身後還跟著無色身邊伺候的那幾人；她再看看王府下人搬進來的行李，心中疑惑更甚了。

這陣仗，莫非是要長住府中了？雖心中不解，但很快便將這一切拋開。無色素來與王妃交好，他的到來，說不定能將王妃喚醒。

吩咐素嵐將無色安置好，陸修琰到了書房。

他靜靜地一個人在書房坐了良久，直到天色漸暗，府內陸陸續續地點起了燈，他才低低地嘆了口氣，隨後，提筆蘸墨，先後寫了兩封密函。

高聲喚來長英，將這兩封密函交給他，叮囑道：「將這兩封密函，一封交給鄭王殿下，一封交給御林軍黃將軍，小心行事，切莫讓人發現。」

「屬下明白。」長英接過密函收入懷中。

他怔怔地坐了一會兒，隨手翻開案上未曾翻閱的摺子，只是當他看完摺子上所寫內容時，不禁苦笑一聲。

摺子是刑部尚書呈上來的，上頭記載的全是怡昌長公主一案內容，其中，對於案中疑點他更是重點標記出來。而這些疑點，沒有人比他更清楚答案。

這位刑部尚書是他親手提拔上來的，他自然清楚對方的性情，知道此案若是不查個清清楚楚、明明白白，他是絕對不會死心的，故而……

「阿蕖，我怕是有些撐不住了……」端王府正院內，陸修琰輕輕擁著依舊昏迷的妻子，在她耳畔喃喃地道。
不管最後陸宥誠是否成事，他都不可能獨善其身；而刑部尚書職責所在，於情於理他都不能阻止他去追查真相，一旦一切水落石出，端王府會面臨何等風暴，他不敢想像。
他溫柔地在她的臉蛋上親了親，輕聲道：「阿藻，再過幾日宮中便會有一場大變，我會盡力保住性命回來見妳，到時，妳便醒過來可好？」
久久得不到回應，他低低地嘆了口氣，為她掖了掖被角，起身往淨室而去。
白茫茫的天地間，秦若蕖茫然地走著，不知走了多久，忽見對面一道彩光劃過，下一瞬間，一名女子的身影漸漸出現在她眼前。
那女子緩緩地朝她走過來，越來越近，容貌越來越清晰，她定睛一看，駭然地瞪大了眼睛。
那人的容貌竟與她一般無二！
她震驚地望著對方，腦子裡如同塞滿了漿糊。「妳、妳是誰？」
那人朝她微微一笑，溫柔地道：「我是秦若蕖。」
「妳是秦若蕖？」秦若蕖有些糊塗了，連連搖頭道：「妳怎麼會是秦若蕖？我才是秦若蕖呀！」
「我是秦若蕖，妳也是秦若蕖，我們本就是同一個人。」對方輕執她的手，淺淺地笑著道。

秦若蘘一臉茫然，喃喃地道：「妳是秦若蘘，我也是秦若蘘，我們本就是同一個人……」

「是，我們是同一個人……」那人牽著她一步一步往前行，不知走了多久，突然又一道強光射來，秦若蘘下意識地伸出手去擋，卻覺身體似是被利刃生生劈開，痛得她大聲呼叫起來。下一刻，足下一空，整個人急速下墜……

「到了祖母處要乖，要聽祖母的話，不可淘氣。」當她睜開眼睛時，竟發現自己身處益安家中的後花園裡，不遠處，一名男子半蹲在一位六、七歲的小姑娘身前，正輕聲地叮囑著她。

「阿蘘會很乖。可是，爹爹，阿蘘不想去祖母處，阿蘘想和爹爹、和哥哥一起。」小小的姑娘伸出手臂摟著男子的脖頸，嬌嬌軟軟地求道。

男子緊緊地抱著她，眼中淚光閃閃，他哽聲道：「阿蘘聽話……」

「阿蘘不要祖母，阿蘘只要爹爹和哥哥……」小姑娘終於委屈地哭了起來。

秦若蘘如遭雷劈，目瞪口呆地望著父女倆。

那、那不是年輕時的爹爹和小時候的她嗎？為什麼會這樣？這到底是怎麼回事？陸修琰呢？嵐姨呢？

她驚恐萬分地環顧四周，入目之處明明是那樣地熟悉，偏偏又給她一種陌生感。

忽然狂風大作，吹起沙塵滿天飛揚，她伸手捂臉，待狂風終於停下來時，她緩緩睜開眼睛，竟見數步遠處，那個小小的自己有板有眼地打著拳，站在她身側的，還有一個明顯稚嫩許多的青玉。

「青玉！」她驚喜地朝對方跑去，想要伸手去抱她，卻驚覺雙手從「青玉」的身體穿了過去。

不到一會兒的工夫，眼前的一幕再度消失，下一刻，她發現自己置身於秦老夫人的榮壽院，看著秦老夫人抱著小小的自己在懷中輕聲地哄她入睡，不時還溫柔地為她拭去額上的汗水。

「祖母……」她喃喃地低喚，那慈愛的面孔、溫柔的動作、耐心的語氣，是記憶中最疼愛自己的祖母。

她伸手想去輕撫她的眉目，可最終仍是摸了個空。

又是一陣風席捲而來，一幕幕熟悉又陌生的景象如同走馬燈般在她眼前上演，悲歡離合、酸甜苦辣，最後定格在秦府驚變的那一夜裡。

「他，為了權勢官位，夥同外人謀害弟媳，致使夫妻、骨肉分離，家不成家！」

「還有妳，妳可敢對天發誓，秦伯宗對我娘犯下的罪行妳一無所知，妳沒有故意包庇，沒有知而放任，妳這些年對秦四娘的疼愛全無半點私心！這些年妳的疼愛，到底是出自對孫輩的真心愛護，還是出於對我娘的愧疚？衛氏滿門都在天上看著，妳可對得起我外祖母，可對得起我娘，可對得起妳的良心！」

她淚流滿面地看著那個自己悲憤地控訴親人對娘親、對他們一家犯下的罪孽。

「以親人性命換來的富貴權勢，你們真的心安理得嗎？午夜夢迴就不怕冤死之魂來找你們嗎?!什麼光復秦門昔日榮耀，秦氏列祖列宗若真的在天有靈，就應該將此等毫無人性之輩……」

她緊緊地捂著嘴，不讓自己哭出聲來，可淚水卻如潰堤般洶湧而出。

這不是真的，不會是真的，大伯父、二伯父，他們不會這樣對待娘親的……不會的，不會的……

陸修琰溫柔地為床上昏迷的妻子梳著長髮，一下又一下，無比耐心，無比輕柔，如同對待著心中至寶。突然，一滴眼淚從秦若蕖的眼角滑落，一下便讓他止住動作。

他不敢相信地瞪大眼睛，拿著桃木梳的手微微地顫抖著，下一刻，便見秦若蕖眼角淚水越流越多。

「阿蕖、阿蕖，妳、妳怎樣了？阿蕖……」他顫著手為她拭去那不斷流出的淚水，哆嗦著喚。

「是不是我弄疼妳了？還是、還是傷口疼？」他手足無措起來，既怕是自己笨手笨腳扯痛了她，又怕是她的傷口發痛，卻又不敢去碰，就怕會讓她更疼。

「陸、陸修琰……」微弱的聲音忽地在他耳邊響著，很微很弱，聽入他耳中卻如天籟一般。

「阿蕖？是、是妳嗎？」生怕驚了她，他啞聲低低地問。

「陸修琰……」隨即，秦若蕖的眼皮微微顫了顫，陸修琰緊緊地屏著呼吸，眼睛眨也不眨地盯著她。

那雙美麗的眼眸終於在他的期盼下緩緩睜開來，他的眸光陡然變亮，連呼吸都彷彿停止了。

「陸修琰……」

「阿、阿蕖……」陸修琰抖著唇，嗓音沙啞。

「陸修琰，我想起來了，我娘不是染病而去，而是慘死在賊人刀下……還有嬤嬤、雲兒姊姊、芳兒姊姊，她們流了好多好多血，衣服、地板都染紅了。嵐姨把我藏在床底，叫我不要怕，她會一直陪著我……屋裡很黑，靜悄悄的，只有外頭風偶爾敲打窗戶的聲音，我害怕，可又不敢說話，只能去拉嵐姨，碰到她的手，冰冰的、濕濕的……

「爹爹要娶新夫人，新夫人進門，爹爹要把哥哥送到岳梁去。哥哥走了，他抱著我哭，說他對不起娘，對不起哥哥，也對不起我，讓我跟著祖母要乖，要聽話……我問他為什麼不能和爹爹、哥哥一起，他說，因為爹爹沒用……爹爹怎麼會沒用呢？他會幫娘畫眉毛，會教哥哥釣魚，會給我編蛐蛐兒。」

陸修琰再聽不下去，小心地將她抱入懷中，不停地親著她濕潤的臉，啞聲道：「都過去了，都過去了，一切都過去了，如今妳有我，不管什麼時候，我都不會拋下妳。」

秦若蕖終於在他懷裡放聲大哭起來，所有的驚慌、徬徨、害怕、絕望、難過彷彿都找到了宣洩的出口。

陸修琰摟著她不停地安慰著、親吻著，一直到她哭聲漸弱，最後變成低低的抽噎。

他靜靜地抱著她，如同安慰受傷的孩子一般，大掌輕柔地撫著她的背。

「陸修琰……」秦若蕖打著哭嗝喚。

陸修琰親親她的額角，輕聲應。「我在。」

「我想祖母，想爹爹了……」

陸修琰沈默須臾。

「好，再過一段日子，我便陪妳回去看望他們。」

頓了頓，他輕輕地將她從懷中推開，仔細地望了望她的傷口，再盯著她的臉關心地問：「傷口可還疼？」

秦若蕖搖搖頭，依賴地摟著他的腰。「不疼，你不要走。」

如流水從宮中流入王府的療傷聖藥，再加上陸修琰及素嵐等人的悉心照料，她的傷好得相當快，只是因為昏迷了太久，整個人瞧來還是有些虛弱。

王妃清醒過來的消息在府內傳了開來，得到消息的無色當即扔掉手中小木劍，也不理會身後長英的呼喚，撒歡似地直往正院方向跑去。

「芋頭姊姊，芋頭姊姊，妳終於睡醒了？」候在門外的侍女根本擋他不住，只能看著小傢伙一溜煙地闖了進去。

陸修琰正在餵妻子用些清淡小粥，見他毫無規矩地闖進來，無奈地搖了搖頭，取過帕子為秦若蕖拭了拭嘴角，看著小傢伙索利地踢掉小鞋，手腳並用地爬上床榻，一屁股坐到上面。

「芋頭姊姊，妳要改叫小豬姊姊了。」

秦若蘘不由自主地揚起了笑容，伸手在他的臉蛋上掐了一把，嗔道：「你才是小豬！」

陸修琰提著小傢伙的後領將他從床上拎了下來，板著臉教訓道：「男女七歲不同席，你如今幾歲了？怎還這般沒規沒矩？」

小傢伙嘟著嘴巴。「人家還是小孩子呢！」

「是誰說要做個男子漢大丈夫的？」陸修琰瞪他。

「我才不做男子漢大丈夫，我日後是要當得道高僧的！」小傢伙大聲將自己的宏偉志願道來。

陸修琰被他噎了噎，想要再教訓他幾句，卻在看見妻子眉眼彎彎的笑顏時一時忘了反應。

片刻，一絲無奈而又歡喜的笑容躍於他的臉龐。

經過這些月來一樁樁的煩心事，他才發覺自己是那樣地懷念這張笑容；只是，想到接下來的兩件事，他又不禁苦澀地勾了勾嘴角。

「你如今是酒肉小和尚，日後就是酒肉大和尚、酒肉老和尚，又怎麼能當得道高僧？」秦若蘘背靠著軟墊，笑咪咪地取笑道。

無色被她這般一堵，不服氣地重重哼了一聲，衝她扮個鬼臉，裝模作樣地搖頭晃腦道：「酒肉穿腸過，佛祖心中留……」

饒是陸修琰心中仍有煩憂，也被他這不倫不類的話逗樂了。他沒好氣地捏捏無色的臉蛋，笑罵道：「今日的劍法可學會了？若是過會兒我檢查發現有一點的錯，你可仔細你的皮。」

「啊啊啊！皇叔祖我錯了，我這就去練劍！」小傢伙哇哇大叫著直往門外跑，再不敢逗留。

一陣清脆的笑聲灑落屋內，秦若蕖忍不住笑了出來。

看著那飛快逃跑的小身影，陸修琰也是有些忍俊不禁。

半晌，他坐到床沿拉著妻子的手，溫柔地問：「可累了？」

「不累。」秦若蕖輕輕地搖了搖頭，靜靜地依偎著他，什麼話也不想說。

陸修琰亦是心事重重，離陸宥誠定下的日子還有一日，後日一到……

他不由自主地將懷中的妻子抱得更緊了些，彷彿想從對方身上汲取勇氣。半晌，他低低地道：「阿蕖，妳、妳是不是想……」

「想什麼？」秦若蕖在他胸口處蹭了蹭。

「沒什麼。」憶起她剛醒來時的悲泣之語，他到底不忍。

阿蕖是記起所有事了嗎？若是如此，他再問的話，豈不是讓她的心再痛一次？

「我明日一早要帶鑫兒去見孤月大師，隨後還有些公事要辦，但會在晚膳之前回來，這段時間妳要按時用膳、服藥，若是有感覺不舒服，一定要傳太醫看看。」陸修琰想了想，將明日的計劃簡略地道來，同時亦不放心地叮囑道。

「好，你放心。」秦若蕖應道。

見她應得這般痛快，陸修琰一時有些不習慣，若是他的傻丫頭，此時必會抱著他好一陣撒嬌，而後讓他許諾務必要早些回來；可若是凶丫頭，必不會這般乖乖軟軟地被他抱著。

他努力壓下心中的那點異樣，溫柔地親了親她的頭頂，靜靜地抱著她再無話。

翌日一早用過早膳，陸修琰便帶著無色去了相國寺。

這幾日，他一直不死心地尋求解藥解無色身上的毒，可始終不得法，後來想到孤月大師，故而便打算將無色帶到相國寺去，看看孤月大師可有法子。

「皇叔祖，這相國寺比我們萬華寺還要大！」望著雄偉的寺門，無色驚嘆地張大了小嘴。

陸修琰牽緊他的手，聞言只是笑笑地拍拍他的腦袋瓜子。

「就是不知這裡的齋菜有沒有我們萬華寺的好吃。」小傢伙蹦蹦跳跳，好奇地這裡看看、那裡望望。

早已得到消息的孤月大師迎了出來，小傢伙一見，清脆響亮地喚。「孤月師父。」

孤月大師一笑，憐愛地摸摸他的小腦袋。「無色小師父。」

三人一前一後地進到孤月大師所在的廂房，早從陸修琰來信中得知無色情況的孤月大師，藉著拉小傢伙問話之機，不動聲色地為他把脈。

陸修琰期盼地望著他，卻在見到他眉間漸深的憂慮之色時，一顆心便沈了下來。

連孤月大師都沒有辦法了嗎？

「東廂房那裡有剛剛出爐的梅花餅，無色小師父可想嚐嚐？」孤月大師收回診脈的手，含笑問。

「當真？想、想、想，我想！」無色連連點頭。

孤月大師吩咐小徒弟帶著小傢伙出去，陸修琰明白他是藉機將無色遣走。

「大師，如何？」待小傢伙的身影消失後，他迫不及待地問。

「情況怕是有些不樂觀，此毒侵噬已深，若是體壯的成年男子稍好些，至少可以再爭取多一些時間，可孩子……怕是承受不住。」孤月大師搖頭嘆道。

陸修琰垂眸。或許這短短數日已經歷了太多打擊，這一回，他很快便平靜下來。

「多謝大師，本王明白了。」他緩緩起身告辭。

此時的刑部，刑部尚書將手中信函放在案上。

「大人，不知王爺有何指示？」一旁的刑部侍郎試探著問。

「王爺他……讓我將查到的有關怡昌長公主一案實情如實回稟皇上。」

「包括未查明的疑點？」

「包括未查明的疑點。」

第三十八章

「小皇叔他是不是有什麼計劃？」眼看明日便是宮變之期，陸宥恒憂心忡忡，心裡始終像是懸著什麼東西一般，無論怎樣都放心不下。

「王爺素有智勇雙全之名，想來必是另有打算。殿下，此乃千載難逢的好機會，機不可失啊！」一旁的幕僚勸道。

陸宥恒自然知道機會難得，可對陸修琰的安排到底心中存疑。

「殿下。」見他仍在猶豫不決，幕僚擔心地欲再勸。

「知道了，就按你們的意思去辦吧！」到底是心中的渴望占了上風，陸宥恒頷首道。

這一晚，章王府內燈火通明，章王陸宥誠的書房內聚集了所有心腹，他一身戎裝，高坐上首，沈穩地指揮眾人各就各位，只待時辰一到便要衝入宮門。

他的眼中綻放著激動的光芒。成敗就此一役，只要過了今日，整個天下便是他的！

「殿下，時間到了。」終於，門外的下屬進來稟。

「出發！」陸宥誠高舉手臂，一聲令下。

不過眨眼的工夫，偌大的書房裡便空無一人，只有書案上的燭檯偶爾發出燈芯乍響的細細「噼啪」聲。

突然，書房門被人輕輕地從外頭推開，隨即一個窈窕的身影閃了進來。

那人環顧一周，略想了一會兒，便快步朝書案後的櫃子走去，翻箱倒櫃，也不知在找著什麼。

不在？怎麼會不在呢？找了片刻都找不到想要之物，那人不禁有些急了，一滴汗珠從她額上滴落，她抬手將它抹去，燭光漸漸映出她的臉，桃面柳眉，杏眼丹唇，赫然是章王妃曹氏！

曹氏見遍尋不著，心裡越發焦急，她深深地呼吸幾下，努力讓自己冷靜下來，閉著眼眸仔細回想丈夫的習慣。終於，她陡然睜開眼睛，大步朝裡間走去，逕自來到陸宥誠歇息的床榻，在床上這裡摸摸、那裡按按。

突然，她不知觸到了什麼，床板「嘎吱」一聲，竟然從中間裂開。

她心中一喜，探手進去將藏在暗格的錦盒取出打開，見裡面放著半顆藥。

找到了！

她將藥瓶塞進懷裡，而後索利地將一切恢復原樣，趁著沒人留意，迅速推門而出，很快便融入夜色當中……

端王府內，陸修琰身著常服背手憑窗而立，眼睛定定地望向幽遠的夜空，不知在想些什麼。

「王妃與鑫公子可都睡下了？」聽到身後的腳步聲，他也不回頭，直接便問。

雲鷺朝他福了福，回道：「都睡下了。」

「如今青玉傷勢未癒，王妃的安全便交給妳了。在本王回來之前，不管什麼人前來，都不准他進府；同樣，府裡之人亦不得擅自出府。」

「是，屬下遵命！」雲鷺雖是不解，但是對他的命令向來服從，故而相當乾脆地應了下來。

「王爺，是時候了！」下一刻，長英的身影便出現在書房內，陸修琰「嗯」了一聲，大步流星地將牆上佩劍取到手中，率先邁出門。

長英自是連忙跟上。

雲鷺怔怔地望著他們消失的方向，心中那股不安漸漸擴大。

王爺到底想做什麼？

她百思不得其解，但想到方才陸修琰下達的命令，也不敢久留，連忙掩上房門，快步回了正院。

回到正房，見外間值夜的丫鬟正打著瞌睡，她輕輕上前推了推對方，壓低聲音道：「若是累了便回屋睡吧，這裡有我就可以了。」

那丫鬟也不推辭，感激地謝過她便離開了。

她坐了一陣，忽聽裡間傳出細細的響聲，她連忙起身掀簾而入，竟見原本已經睡著的秦若蕖正擁被坐在床上，聽到她的腳步聲，抬眸望了過來。

「王妃怎地醒了？」她連忙上前。

秦若蘩收回視線，微微低著頭，半晌，低低地嘆了口氣。

「陸修琰他是不是出去了？」

雲鷲沈默須臾，輕聲道：「王爺是出去了。」

秦若蘩發出一聲若有還無的嘆息，翻身趿鞋下地。

雲鷲見狀，連忙將架子上的披風取下，小心翼翼地披在她的身上。

秦若蘩在梳妝檯前坐了下來，細細地翻著妝匣裡的首飾頭面。這裡面，有生母衛清筠留給她的、有秦老夫人給她的、有岳玲瓏送給她的，更多的卻是陸修琰親自為她尋來的。

陸修琰待她真的是很好、很好，在她懵懵懂懂的那段日子裡，能結識他，並且嫁他為妻，是上蒼對她最深的眷顧。

是的，她想起來了，所有的一切都記起來了，不管是關於娘親的死，還是自己的雙重性格，甚至還記得，當日在岳梁，她主動親近陸修琰的目的也不單純。

可是，那樣驕傲的一個人，明知自己三番兩次地利用他，依然一次又一次地選擇原諒。

她是秦四娘，也是秦若蘩，可從此以後，她只是那名喚陸修琰的男子的妻子——陸秦氏。

這兩日，他不經意展露的憂色並沒能瞞過她，何況府內的守衛突然加強了數倍，她便知近日必有大事發生，可她選擇什麼也不問，一切交由他自己決定，總歸這輩子，她與他已是生死不離。

夜幕之下，一隊人影從章王府後門快速閃出，很快便消失在茫茫的夜色中。

半個時辰之後，鄭王陸宥恒望著與預想不符的接應人馬，臉色微變。「端王呢？」

可對方亦是一頭霧水，根本無法給他答案。

「殿下，時候不多了，再不快些，萬一皇上——」他身側的副將勸道。

箭在弦上、不得不發，陸宥恒一咬牙，雙腿一夾馬肚子，率先領著人馬往皇宮方向衝過去。

小皇叔，你到底在做什麼?!

調離御林軍為章王謀反大開方便之門，雖是請來鄭王救駕，可他本人卻不跟著將功贖罪，哪怕事後父皇念在多年的兄弟情分上不降罪，但心中到底也埋下了一根刺。

這一切，憑小皇叔的聰明不可能會想不到，可他依然沒有出現，這到底是為什麼？

陸修琰在哪裡？他沒有與陸宥恒一起進宮救駕，而是帶著長英到了章王府，為的是那瓶解藥。

當日陸宥誠為逼他就範，只命人送來半顆解藥，他將無色接回府時便立即給他服用，如今離毒發之期越來越近。誠如孤月大師所說，無色到底太小，根本不可能承受得住毒發時的痛苦，故而，他連請名醫探明毒性再煉製解藥的時間都沒有，所以，唯一能救無色的，只有陸宥誠手裡握著的另外半顆解藥。

無色是他從萬華寺帶回來的，是他親手將年幼的他推進火坑的，若是他有什麼三長兩短，今生今世他絕不會原諒自己——所以，解藥，他必定要親自去取。

而最好的時機，便是陸宥誠逼宮之時。

此時，他便在陸宥誠的書房內，與長英兩人翻尋著解藥。

可是，整個書房內可以藏東西之處都尋了個遍，依然是一無所獲。

「不可能的，屬下明明查得很清楚，章王確實是將解藥藏在書房裡。」久尋不著，長英心裡也急得很。

陸修琰也好不了多少，只是努力地讓自己冷靜下來。「除了咱們翻出來的這幾個暗格，此處可還有其他暗格？」

長英拚命回想，少頃，靈光一閃。「有！」

言畢，他率先大步朝裡間奔去，仔細地環顧一周，而後目光落到那張華貴的床榻上。

陸修琰搶先一步在床榻上四處按，終於，手觸及床角某處的突起，他用力一暗，聽見一下響聲，床板竟從中間裂開來。

「果然如此！」長英心中一喜，可當他探頭望向那暗格時，臉色大變。

怎麼是空的？

陸修琰的臉色同樣極為難看。

自得知陸宥誠手握另半顆解藥後，他便暗中佈置，動用了他所有的精銳力量探查章王府，目的便是要探明陸宥誠會將解藥藏於何處；可如今……

「王爺，會不會有人搶先一步把藥拿走了？又或是章王把藥帶在身上了？」

陸修琰卻沒回答。他的腦子裡一直在迴響著一句話——沒有解藥，沒有解藥，沒有解藥……

沒有解藥，他便救不回無色，若是無色……

「不可能，陸宥誠不可能會將它帶在身上，那藥必定還在屋裡，找！給本王找！」他一咬牙，不死心地道。

可是整個書房，不管是外間還是裡間都已經被他們翻了個遍，再找多少遍結果還不是一樣嗎？長英心中雖如斯想，可到底不敢說出口，唯有學著主子的樣子，再次搜尋著偌大的書房。

時間一點一點過去，東方漸漸泛起了魚肚白，而他們，照舊是一無所獲。

陸修琰臉上漸漸浮現絕望。

「王爺，您聽……」突然，長英拉拉他的衣袖，示意他細聽。

他壓下滿懷凌亂思緒，凝神一聽。

遠處是一陣陣凌亂的腳步聲，混亂當中，彷彿聽見有人大聲喊著「奉旨查抄章王府」諸如此類的話。

「看來鄭王殿下已經成功了，王爺，咱們還是快走吧！」長英低聲道。

陸修琰沈默片刻，搖頭道：「走不了了。」

御林軍圍府，想要神不知、鬼不覺地離開已經是不可能了。

「那該如何是好？」長英急了。

陸修琰反而鎮定下來，雖然過程出了差錯，可結果還是一樣。

他伸手正了正衣冠，拂了拂衣袍，率先往房門走去。

「王爺……」見他竟是一副堂而皇之出去的模樣，長英大急，欲叫住他，卻已經來不及了。

他低咒一聲，顧不得許多，連忙邁步跟了上去。

龍乾宮中，宣和帝定定地望著跪在地上的陸修琰，眼中溢滿著失望。

「宥誠能夠如入無人之境地闖入宮中，這一切都是因為你在背後助他？」

「……是。」陸修琰垂眸直言不諱。

「宥恒說是你讓他進宮救駕，朕本也以為是宥誠威逼你，可是，你來告訴朕，為何你會出現在他的府上？」

「臣弟是為了尋一樣東西，一樣可以救命的東西。」陸修琰緩緩地道。

「救命的東西？」宣和帝沒有想過他會這般說，一時不禁有些許懷疑。

陸修琰毫不隱瞞地將陸宥誠利用無色威逼自己之事一五一十地詳細道來。

宣和帝聽罷臉色鐵青，重重地一掌拍在寶座上，額上青筋暴跳。「畜生！枉為人父！」

站於一旁的陸宥恒見機忙跪下求情道：「父皇，小皇叔雖有錯，但一切都是迫不得已，而且為了阻止二皇弟傷害到父皇，他早早便將一切安排妥當，確保萬無一失之後，這才——」

「確保萬全一失？修琰，你老實回答朕，你當真是確保萬無一失？」本是盛怒中的宣和帝聽到此話，強壓著怒氣盯著陸修琰一字一頓地問。

陸修琰沈默須臾，緩緩抬眸迎著他的視線坦誠地道：「不，萬事皆有變數，臣弟並無十分把握。」

「你並無十分把握，可你依然將朕的性命、朕的江山當作賭注，修琰，朕對你，非常失望。」

陸修琰又是一陣沈默。早在答應陸宥誠時，他便已想到今日局面，無論陸宥誠最終是否成事，他都會失去宣和帝的信任。

片刻，他低低地道：「皇兄，您有宥恒，還有眾多忠良之臣，可鑫兒他，卻只有臣弟一人。臣弟當年曾向萬華寺眾僧保證過，無論何時必會護他周全，可他如今身受劇毒之苦，全是臣弟之故，臣弟不可能棄他於不顧。」

「你不能棄他於不顧，所以你選擇了棄朕不顧。」宣和帝眼神難掩受傷，這是他最疼愛、最信任的弟弟啊！

「此事便暫且擱置不提，朕再問你，怡昌皇妹一案，刑部尚書已呈上詳細摺子，凶手沈柔亦被關押刑部大牢，可是，此案至今仍有疑點，其一便是當日傷害了怡昌皇妹的並非沈柔一人。刑部並未全部查清此案便敢上摺子，想來必是你的授意，那你來告訴朕，當日將怡昌約出去的是何人？除了沈柔，還有何人傷害了她？」

陸宥誠逼宮前，他正好在看刑部遞上來的摺子，心中正覺疑問，如今剛好一併問個清楚。

陸修琰低著頭，微微閉著眼眸深呼吸幾下，良久，低聲道：「是臣弟所為。」

「什麼?!」這下，不但是宣和帝，連陸宥恒及屏風後的紀皇后也是大吃一驚。

「皇兄既已看過刑部遞上來的摺子，想來清楚怡昌皇姊並非表面看來那般溫柔善良，除了對沈柔犯下那等駭人聽聞的罪孽外，當年酈陽血案中，秦府滿門並非死於平王亂兵之手，而是她所為。」

他平靜地將衛清筠慘死之事詳盡道來，末了還道：「臣弟眼睜睜看著妻子因為目睹生母慘死而夜夜被噩夢驚擾、不得安眠，若是不為她解開此心結，又怎配為人夫君？」

宣和帝搭在扶手上的雙手不停地顫抖著，少頃，從牙關擠出一句。「她是朕唯一的胞妹，是你的姊姊，你怎狠得下心來那樣對待她！」

陸宥恒亦是一臉的不可思議。怡昌長公主一案鬧得滿城風雨，可除了刑部之人，誰也不知道案情到底怎樣，故而今日他也是頭一回聽到內情，只是想不到小皇叔竟然參與其中！

「怡昌皇姊之死，臣弟有不可推卸之責任，只是，若是再重來一次，臣弟依然會這般做。」

再重來一次，他依然不可能將他的妻子推出來。

「混帳！」宣和帝終於忍不住勃然大怒，隨手取過案上的茶盞朝他砸過去，直直砸中他的肩，再掉落到地上發出一陣清脆的破碎響聲。

陸修琰一動不動地接下他的憤怒。

半晌，他深深地朝著宣和帝叩了幾個響頭，啞聲道：「事已至此，臣弟深知辜負皇兄多年悉心栽培及信賴，願承擔一切後果，至於怡昌皇姊……」

他忽地起身，一把奪過一旁侍衛腰間佩劍，在眾人的驚呼聲中，手起劍落，霎時，一道鮮血飛濺而出，緊接著一根斷指直直掉落在殿中央。

「小皇叔！」

「修琰！」

「六皇弟！」

場面頓時變得混亂。

鮮血從他的傷口處滴落地面，很快便染紅了足下一處。他定定地立於殿中，並不理會陸宥恒及衝出來的紀皇后，而是迎著宣和帝的視線沈聲道：「當日臣弟斷了她的手指，如今便還她一指；只是，皇兄，王子犯法尚且與庶民同罪，怡昌犯下的種種罪行，是否亦要給受害者一個交代？沈家姑娘何辜？秦氏滿門又何辜？」

「速請太醫！六皇弟，先止了血，其他事以後再說。」紀皇后急得一面連聲喚太醫，一面哽聲勸道。

「小皇叔，先聽母后的，止了血再說。」

陸修琰仍是直直地站著，視線緊緊地鎖著上首臉色雪白如紙的宣和帝。

宣和帝眼中泛著淚光，雙唇微微顫著，片刻，終於啞聲道：「自即日起，解除端王陸修琰一切職務。」

言畢，他猛地轉過身，再不忍看。

「臣陸修琰領旨謝恩！」陸修琰雙膝跪下，恭恭敬敬地朝他行了大禮。

「小皇叔……」陸宥恒顫聲喚。

最終一切還是走到了這一步。

很快地，太醫便奉旨前來，陸宥恒陪著陸修琰下去療傷，偌大的殿內便只剩下宣和帝與紀皇后兩人。

紀皇后怔怔地望著地上那灘鮮血，心中卻是五味雜陳。

她緩緩地轉過身去，望著背對自己的宣和帝，輕輕咬了咬唇瓣，勉強壓下複雜凌亂的思緒，啞聲道：「六皇弟是有錯，亦應該受到懲罰，可是皇上，誠如他所說，怡昌也不無辜，皇上處置了六皇弟，是不是也該給無辜者一個公道？」

說到此處，她突然有些心灰意冷。

「臣妾宮中還有事，先行告退。」

端王府門外，曹氏的貼身侍女竹英焦急萬分地幾乎繞著整個王府轉了一圈，可不管她怎麼敲門，府門始終緊緊地關著，連個應門之人都沒有。

街上安靜得似乎連根針掉到地上都能聽得到。

突然，一陣整齊的腳步聲及馬蹄聲隱隱傳來，她臉色一變，立即便閃到拐角處，將自己縮到陰影裡，直到那突然出現的兵士遠遠離開，她雙腿一軟，整個人癱倒在地上。

心中無邊的恐懼與擔憂齊齊湧上來，讓她鼻子一酸，眼淚當即便流了出來。

昨日深更半夜之時，曹氏突然將她叫了起來，將一個小小的錦盒交給她，讓她務必親自交到端王或者端王妃手上。她心中不解，只是也不敢多問，連夜便從章王府出來。

待她終於避人耳目地抵達端王府時，忽地聽聞宮中出了大事，她大驚，隱隱有些不祥的預感，只想著盡快將手上之物交給端王夫婦手中，趕回章王府。

哪想到無論她怎麼敲，卻一直無法將端王府的門敲開，自然也無法將手上之物送出去。

而此時的王府內，本是得意地向秦若蕖展現自己劍術的無色，突然一頭栽到地上，嚇得秦若蕖飛奔過去欲將他抱起，卻發現他全身痙攣，整張臉痛苦地扭曲起來。

「酒肉小和尚，你、你怎麼了？你不要嚇我……」

「好痛、好痛啊！痛、痛……」

「王妃，公子這是中了毒！」雲鷲到底見多識廣，一看便知原委，連忙從懷中掏出陸修琰留下來以防萬一的藥塞進無色的嘴裡，再接過丫鬟遞過來的溫水，灌入他的口中。

片刻之後，無色臉上痛苦之色漸解，可人已經昏迷了過去。

「怎麼會中毒的？為什麼會中毒？這是不是已經解了毒？」秦若蕖緊緊地將他抱在懷中，一直將他抱回屋裡，這才又驚又怒地道。

「這只是暫且緩解毒性，並非真正解毒。」雲鷲輕聲回道：「至於為何會中毒，奴婢也不清楚，只是王爺昨夜臨出門前將此藥交給奴婢，說是萬一公子身體有異便讓他服下。」

這是怎麼回事？陸修琰如今在哪裡？為什麼還不回來？酒肉小和尚到底中了什麼毒，又是什麼人這麼狠心對付一個這麼小的孩子？

她清醒過來不過短短數日，有許多事都不清楚，如今陸修琰一夜未歸，無色又突然毒發，她整個人已經有些六神無主了。

她努力讓自己冷靜下來，片刻，沈聲問：「陸修琰出門之前可還有別的話交代妳？」

「有，王爺吩咐奴婢不論何時都要保護好王妃，還有……在他回府之前，任何人都不准輕易進出。」

秦若蕖心中一凜。這般警戒，莫非京中有大事發生？

正感憂慮之時，忽聽外頭傳來侍女的聲音。「王爺回府，王爺回府了！」

她立即便衝出門去，只是看到陸修琰有些蒼白的臉色，以及他來不及藏起來的傷手時，驚得倒抽一口氣。

「這是怎麼了？好好地怎會傷著了？」她大步朝他走過去，捧著那受傷的手，眼淚再忍不住掉了下來。

陸修琰嘆了口氣，輕柔地為她拭去眼淚，輕聲道：「我沒事，妳不要擔心。」

「怎麼會沒事，手指都斷了……」秦若蕖哭得更厲害了。

陸修琰勉強扯出個笑容，故作輕鬆地道：「一整夜沒睡，我覺得有些累，阿蕖不扶我回去歇息嗎？」

秦若蕖一聽，立即便抹掉眼淚，小心翼翼地扶著他，帶著哭音道：「我扶你回去……」

陸修琰微微一笑，看著她如同對待易碎之物般扶著自己，整個人竟突然輕鬆起來。

扶著他在軟榻上坐下來，看著他手上的傷口，秦若蕖又再忍不住掉下淚來。

陸修琰嘆息著，輕輕擁她入懷，親親她的額角。「莫哭了，再哭下去眼睛都要腫成核桃，那便不好看了。」

「不、不好看你也、也不會不要我……」秦若蕖嗚咽著。

陸修琰輕笑出聲，真是他的傻丫頭。

「出什麼事了？你不要瞞我，讓我擔心。」秦若蕖淚眼汪汪地望著他，可憐兮兮地道。

陸修琰抿唇沈默一會兒，抬手輕撫著她的臉頰，低低地道：「阿蕖，我如今是閒人一個，已經一無所有了。」

秦若蕖愣了愣，很快便道：「你怎麼會一無所有？你還有我啊！」

陸修琰微怔，隨即愉悅地笑了起來。

他在她唇上親了親，額頭抵著她的。

「是，我還有妳，所以永遠不會一無所有。」

氣氛正好，染梅突然哭著衝進來，跪在兩人身前。「王爺、王妃，救救鑫公子吧！」

陸修琰大驚，一下便從榻上彈了起來，連話也來不及細問便大步流星地衝了出去。

秦若蕖亦連忙跟上去。

剛邁進無色的院門，便聽見高嬤嬤撕心裂肺的哭聲，夫妻兩人同時臉色大變，立即飛奔著衝進去。

只見屋內，無色疼得滿地打滾，小小的身子痙攣成一團，一旁的下人哭著叫著欲去扶，可還未碰到他便被他狠狠地撞開。

看著小主子痛苦不堪的慘狀，束手無策的高嬤嬤直哭得死去活來。

陸修琰快步上前，一把將小傢伙撈進懷中，緊緊地制住他亂動的身子，大聲問身後的雲鷲。「藥呢？」

「藥方才已經給公子服下了。」雲鷲忙回道。

什麼？藥方才便已經服下了?!陸修琰大驚失色。

如此看來，豈不是說孤月大師給的藥也壓不住毒嗎？饒是一向冷靜的他，也不禁慌了手腳。

解藥沒有找到，孤月大師給的藥亦沒有用處，那、那……

耳邊是小傢伙的痛苦哭叫，可他除了緊緊地抱著他，不讓他傷到自己外，竟是毫無法子。

「痛、好痛！痛死了，啊啊……」無色激烈地掙扎著，體內似是有一股烈火在熊熊燃燒，正不斷地吞噬著他的五臟六腑，又似是有無數條蟲子在咬著，痛得他只恨不得就此死去。

秦若蕖想去抓住他亂揮亂抓的手，可還未碰到他，便被他在手背上抓出一道口子來，急得她如熱鍋上的螞蟻般團團轉，卻是半點法子也沒有。

陸修琰雙眸通紅，此時此刻，他極度痛恨自己的無用。無色原本不用承受這些痛苦，都是他，是他自以為是地將無色從無憂無慮的萬華寺帶回來，什麼狗屁血緣，什麼狗屁至親，無色大師就應該在寺裡快快活活地過著每一日！

「長英呢？長英可回來了?!」他瘋也似地大聲喊著，對身上被小傢伙抓出的傷痕完全沒知覺。

被宮中御林軍押送回府前，他便已經拜託陸宥恒務必從陸宥誠口中問明解藥之處，為了抓緊時間，還特地留下長英，只待解藥一到手便快馬加鞭趕回王府，盡快讓無色服下。

可一切都在他的意料之外，無色比預料的提前毒發，而解藥至今未到手。

「還、還未回來。」有侍女結結巴巴地回道。

陸修琰又痛又急，斷指處滲出的血很快便染紅了懷中無色的衣裳及自己的袖口。他一咬牙，手指飛快地在無色身上某個穴道上一點，當即便見掙扎著痛苦不休的小傢伙漸漸安靜下來。

秦若蕖抹了一把淚，堅持從他懷中抱過無色，小心翼翼地將他放回床上，而後又大聲吩咐下人取藥，強迫陸修琰坐下，親自為他換下已經血跡斑斑的布。

看著斷指處整齊的切口，淚水一下子又湧了上來，她咬著唇不讓自己哭出聲來，堅持親手為他換藥。

陸修琰想要安慰她幾句，可心裡亂得很，唯有沈默地看著淚眼矇矓的妻子哭著為自己上藥。

此時的端王府大門外，終於得知端王已經回府的竹英正苦苦地求著門外侍衛，准他帶自己到端王跟前。

只是那人一聽她是章王府之人便一口拒絕。

章王謀逆，章王府被查抄，自家王爺已經因此被牽連丟了差事，若是再讓這個自稱來自章王府的女子進去，豈不是又給王爺添一條罪名？

苦苦哀求而不可得，竹英急得快哭出來。

「求求您，我真的有非常要緊之物務必親手交到王爺手中，求求您通融一下，代為通報一聲，求求您……」她扯著對方的袖口跪了下來。

「這……」年輕的侍衛被她此舉弄得手足無措。

正在此時，一無所獲的長英憂心忡忡地帶著奉旨前來為無色診治的太醫從宮中回來，乍見門前這一幕，臉色一沈，喝道：「大膽，竟敢在端王府前鬧事喧譁！」

竹英一見，當即朝他撲過來，一旁的侍衛連忙將她攔住，扯著她的雙臂就要將她拉走。她急得大聲哭叫起來。「求求您讓我見見王爺吧，我真的有要緊之物要親手交給王爺！」

長英本是不願理會她，引著太醫進了府門，正要命人關門，卻在聽到她此話時心思一動，足下步伐亦停了下來。

「妳是何人？有何物要交給王爺？」他喝住架著竹英的侍衛，緩步來到她的跟前問。

「奴婢是章王妃身邊侍女竹英，奉王妃之命將一物親手交到端王爺或端王妃手中，這是奴婢在章王府的腰牌。」竹英知道機不可失，連忙將證明自己身分的腰牌遞到他的身前。

長英接過細一打量，確定是章王府之物無誤。

「章王妃有何物要妳呈交？」將腰牌還給她，他問。

「奴婢不知。」竹英連連搖頭。

長英心思微轉。章王妃不是鑫公子的養母嗎？她漏夜命貼身侍女前來端王府，難道……

「我乃端王護衛崔長英，並非在下不肯讓姑娘見王爺，只因如今正是非常時期，章王謀逆，王府被抄——」

「什麼？你說什麼？王府、王府被抄？」竹英驚懼萬分，死死地扯著他的袖口問。

她不知道？長英疑惑。

「章王逼宮被擒，皇上下旨查抄章王府，如今一干人等移交大理寺等候判決。」他緩緩地道。

竹英面如白紙，身子顫慄不止。

王妃，那王妃怎麼辦……此時此刻，她的心裡只記掛著主子，再不願理會什麼端王爺、端王妃，將一直藏在懷中的錦盒塞到長英手上，飛快地道：「王妃昨夜將此物交給奴婢，命奴婢務必親自交到端王手上，你既是端王護衛，便煩你將此物轉呈王爺。」

一言既了，她立即轉身，朝著章王府的方向飛跑而去。

長英叫她不住，唯有眼睜睜地看著她的身影越來越遠。他狐疑地打開手中錦盒一看，登時大喜。

包紮妥當的陸修琰坐在床沿，眼睛一眨也不眨地盯著床上臉色潮紅得相當異常的無色，一張臉緊緊地繃著。

秦若蘼站在他的身邊，含淚抓著他的手臂。

突然，凌亂的腳步聲伴著叫聲從門外傳來——

「王爺，崔護衛回來了、崔護衛回來了！」

陸修琰先是一怔，隨即心中一緊，一個箭步迎出門去，剛好對上大步走過來的長英。

「解藥可到手了?!」他急問。

「到手了，王爺請看。」長英將那個錦盒呈到他跟前。

他取出那半顆解藥遞到鼻端仔細嗅了嗅，又仔仔細細地檢查片刻，終於大喜。「是解藥沒錯！」

他拿著藥，三步併成兩步地衝回屋內，在眾人的吃驚下將那半顆解藥送到無色口中，餵他服了進去。

「陸修琰？」秦若蘼驚訝。

當她低頭望望無色臉上漸漸平息的痛苦之色，眼神一下子便亮了。

陸修琰又沈聲請了一直候在門外的太醫進來，讓他仔細地診脈，得知毒性正在慢慢消除時，雙腿一軟，險些便要倒下，虧得秦若蘼眼明手快地扶住了他。

他輕拍她的手背，對著她擔憂的眼神，安慰地笑了笑，洋溢臉龐的，是真真正正、切切實實的輕鬆。

待太醫又開了清毒及補身的藥方後，長英奉命親自將他送出府門。

氣。

一直在等候消息的宣和帝聽了太醫的回稟，確定無色當真已經解毒，整個人才鬆了口氣。

對這個孫兒，他也是真心疼愛的，自然不希望他有事。

相隔數日，宣和帝降下了處置章王陸宥誠的旨意。如陸修琰意料中那般，宣和帝並沒有處死他，而是將他貶為庶人，囚於永平宮；女眷中，除了章王妃曹氏請旨隨侍夫君外，其餘王府內眷及孩童仍留在章王府內，當然，陸修琰不可能會讓無色再回到那個府邸去，所幸亦沒有人對此提出質疑。

而對陸宥誠所有的追隨者，宣和帝則是嚴懲不貸，一時間，隔三差五便有官員烏紗落地、人頭不保，家不成家。

對於怡昌長公主一案，宣和帝卻是簡單幾句帶過——賜死凶手。

雖說怡昌長公主之死鬧得滿城風雨，可在章王謀逆此等大事的掩蓋下，沒能再掀起風浪，唯有某些有心之人私底下議論幾句罷了。

相比外頭的腥風血雨，閉門謝客的端王府卻是一派風平浪靜。

陸修琰好整以暇地坐在涼亭裡，身邊是殷勤伺候的妻子，不遠處則有無色大師耍拳舞劍供他欣賞。

看得興起時，他隨手撿起小石子往無色腳下扔去，無色大師一個不察踏上去，當即便摔了個四腳朝天，引來他毫無同情心的哈哈大笑。

小傢伙氣呼呼地爬起來，推開染梅欲為他拍灰塵的手，「噔噔噔」地朝他跑來，一屁股坐到他膝上，將身上的塵土使勁地往他身上擦。

陸修琰笑著任他動作，倒是一旁的秦若蕖急得連聲道：「酒肉小和尚，你小心些，不要碰到他的傷口！」

無色一聽，立即停了下來，低著頭盯著陸修琰那缺了一根手指的左手，小心翼翼地捧起來，認真地盯了一會兒，小大人般搖頭晃腦。

「皇叔祖，你肯定是偷吃了，二師兄說過，若是偷吃便要砍掉手指頭。」

陸修琰沒好氣地一拍他的腦門。「你以為人人都像你？」

見他活潑一如既往，並沒有留下什麼陰影，他也不禁鬆了口氣。

「別壓著他，別壓著他……」秦若蕖急急上來將無色從他膝上拉下，一副生怕他會把陸修琰壓壞的緊張模樣。

陸修琰無奈地笑笑。他雖是享受妻子對他無微不至的關心愛護，可她這副將他視作易碎品的態度，著實讓他有些吃不消。

他拉著她在身側坐下，輕聲保證道：「我沒事，妳不用擔心，只不過斷了根手指，並無大礙。」

「什麼叫只不過斷了根手指？斷了手指是小事嗎？你怎麼一點也不懂得愛護自己。」秦若蕖生氣地瞪他。

陸修琰自然只有認錯求饒的分。

道。

「王爺、王妃，宮裡來了懿旨，皇后娘娘召王妃進宮。」雲鷲遲疑了一會兒，走過來稟

陸修琰皺眉，下意識望向一臉不解的妻子。

此時正是風口浪尖之時，皇嫂有何事要見阿蘽？

秦若蘽雖是疑惑，可也知道旨意不可違，忙起身道：「請公公到廳裡稍坐片刻，我更衣後便過去。」

正要離開，衣袖被陸修琰拉住。「我送妳去。」

「不必了，你如今不是在禁足期嗎？若是送我去豈不是抗旨？不要緊的，皇后娘娘待我很好，我去去便回。」秦若蘽連忙搖頭，安慰地拍拍他的手。

「芋頭姊姊，我與妳一起去！」無色仰著小臉道。

「也不用，你好好在家裡陪著他。」秦若蘽捏捏他的臉蛋，同樣拒絕了。

她既不是當初那個懵懂不知事的傻姑娘，也不是那個一心只想報仇什麼都不管不顧的凶姑娘，無須一直活在至親至愛的擔心中。

她想了想，趁著沒人留意，飛快地在陸修琰唇上親了親，紅著臉輕聲道：「等我回來！」

言畢轉身大步離開。

陸修琰撫著唇，怔怔地望著她漸行漸遠的背影，片刻，低低地嘆了口氣。

他的姑娘，果真不一樣了……

第三十九章

秦若藻更衣過後便帶著雲鷲上了往宮中的馬車，下了車，自有宮中內侍引她前行。行至宮殿前，那內侍便停下來，朝著雲鷲躬身道：「請這位姑娘在此等候。」

秦若藻也知道宮中規矩，朝著不放心地望過來的雲鷲點點頭道：「妳便在此等候吧！」

雲鷲應聲止步，眉間帶著隱隱的憂色，看著秦若藻跟著那內侍越行越遠。

應該不會有什麼事吧？王妃畢竟是奉皇后娘娘懿旨前來的。

秦若藻跟著那內侍東拐西拐，一直來到一處環境清幽的宮殿前方停了下來。

那人請她稍候，自己則是進去通報。

秦若藻在殿門前候了片刻，那人又走了出來，迎著她走進去。

她進入殿內，卻不見皇后的身影，正感疑惑，忽覺身後傳來兵器破空之聲，她運氣一躍，堪堪避開了突如其來的攻擊。

「妳果然會武！」她全身進入戒備狀態，目光如炬地盯著那身著禁衛服飾的男子，卻見對方突然收起武器恭敬地避到一邊，下一刻，宣和帝的身影便出現在眼前。

她心中一突，已察覺情況似乎有些不妙。

「妾身見過皇上。」她定定神，依禮見過對方。

宣和帝冷冷地立於玉階之上，居高臨下地道：「朕想不到竟也有看走眼之時，端王妃果然演得一手好戲，連朕亦瞞了過去，如此看來，怡昌皇妹之死必有妳的參與。」

他不相信自己親手帶大的皇弟會狠得下心來活生生切下親姊的手指，可既不是他，為何他又要認下？唯一的解釋便是他為了包庇某人，這個某人，想必只有他的妻子——生母死於怡昌手上的秦若蕖。

秦若蕖一愣，腦子裡飛快地閃過幾個畫面——一臉殺氣的女子手起刀落，毫不留情地將怡昌長公主的手指切了下來，而這個女子，便是她自己。

宣和帝並不需要她的回答，一步一步從玉級上走下來，臉色鐵青，殺氣四溢。

「紅顏禍水，修琰遇到妳，是他此生最大的劫難！早知今日妳會如此禍害他，朕當日便絕不允許妳踏入端王府，不、踏入京城半步！」他磨著牙，恨恨地道。「長樂侯府、常府、江府，再加上怡昌，為了妳，他一次又一次地違背自己的處事原則，甚至到最後還是為了維護妳而不惜自斷一指。」

秦若蕖驚得連連後退，緊緊地捂著唇，滿眼不敢相信。

「妳以為若不是他在背後為妳擺平一切，憑妳那點勢力能神不知、鬼不覺地對付朝廷一品官員？妳至今能安然無恙，那全是因為他！」想到陸修琰這短短一年多的時間做下的一樁樁事，宣和帝又痛又恨。

他並非為了那幾戶人家不平，只是痛心自己最看重的皇弟竟是為了一名女子而出手對付他們。

「若不是因為妳，他不會落得如此下場，他會一直是朕最信任、最得力的皇弟，是朝廷上下人人稱頌的端親王！」

秦若蘗幾乎站立不穩，一張俏臉變得雪白。

所以，陸修琰會變得如今這般一無所有，全是因為她？

「妳不該再活在這世上，妳只會成為他一輩子的累贅，來人！」宣和帝冷冷地扔下一句，驀地大喝一聲。

話音剛落，一道白綾「嗖」的一下從秦若蘗身後飛來，如靈蛇纏到她的脖子上，隨即兩名禁衛一人一邊扯著白綾，如同拔河般用力往各自方向拉去。

秦若蘗正震驚於自己竟然是造成陸修琰今日下場的罪魁禍首，一時反應不及被白綾纏個正著，緊接著喉嚨一緊……

她拚命掙扎著想從那窒息的束縛掙脫開來，可對方武藝本就勝出她許多，又是兩人同時發力，她根本無力反抗，整張臉憋得通紅，呼吸越來越艱難，脖子似是要被勒斷一般。

她痛苦地踢著雙腿，手指用力去扯脖子上的白綾。「救、救命……」

宣和帝冷漠地看著她，看著她的掙扎越來越弱，一絲冷笑緩緩綻於唇瓣。

「住手、住手！」突然，一名女子從外頭衝進來，用力推開當中一名執綾的禁衛，那禁衛當即跪在地上不敢反抗。

秦若蘗只覺得脖子上的力道陡然一鬆，隨即軟軟地倒在地上，劇烈地咳嗽起來，不時大口大口地喘著氣。

「六弟妹，妳怎樣了？六弟妹？」感覺有人用力欲扶起她，焦急地問。

她努力平息一下，勉強抬眸望去。

「皇、皇后娘、娘……」來人赫然是紀皇后。

紀皇后見她還能說話，總算是放下心來。她讓秦若蕖靠在自己胸前，怨恨的目光凌厲地射向臉色複雜難辨的宣和帝。

「將端王妃扶下去歇息。」她高聲叫道，下一刻，便有兩名宮女從門外走進來，先是朝著宣和帝行了禮，這才上前將秦若蕖扶下去。

宣和帝想不到她會突然出現，並且親眼目睹了方才這一幕，心中不知怎地有幾分忐忑，尤其是對上她怨恨的視線時，整個人一愣。

紀皇后行至他一步遠處方停下腳步，臉上有著掩飾不住的失望。

「皇上以為殺了端王妃，六皇弟還能獨活下去嗎？」

宣和帝抿嘴沈默一會兒。

「他便是一時心傷難過，假以時日總會放下的。」

紀皇后輕笑一聲，朝他邁出一步，緊緊地盯著他的眼眸，一字一頓地問：「這麼多年了，皇上可將許倩瑜放下了？」

宣和帝臉色一僵，袖中雙手不自覺地握成拳頭。

「皇上想來仍未放下，若是放下了，又豈會三番兩次不顧君臣之義與她私下相見。」紀皇后悲哀地道。

許倩瑜在府中鬥不過呂語媚，眼看著夫君越來越偏愛對方，心裡越是念及宣和帝對她的好，隔三差五便約他相見，向他一吐心中苦水。

這一切，又哪會瞞得過紀皇后。

「皇后……」宣和帝張張嘴欲解釋，可對上那張失望傷心的臉龐，他發現自己什麼也說不出來。

「皇上這麼多年來尚且放不下已嫁人為妻的意中人，又怎敢肯定六皇弟便放得下無端枉死的妻子？」兩行清淚從她臉頰滑落。

哪怕一次又一次地告訴自己應該放下了，可每一回聽著宮人回稟皇上與許倩瑜又在何處見面，她的心便似刀割一般，鮮血淋漓。

「朕、朕與倩瑜是清清白白的……」宣和帝見她落淚，頓時慌了，手足無措地解釋道。

這麼多年夫妻，對皇后，他心中也是有一份感情在的。

紀皇后拭了拭淚，哽聲道：「臣妾並非善妒，若她仍是未嫁的姑娘家，臣妾甚至願意將皇后之位拱手相讓，成全皇上；可是，她畢竟已嫁為人婦，皇上再與她私下往來，若是讓人發現，不但有損皇家顏面，便是她只怕也難容於世間。」

聽著那句「願將皇后之位拱手相讓」，宣和帝不知怎的心口一緊，下意識地去抱她。

「是朕疏忽了，朕答應妳，日後再不去見她。」

紀皇后被他摟入懷中，臉上的悲傷之情一下子便消失不見，取而代之的是唇角的一絲冷冷弧度；只是當他這句類似許諾之話響在耳畔時，她當即怔了怔。

再不去見她？

「至於秦氏……」他頓了頓。「罷了、罷了。」

卻說秦若蕖死裡逃生地被紀皇后命人帶走，自有宮人拿著化瘀的藥為她塗在脖子的勒痕上。搽了藥後，她整個人瞧來仍有幾分恍惚，一旁的宮女也只當她驚魂未定，哪想得到她只是一直想著宣和帝的那番話。

是她害了陸修琰，是她害得陸修琰一無所有，都是她，造成這一切的罪魁禍首就是她……

秦若蕖低著頭輕咬著唇瓣，心亂如麻。

她自然知道當初那個一心報仇的自己瞞著陸修琰做了多少事，卻沒有料到那些事會給陸修琰帶來什麼樣的後果。自斷一指……原來他的手指竟是自己斬斷的。

眼淚一滴一滴地從眼中掉落，落到手背上，激起小小的淚花。

突然，肩膀被人安慰地輕拍了一拍，她淚眼矇矓地抬頭望去，啞聲輕喚。「皇后娘娘……」

紀皇后在她身邊坐下，拉著她的手輕聲道：「莫要怕，一切都有本宮。」

「娘娘，陸修琰如今一無所有，都是因為我嗎？我是他的累贅嗎？」她的聲音帶著幾分哽咽以及被勒過後的沙啞。

紀皇后嘆息一聲，環著她的肩安慰道：「妳只須記得，六皇弟待妳一往情深，只有妳好了，他才能更好；故而，妳肩負著的是你們兩個人的將來，其餘的，不必多想。」

「娘娘，妳為什麼對我這麼好？」秦若蕖輕輕環著她的腰，低聲問。

紀皇后似是怔了怔，半晌，低低地道：「因為，妳與六皇弟的感情是支撐我在宮中過下去的動力……」

希望能與夫君一雙人的又豈只許倩瑜一人，她亦然，可是，她的夫君是這世間最不可能許給妻子一雙人的男子。

在陸修琰與秦若蕖的身上，寄託著她心底深處最美好的願望，那便是在皇室當中，也會有這麼一份誠摯的感情，她的夢想不是奢望，只是沒有愛對人。

「……娘娘。」秦若蕖突然明白了她心中的苦。

紀皇后輕拍她的手背，如同慈愛的長者那般溫柔地叮囑道：「回去吧，日後若非要事，不要輕易進宮來，此處並非什麼好去處。」

含淚辭別紀皇后，她將衣領往上拉了拉以遮擋脖子上的傷痕，跟著內侍離開了鳳坤宮。

回到王府，一眼便見陸修琰迎風而立正等著她的歸來，想到今日一番驚險，她眼眶一紅，撇下身後眾人朝他飛奔而去，縱身撲入他的懷中，緊緊地摟著他的腰。

「陸修琰……」

陸修琰有些意外，只是對她的親近卻是相當受用，笑著抱緊她，在她額角上親了親，輕聲道：「不見這麼一會兒便想我了？」

秦若蕖深深地埋入他的懷中，嗅著他身上那令人心安的氣息，細聲細氣地道：「是想你了……」

陸修琰微怔，沒想到這丫頭竟這般痛快地承認了。

「傻丫頭，咱們進去吧，莫讓他們看笑話。」

「嗯。」秦若蕖在他懷裡應了一聲，任由他擁著自己回屋。

待屋內下人退出去後，她又再度鑽進他的懷中，緊緊地摟著他不肯撒手。

陸修琰笑著在她臉頰上落下輕柔的一吻，低沈的嗓音在她耳畔響著。

「都大姑娘了怎還這般愛撒嬌？無色大師瞧見了會笑話的。」話雖如此說，可他卻將她抱得更緊了些，讓她再貼著自己。

「愛笑便笑，我才不管他。」秦若蕖悶悶地回了句。

陸修琰輕撫著她的背，下頷抵在她的頭頂處。「是不是在宮裡發生了什麼事，嗯？」

她的身子微微一僵，可很快地便掩飾過去。「沒什麼事，就是陪著皇后娘娘說了會兒話。」

略頓了頓，她情緒低落地道：「我只是、只是有些心疼皇后娘娘。」

陸修琰沈默片刻。「是因為許倩瑜？」

秦若蕖愣了一會兒，從他懷中抬頭。「你怎麼知道？」

陸修琰嘆了口氣，輕撫著她的臉頰道：「皇后娘娘能讓妳心疼的，也只有皇兄與許倩瑜之事了。」

秦若蕖並不否認，環著他的脖頸悶悶不樂地道：「皇后娘娘那麼好，皇上怎麼能這樣對她？」

陸修琰正想說話，忽聞一陣若有還無的藥香，他細一嗅，確定此味並非他斷指處所敷之藥的味道，彷彿是從懷中妻子的脖子處飄出的。

他臉色微微變了變，就要伸手去掀她的衣領，秦若蕖察覺他的動作，飛快地從他懷中跳開，緊緊地揪著領口，一臉防備地盯著他。

「過來讓我瞧瞧。」陸修琰這下還有什麼不明白的，當即沈下了臉。

秦若蕖輕咬著唇瓣，望著他越來越陰沈的臉，不知怎地竟有些發怵。

「你、你答應我不許生氣，我才、才過去。」她結結巴巴地道。

「阿蕖，聽話，過來！」陸修琰的聲音帶著明顯壓抑的怒火。

「你答應我不生氣。」秦若蕖固執地要求道。

他深呼吸幾下以平息心中怒火，知道不答應她是絕不會過來的，唯有勉強道：「好，我答應妳不生氣。」

秦若蕖雖見他應下了，可到底仍有些遲疑。

「阿蕖！」

「來了、來了。」她再不敢推託，拖拖拉拉地走到他的身邊，但當對方的手往她脖子處伸來時，她仍是縮了縮，最後在陸修琰的瞪視中乖乖站好。

白淨細嫩的脖子處，一圈青紫的勒痕觸目驚心……

秦若蕖始終注意著他的神情變化，見他臉色陡然變得鐵青恐怖，整個人處於盛怒的邊緣，嚇得一把抱著他的腰，大聲道：「你答應過我不生氣的，你不能食言！」

「阿蕖，妳不能強人所難。」陸修琰從牙關擠出一句。

秦若蕖知道他是心疼自己，將他抱得更緊，臉蛋貼著他的胸膛柔柔地道：「我沒事，我不是好好的嗎？陸修琰，咱們什麼都不要去追究好不好？一切都讓它過去好不好？」

「是皇兄，對不對？」壓抑的嗓音在她耳邊響著。

她沈默。

陸修琰死死地咬著牙關，陡然伸手欲將她扯離懷抱，可秦若蕖卻將他抱得死緊，大聲道：「你不許走，不許惱！」

「阿蕖，聽話，快放開我。」陸修琰的怒氣已達到了頂峰，卻努力壓抑著，生怕怒火會波及妻子。

「陸修琰，你不要這樣……」低泣聲響起，卻奇蹟般地讓他的怒氣平復下來。

「阿蕖，不要哭。」他當即便慌了，摟著她不停地哄。

秦若蕖埋入他的懷中，嗚咽著道：「陸修琰，我沒事，皇上他、他很疼愛你，若不是因為我，你也不會弄成如今這般，他恨我、氣我是應該的……你不知道，這勒痕其實可以讓我的心好受一些，愧疚少幾分。」

陸修琰怔住，她都知道了？

「不要再去追究，以往之事咱們統統忘掉，從此以後只想將來，好不好？」她抬眸望向他，眼中泛著點點淚光，輕聲軟求。

「疼不疼？」良久，陸修琰輕撫著她脖子上的傷痕，啞聲問。

「不疼，一點也不疼。」
「怎麼會不疼？」
勒痕這般深，足以見得對方是下了必殺的力氣，一想到當時的情形，他便忍不住全身發抖。
見他又要動怒，秦若蕖忙摟向他的脖頸，軟軟涼涼的臉蛋貼著他的，柔柔地求道：「不要生氣，也不要追究了好不好？不要讓我更加愧疚，也不要讓皇后娘娘為難。」
陸修琰大掌扶著她的後腰，聽到那句「不要讓我更加愧疚」時臉上一僵，隨即用力地將她摟入懷中。
「對不起，是我沒用。」
「不是，都怪我，一切都是因為我。陸修琰，過去的便讓它過去，不要再去追究了好不好？」秦若蕖再忍不住大聲哭了出來。
陣陣的哭聲似是綿綿密密的針直往心上扎，此時此刻，他再也想不起其他，唯有笨手笨腳地為她拭淚。
「妳不要哭，我都答應妳，什麼都答應妳，不要哭……」
「真的？真的什麼都答應我？」秦若蕖打著哭嗝，淚眼汪汪地問。
他嘆息一聲，溫柔地為她拭去臉上淚水，望入她的眼底深處，緩緩地道：「是，都答應妳，妳說不追究那就不追究，只要這樣真的能讓妳的心裡好受。」
秦若蕖破涕為笑。「你答應了就不許反悔。」

「好，不反悔。」還能怎樣？她的淚水殺傷力太大，他完全無力抵抗，唯有舉手投降。秦若蕖徹底鬆了口氣，又投入他懷中，輕輕地道：「陸修琰，我有沒有說過我很愛你？」

彷彿有道響雷在腦中炸開一般，陸修琰整個人一下子便僵住了。

良久，他低下頭去緊緊地盯著她的眼睛，顫聲低低地道：「沒、沒有。」

秦若蕖驀地綻開明媚的笑靨，她環著他的脖頸，對著他那有幾分忐忑、幾分期待的眼神，無比輕柔、無比堅定地道：「陸修琰，我很愛你，很愛很愛，所以你要一輩子對我好，只對我一個人好！」

陸修琰呆呆地凝視著她片刻，突然用力抱住她，力道之緊，似是恨不得將她按入身體裡。他貼在她的耳畔，低啞渾厚的嗓聲同樣堅定。「好，一輩子只對妳一個人好！」

兩人靜靜相擁片刻，直到內心的激動漸漸褪去，他又聽到懷中妻子無比嬌柔的聲音。

「陸修琰。」

「嗯？」親親那紅撲撲的臉蛋。

「我想給你生個孩子。」臉蛋熱度又添了幾分。

「所以呢？」陸修琰額頭抵著她的，望著她水汪汪的杏眼，嗓音帶著掩飾不住的笑意。

秦若蕖嬌嗔地輕捶他的胸膛。「你到底要不要呀？」

陸修琰終於忍不住愉悅地笑了起來，突然用力將懷中嬌媚無限的妻子抱起，在她的驚叫聲中大步往裡間走去……

「要！」

雖說一個手上有傷，一個脖子有傷，可這完全無礙這對難夫難妻的造子計劃，很快地，讓人浮想聯翩的嬌吟低喘聲便在屋裡響起。

陸修琰覺得，這賦閒在家的日子著實太過愜意，有更多時間恣意愛憐越來越嬌、越來越媚的妻子不說，閒來還可以奴役無色大師，看著他敢怒不敢言的小模樣，能讓他的心情好上大半日。

「大師，聲音太小了。」比如此刻，他閉著眼眸躺在榻上，耳邊是無色大師稚嫩的誦經聲音。

無色大師重重地哼了一聲，更加用力地敲著木魚，「咚咚咚」的聲音迴盪在屋裡，伴著那無比響亮的誦經之聲。

陸修琰滿意了，只是過了一會兒，那經文誦著誦著，似是有些不對勁。

「南無阿彌陀佛，皇叔祖欺負小孩子；南無阿彌陀佛，佛祖快來教訓他；南無阿彌陀佛，皇叔祖是個大壞蛋；南無阿彌陀佛，佛祖快來教訓他……」

他頓時哭笑不得，伸手在他臉蛋上微微一掐，笑斥道：「就你這模樣還想當得道高僧？」

無色摸摸被掐得有點疼的肉臉蛋，衝著他扮了個鬼臉。「我是酒肉小和尚嘛！」

「你不引以為恥反而引以為榮？」陸修琰氣樂了。

無色起身衝著他扭了扭小屁屁，在他的大掌拍過來之前尖叫著如一陣風似地逃了出去。

「你又欺負酒肉小和尚。」掀簾而入的秦若藻嗔怪道。

陸修琰輕笑著將她扯入懷中，順便偷了記香，笑咪咪地道：「本王不過是在訓練他當得道高僧。」

「淨胡扯！」秦若藻捶他。

明明就是欺負小孩子，還說得這般冠冕堂皇。

「這般欺負小孩子，咱們的孩子若怕了你，不敢與你親近可怎生是好？」

陸修琰雖不解她怎地扯到了自己孩子身上，也不在意，懶洋洋地道：「咱們的孩子必不會如此。」

見他仍沒有會過意來，秦若藻嬌瞋地瞪了他一眼。「呆子！」

陸修琰愣了愣，不懂她為何會突然這般罵自己。

秦若藻羞澀地拉著他的手貼在小腹處。「你書房裡那張小床很快便有用武之地了。」

小床？陸修琰雙眼放光。

「妳、妳有、有身孕了？」

閒來無事時，他曾饒有興致地學做木工，親手做了一張精緻的小床，美其名是留給日後的孩子用，想不到這般快便可以派上用場了。

秦若藻羞答答地點了點頭。

這個月她的癸水久久不至，多多少少猜到了幾分，只是也不敢肯定，偷偷讓楊嬤嬤給她把了脈，確認無誤後才滿心歡喜地來告訴他這個好消息。

陸修琰大喜，重重地在她臉上親了一口，朗聲大笑。

「本王有孩子了！」

相比端王府彷彿與世隔絕般的幸福，宮裡的日子便顯得不那麼平靜了。

當日宣和帝下旨處置沈柔時，並沒有點明她的身分與殺人動機，只是簡單地下旨將凶手賜死。康太妃自然不滿意他這般草草了事，大吵大鬧了幾回均不得果便也漸漸歇了下來。

可是不知她從何處得知，殺了女兒的是沈家早應該死去多年的大姑娘沈柔，當下，因女兒慘死而生出的憤怒洶湧而出。

這日，紀皇后打點著給再度有孕的鄭王妃的賞賜，忽聽宮女急忙來稟，說太妃娘娘突然傳召沈夫人進宮。

她心中一驚，隱隱有些不妙之感。

誠然沈柔確實是殺了怡昌，可此事追根究柢，還是怡昌作孽在前；況且沈家世代忠良，沈大人忠心為國，殫精竭慮為君分憂，便是宣和帝對他也是讚許有加，否則也不可能早早處置沈柔了事。

只是，宣和帝能放過沈家，太妃就未必了……

隨著沈柔的死，怡昌一案便算是了結了，若是沈夫人在宮中有個什麼不測，豈不是又添麻煩？

她頭疼地揉揉額角，也不敢耽誤，連忙著人更衣便急急往仁康宮趕去。

「……你們沈家女竟敢害我怡昌，我便讓你們統統不得好死，灌！給我灌下去！」還未邁入殿門，便聽見康太妃殺氣騰騰的聲音。

她暗叫不好，快步跨過門檻，大聲道：「對，還要詔告天下沈家女兒的罪行，讓天下人指著此等教女無方的父母脊梁骨痛罵，使他們再無顏面對列祖列宗！」

聽到她的聲音，正按著沈夫人欲給她灌藥的幾名宮女當即止住動作，便是康太妃也愣住了。

她倒不是意外紀皇后出現，只是被她這番話給震住了。

詔告天下沈家女兒的罪行，豈不是連怡昌做下的事也要公諸於世？教女無方，真論起來她豈不也屬於教女無方的父母嗎？百年之後，無顏面對列祖無宗……

紀皇后察言觀色，看出她心中觸動，轉身盯著鬢髮凌亂、死裡逃生的沈夫人大聲道：「毀人一生天理不容，就應讓天下人恥笑唾罵，使家族蒙羞，一輩子抬不起頭，被人戳脊梁骨！」

這番話明裡是衝著沈夫人，可字字句句卻又似是對著康太妃說的。

毀人一生天理不容，怡昌毀了沈柔一生，天理又豈能容她？到時天下人恥笑唾罵的又豈會是沈柔？蒙羞的自然也不會只有沈府。

康太妃並非蠢人，一下便想明白了其中道理，只是到底心痛女兒慘死，忽地雙腿一軟，癱坐在長榻上掩面痛哭。

殺了沈氏族人，她的女兒也回不來，可若是一切真相公諸於世，她的女兒便是死了也不得安寧……

她這一生都在爭、都在鬥，可到頭來卻得到了什麼？兒子與自己不親，女兒慘死，娘家扶不起來，便是她一直為之努力的后位，今生今世都坐不上去。

先帝在時，她是「妃」；先帝駕崩，她依然是「妃」，哪怕她的兒子已經坐上了那個位置。

為之努力的理由彷彿頃刻消失殆盡，她放任自己大聲痛哭，任由淚水在她臉上肆意橫流。

紀皇后嘆了口氣，朝著身後的宮人使了個眼色，那幾人連忙扶起沈夫人，毫無聲息地退了出去。

「母妃。」便是心裡一直有些瞧不上她，此時此刻，她對她也不禁添了幾分同情。

良久，康太妃哭聲漸止，她啞聲問：「怡昌當年為什麼要那樣對待沈柔？」

紀皇后沈默片刻，輕聲道：「因為沈柔曾評價她表裡不一、內裡藏奸。」

「僅僅因為這樣？」

「……是。」

康太妃苦笑，啞著嗓子又問：「那平寧侯府那些人呢？為何待怡昌又是那樣的冷漠？」

她一直以為女兒在婆家過得甚好，到頭來卻發現一切不過是她的自以為，怡昌的死，平寧侯府亦參與在內，否則宣和帝不會突然下旨奪了平寧侯的爵位。

「人心隔肚皮，利益驅使，又豈會全有真心。」到底心中不忍，紀皇后並沒有將怡昌生前對夫君及婆家人所為道來。

對怡昌長公主來說，宣和帝、康太妃、紀皇后這些人是她的主宰，所以在他們跟前，她是絕對地柔順服從；甚至深得宣和帝寵信的陸修琰，她也主動交好，因為對方也能成為她的保障。

可是，在她眼裡，不管是夫君盧維滔還是整個平寧侯府，都是靠著她才有今日地位，故而她才是他們的主宰，他們必須順著她的意，不能違抗。

紀皇后不知道到底是什麼造成了怡昌如此性情，只記得當年先帝為宣王擇正妃之時，怡昌明顯是與許倩瑜更親近的；後來她成了宣王妃，再到後面當了皇后，怡昌待她卻也相當友好，而她也只當是怡昌性情使然。

她不知道的是，當年怡昌親近許倩瑜，那是因為許倩瑜成為宣王正妃的可能性最大，一來宣王對許倩瑜有情；二來許倩瑜出身的許家與懿惠皇后娘家晉寧侯府是遠親，雖是出了五服，但到底有那麼一層親戚關係；三來懿惠皇后為了拉近與養子的關係，自然更傾向選擇流著許氏血脈的姑娘。

基於層層考量之下，她才做出了親近許倩瑜的決定，哪想得到懿惠皇后最終選擇的並非許倩瑜，而是沈默寡言的紀家姑娘紀璿。

「母妃，過去的便讓它過去吧！逝者已矣，恩怨是非難評斷。況且，怡昌皇妹泉下有知，也不會希望母妃一直為她傷心。」紀皇后輕聲勸道。

康太妃拭了拭淚，定定地望著她，少頃，拉著她的手道：「妳是個好的，只是我多年來心中一直有根刺，這才事事處處與妳為難。」

這個兒媳婦是懿惠皇后親自挑選的，她又怎可能喜歡得來，自然處處看她不順眼；可這麼多年下來，哪怕她再不願意承認，她也確實是最適合那個位置的。

紀皇后微微一笑，反拉著她的手輕聲道：「母妃能教導，那是臣妾的福氣。」

仁康宮中婆媳握手言和，龍乾宮中，宣和帝再度收到許倩瑜約他見面的消息。

可這一回，他卻久久沒有答覆下首正等著他決定的暗衛。

「日後有關她的一切消息，再不必報給朕。」不知過了多久，他才低低地吩咐道。

暗衛有些意外，卻也不敢多話，應了聲「是」便退了出去。

宣和帝獨自一人在殿內坐了良久，而後緩緩地抓起架上毫筆，在攤開的明黃聖旨上落字……

紀皇后是在次日一早聽聞許倩瑜夫君刑雋即將外調離京的消息。

從貼身宮女斂冬口中聽聞此事時，她有片刻的愣怔。

「據聞是皇上親自下了聖旨，將刑大人調離京城的。娘娘，皇上答應您的事當真做到了。」斂冬的聲音難掩激動。

「或許將刑大人調走了，他才更方便與刑夫人見面。」紀皇后也不過怔了須臾便冷靜下來，淡淡地道。

斂冬愣了愣，倒是沒想到這個可能。

「妳便是這般想朕的？」突然在屋內響起的低沈嗓音同時讓主僕兩人嚇了一跳，紀皇后循聲望去，竟見宣和帝站於門外，滿眼複雜地望著自己。

她一下子便移開了視線，不敢與他對視。

斂冬見狀上前行禮，而後識趣地退了出去。

「妳說，在妳心裡，朕便是那種不知廉恥、不懂人倫之人？」宣和帝來到她的身前，輕聲問。

紀皇后狼狽地避開他的視線，淡淡地道：「皇上不是那種人，皇上只是用情太深，以致有些情不自禁。」

宣和帝僵了僵，隨即苦澀地勾勾嘴角。

用情太深、情不自禁，如今他卻有些分不清這份「情」到底用到了何處去。

他一直認為他心中唯一所愛的只有許倩瑜，可不知怎地，當日紀皇后落淚的一幕，這段日子一直在腦海閃現，使得他的心隱隱抽痛。

與她成婚多年，她從未在自己面前掉過一滴眼淚。在他的記憶裡，他的妻子是個相當堅強、相當能幹的女子，這麼多年來一直將他的後宮打理得井井有條，絲毫不讓他操心。

可想而知，這個一直很堅強的妻子突然在他面前掉淚，給他帶來多劇烈的震撼。

「阿璿……」他叫著她的閨名，正想說話，忽聽身後傳來宮女驚喜的聲音。

「娘娘，大喜，端王妃有孕了！」

他正要訓斥對方不知規矩，卻在聽到這番喜訊時一下便將話嚥了回去。

「當真?!」紀皇后根本沒留意他那聲稱呼，心思全被這天大的喜訊吸引過去了。

「千真萬確，已經一個多月了。」

紀皇后大喜，臉上瞬間便染上因為歡喜而漾出的朵朵紅雲，襯著那明媚燦爛的笑靨、璀璨若星的眸光，整個人竟似暈著一層淺淺的光。

便是宣和帝，也不禁被她這難得的風情吸引目光。

良久，他才低頭攏嘴佯咳一聲，沈聲道：「朕讓他閉門思過，他倒是給朕思出一個孩子來了。」

紀皇后心情正處於極度愉悅中，聞言只是笑道：「既然思過能思出孩子來，皇上應該讓他多思幾回才是。」

對著這豔若朝陽的笑容，宣和帝不禁柔了眸色，唇角輕揚，愉悅地道：「皇后所言甚是有理！」

第四十章

久久等不到宮中來人帶她與宣和帝見面，許倩瑜也不禁急了。

是傳信之人沒有將她的意思傳給皇上，還是皇上抽不出空來見自己？

她思前想後，覺得還是前一個原因的可能性較大，往日皇上不管多忙也會與自己見面的。

只是，當夫君調任的旨意下達時，她一下便愣住了。

皇上這是什麼意思？是想讓她跟著夫君離開京城，還是想著將她獨自一人留下？

她承認自己捨不得宣和帝的溫柔耐心，可她從來沒有想過要拋棄自己的丈夫與孩子轉投他的懷抱，畢竟她很清楚，在刑雋身邊，她會是堂堂正正的刑夫人，可一旦跟了宣和帝，她這輩子都見不得光。

她思忖良久都弄不清楚宣和帝此舉真正用意，乾脆再約他相見以問個清楚明白。

將信函寫好裝入特製的小竹筒裡，她打算出門將它放到約定之處，只待暗衛前來取；哪想到剛出了院門，竟見長子刑尚德一臉陰鷙地站在門外，眼睛死死地盯著她。

「妳又要去會那姦夫了？」

她先是一怔，繼而大怒，用力一巴掌摑到他的臉上。「混帳，你在胡說些什麼?!」

會姦夫，豈不是說她是淫婦？她與皇上清清白白，從來不曾做過苟且之事，又豈能忍受此等污名！

刑尚德被她打得偏過頭去，下一刻，緩緩地轉過頭來，突然伸手奪過她手中的竹筒，用力往一旁的荷池裡扔，許倩瑜欲阻止而不得，眼睜睜地看著那竹筒掉落池中，順著池水漂漂蕩蕩。

「你在做什麼?!」她勃然大怒。

刑尚德死死地抓住她又要揊過來的掌，用力一甩，險些將她甩倒在地。

「妳以為自己的名聲還很好聽？妳不要臉，可我要臉！父親要臉！刑家上上下下都要臉！」

「我與他清清白白……」許倩瑜被他盛怒的模樣嚇了一跳，下意識地解釋道。

「清白？自妳瞞著父親與他幽會那一刻起，妳就已經不清白了！」刑尚德神色凶狠，咬牙切齒地道：「有如此不守婦道的生母，妳教我如何立足？教馨兒將來如何議親、如何做人?!」

許倩瑜臉色煞白，被兒子臉上的痛恨與厭棄深深刺痛，當她的視線掃到刑尚德身後泫然欲泣的女兒身上時，喉嚨更似是被人掐住了一般。

「母親，妳怎能、怎能做出這般不知廉恥之事來？」刑馨失望悲泣，再不想看她，轉身飛奔而去。

「馨兒……」她想追上去叫住她，可手腕卻被刑尚德緊緊地抓住。

「離她遠一點，她不需要妳這樣的生母，我，也不需要！」言畢，狠狠地甩開她的手，大步流星地往刑馨消失的方向邁去。

遠處的樹下，呂語媚嘴邊帶笑地望著這一幕，片刻，低下頭去溫柔地撫著微隆的小腹。兒子才是許倩瑜在刑府立足的根本，所以要徹底打沈她，從刑雋處入手是遠遠不夠的，還要從她最引以為傲的長子處下手。被親生兒女嫌棄痛恨，又與夫君生了嫌隙，許倩瑜，不再是她的對手……

她輕蔑地朝遠處失魂落魄的許倩瑜一笑，轉身緩緩地離開。

嫁刑雋為妾的這大半年裡，她已經認清了現實，端王早已是她一個遙不可及的夢，如今夢醒了，知道什麼才應該是她緊緊去抓牢的，哪怕她根本不愛那個名義上的夫君。

如果人生可以重來一次，她不會再執著於不屬於自己的東西，而是努力去尋找獨屬於自己的幸福。

只可惜，錯過了就是錯過了，世間從來便沒有什麼後悔藥。

陸修琰是在一個月後再度奉旨進宮的。

得到旨意後，他居然還能慢條斯理地扶著秦若蕖回屋，又親手餵她用了幾塊點心，再叮囑無色大師不許淘氣鬧騰，最後才在秦若蕖的催促下換上進宮的儀服。

臨出門前，他還偷了記香，在妻子瞋怪的目光下朗聲笑著揚長而去。

望著那步履輕快的挺拔身影，秦若蕖不自覺地揚起了幸福的笑容。

自她有孕後，陸修琰臉上的笑容越來越多，整個人也越來越輕鬆自在，完全不受撤職思過的影響，甚至偶爾心情愉悅時還會陪著無色大師在府裡瘋一陣子，哪還有半分當初持重沈穩的親王形象？

陸修琰一出府門，臉上的笑容便消失不見，待進入龍乾宮時，整張臉已經沈著瞧不出半點表情。

「臣陸修琰參見皇上，皇上萬歲萬萬歲！」相當規矩的大禮。

宣和帝眼神複雜地望著他。

這個弟弟自幼便是在他的身邊長大的，他又豈會不清楚他這是在鬧情緒？而能讓他衝自己鬧情緒的，想來只有當日他欲殺秦氏一事了。

他低低地嘆了口氣，無力地衝他揮了揮手。「起來吧！」

「謝皇上！不知皇上召臣前來有何要事？」陸修琰躬著身，恭恭敬敬地問。

「得了、得了，你還有完沒完，她不是好好的嗎？如今還懷了你的骨肉。」見他這模樣，宣和帝也不禁來了脾氣。

陸修琰梗著脖子道：「她能好好地懷著孩子在臣的身邊，那是因為皇嫂的大恩大德。」

宣和帝被他一噎，一時說不出話來，唯有恨恨地瞪他。

陸修琰不甘示弱，亦用力地瞪回去。

一時間，兩人大眼瞪小眼互不相讓。

「噗哧。」突然響起的清脆笑聲讓兩人同時回過神來，不約而同地望去，對上紀皇后忍俊不禁的臉龐。

「啊！對不起、對不起，臣妾失儀。」紀皇后用帕輕掩雙唇，笑著道。

這一鬧，兩個同樣高壯的男子同時不自在地摸了摸鼻子。

好一會兒，陸修琰才拂拂衣袖，上前見過紀皇后。

宣和帝亦連忙上前扶著妻子，輕聲問：「怎麼過來了？」

「母妃賜了串佛珠，說是有安神功效，皇上最近睡得不好，臣妾特意拿來給皇上。」紀皇后道明來意。

「又何須妳特意跑一趟，朕處理完政事便回去了。」

「政事雖重要，可皇上也得保重龍體。」

「朕都知道，妳放心。」

紀皇后微微一笑。「皇上與六皇弟既有事情商議，臣妾不打擾了，便且告退。」

宣和帝點點頭，親手為她攏了攏披風，吩咐著斂冬好生伺候，這才目送著她離開。

當他依依不捨地收回視線時，當即便對上了陸修琰那似笑非笑的表情，對方下一刻說出的話，更險些氣得他一口氣提不上來。

「豁然省悟，悔過自新？」

「你、你這個不肖……弟！」他氣得臉色鐵青，手指指著他抖啊抖的。

不肖弟？陸修琰再忍不住笑出聲，越發讓宣和帝的臉色更難看了。

好一會兒，他才斂下笑意，認真地道：「皇嫂的性情，極剛難折，她被您傷了心，怕是從此將心封閉，再不輕易開啟。」

宣和帝眼神一黯，苦笑一聲。

這一點，他又豈會不知道，看似體貼入微處處照顧，其實也不過是盡本分罷了。

「那一位，不要了？」片刻，他又聽陸修琰問。

他沈默不語，明白他所指的是許倩瑜。

良久，他才嘆道：「她是年少時的一個夢想，可夢畢竟只是夢，又怎及得上現實的溫暖？是朕一直被蒙了心，這才一再做下糊塗事。」頓了頓正色道：「朕此次召你前來，是為了冊立太子之事。」

陸修琰微怔。「皇兄這是確定人選了？不再試探了？」

宣和帝搖頭。「不必再試了，無謂的試探只會讓父子君臣間產生隔閡。」

陸修琰頷首表示贊同。

「朕打算明日便降下旨意，冊立皇長子宥恒為太子，你覺得如何？」

「是因為當日他救駕？」

「並非全是，那事只不過是讓朕想得更明白罷了。」宣和帝嘆道：「宥恒性情仁厚寬和，抉擇果斷，處事亦不失公允，當能傳承朕的江山。」

「如此，臣弟恭賀皇兄！」陸修琰退後一步，朗聲恭喜。

宣和帝捋鬚微笑，盯著他不疾不徐地道：「至於你……」突然，臉色一沈，喝道：「繼續滾回端王府給朕閉門思過！」

陸修琰被他喝得懵了懵，待聽清楚他的話後，氣得直磨牙。「臣謝皇上隆恩，臣告退！」

言畢，一拂衣袖，三步併成兩步地走出去，不過瞬間便消失在他的視線裡。

敢情他傳他進宮就是特意告知他，他要立宥恒為太子了？他氣悶地想。

一會兒，一絲若有還無的笑意綻於嘴角。

出了宮門、上了車駕，他本想吩咐回府，可想到昨日收到大理寺楊大人報來的關於平王病重的消息，心微微沈了沈，決定去瞧瞧平王。

總歸是兄弟一場，不管怎樣也應該見他最後一面才是。

再一次見到平王時，他不禁吃了一驚。眼前的男子著實消瘦得厲害，整個人瞧來只剩下一副骨架。

「是六弟啊……」平王緩緩抬眸，認出是他，勉強扯出一絲笑容。

「二皇兄。」陸修琰嘆息著在床沿處坐下。

「臨死前能見六弟一面，也算是老天爺不可多得的眷顧了。」平王靠坐在床上，喟嘆道。

「皇兄休要如此說。不知皇兄得到什麼病，可曾請太醫？」

平王搖搖頭。「我自知自己事，能撐到今日，多虧六弟一番照顧。」

陸修琰沈默一會兒，輕聲道：「並非全是修琰之功，三皇兄他……也是知道的。」

宣和帝陸修樘，先帝第三子，亦即陸修琰口中的三皇兄。

平王的臉色一下便沈了下來，他冷冷地道：「是嗎？那我是不是要向他謝恩，謝他准我苟延殘喘至今。」

「三皇兄其實——」

「好了，不必再提他。」平王徹底冷了臉，打斷他的話。只是想了想，到底不甘，忽地問道：「六皇弟，你可知當年母后是怎樣死的？」

母后是怎樣死的？

「難產血崩而亡……」提及生母之死，陸修琰仍是忍不住難過。

「可你是否知道，母后因何會難產？」平王繼續追問。

陸修琰又是一怔。這一層他倒是不清楚，人人都認為懿惠皇后年長有孕，加上又是頭胎，自然生產凶險，因而……

「那是因為康妃，亦即你三皇兄的生母，如今的康太妃推了她一把，這才導致她提前生產，最終艱難生下你，連抱都來不及抱你一下便含恨而終！」平王的臉色瞧來有幾分猙獰。

似是有盆冷水兜頭淋下，陸修琰徹底僵住了。

他顫著唇，哆嗦著道：「不、不可能，這、這不可能……」

「為什麼不可能？若非她犯下如此大錯，你以為父皇又怎會下了那麼一道遺旨？一道讓康妃永遠不能稱太后的遺旨？」平王殘忍地打破他最後一絲希望。

陸修琰身子一晃，臉上血色亦一下子褪得乾淨。他再不願聽下去，跌跌撞撞地離開這個讓他窒息的地方。

看著他失魂落魄的背影，平王難得地露出幾分悔意來，最終，他長長地嘆了口氣，閉目靠著床頭。

懿惠皇后當真是一位很了不起的母親，明知康妃害了自己，可為了兒子，她卻撐著一口氣做了最後的安排。

先是一再懇求皇帝饒恕康妃，再是將幼子託付宣王妃紀璿，最後當著宣王夫婦的面，懇請皇帝許兒子一個平和無爭的未來。

為康妃求情，是為了讓宣王欠下她一個天大的人情；將兒子託付宣王妃，是為了安宣王因為嫡皇子的降生而不安的心；到最後那一請求，更是直截了當地告訴宣王，她的兒子不會成為威脅。

一步一步，那個女人，連自己的死都能利用得那麼徹底。

或許這便是傳說中的慈母心吧？可惜這輩子他都體會不到這樣的慈心。

當晚，平王陸修琮病逝。

乍見陸修琰失魂落魄地回來，秦若蕖大吃一驚，以為是宣和帝斥責了他，只是也不敢多問，體貼地行至他的身邊，輕柔地為他按捏著肩膀。

「回來了？我讓人燉了些湯，給你端一碗可好？」

陸修琰將她抱到腿上，緊緊地環住她的腰，下頷搭在她的肩窩處，啞聲道：「我方才去見二皇兄了。」

平王？秦若蘂有幾分意外。

「然後呢？是不是平王對你說了些什麼話？」她輕聲問。

陸修琰將她摟得更緊，心情低落地道：「二皇兄他告訴我，當年母后之所以難產，是因為太妃娘娘推了她一把，這才使得她提前生產，最終……」

他低低地將從平王處聽到的事一五一十地告訴秦若蘂。

秦若蘂聽罷愣住了。懿惠皇后早產竟是康太妃的緣故？

她沈默片刻，在他懷中轉過身去，抱著他的脖頸，望著他的眼睛認真地道：「陸修琰，母后她很疼愛你，便是臨終前仍是盡自己最大的能力為你鋪好一條最平坦的路，所以，她不會希望你糾結這些不開心之事。」

「嗯，我知道……」陸修琰回了句。

他自然知道母后很愛他，從她留給自己的那些小衣裳、小鞋子便清楚，只是一時有些接受不了，他的母后會離世，其中有康太妃的手筆。

甚至他還曾想過，若是當年沒有康太妃那一推，說不定母后不會難產，而是平平安安地生下自己，而他也不會一出生便沒了母后的疼愛。

這種念頭在他腦中瘋狂生長，漸漸地滋生出更加瘋狂的想法——是康太妃害死了他的母后！

秦若蘂自然明白他心中的複雜。

她親親他的額頭，溫柔地道：「母后其實完全可以為自己出氣報仇，可是她並沒有這樣做，因為在她的心裡，只有你能夠平安成長才是最重要的。」

陸修琰將她摟得更緊。

「雖然你沒有母后的照顧與疼愛，可是父皇、皇上、皇后娘娘他們都很疼你。」微微頓了頓，她又輕聲道：「父皇那一道遺旨……只要太妃一日還是太妃，便是提醒著皇上她曾經對母后做過什麼事，皇上亦會一直放不下；他一日放不下，對太妃的心結便會始終存在。」

陸修琰緩緩抬頭，對上她溫柔的眼神，良久，額頭抵著她的低低地喚。「阿蕖。」

「嗯？」

「待孩子出生後，我便陪妳回去看望老夫人和岳丈大人，可好？」

秦若蕖唇邊漾著歡喜的笑容，脆聲應道：「好！」

陸修琰環著她的腰，大掌輕輕地覆在她的小腹處。

是啊，他雖然沒有福氣能承歡母后膝下，可他還有許多疼愛自己的親人，父皇、皇兄、皇嫂，如今還有他摯愛的妻子和即將出生的孩子。

「還要帶上酒肉小和尚，到時順道再去一趟萬華寺，讓他與住持方丈他們團聚團聚。」秦若蕖歡歡喜喜地道出她心中計劃。

陸修琰也不自禁地被她的笑容感染，更是一掃方才的陰霾。「好，還要帶他吃遍岳梁城各酒樓的招牌點心。」

秦若蕖「噗哧」一聲笑了出來。「到時他肯定歡喜得找不著北，只是你可要記得帶夠銀兩。」

「不怕，若是銀兩不夠，便留下無色大師洗碗抵債；當然，若是人家掌櫃不嫌棄，請大師為他誦幾遍經抵債亦可。」

秦若蕖樂得掩嘴格格直笑。「若是如此，只怕會把上門的客人嚇跑。」

夫妻你一言、我一語說得正開心，無色大師「咚咚咚」的腳步聲便從外頭傳了進來。

秦若蕖有些害羞地從他懷中離開，陸修琰知她臉皮薄，便也由她。

「皇叔祖、皇叔祖……」小傢伙一陣風似地颳了進來，扯著陸修琰的袖口直叫喚。

陸修琰被他扯得手臂一晃一晃，無奈地抓住他的手緊緊地包在掌中。「大師有何指教？」

「皇叔祖，他們都說爹爹被皇祖父關起來了，那母親呢？母親在哪裡？」小傢伙急得小臉通紅，一副快哭出來的模樣。

陸修琰怔了怔，望向他那泛著淚光的雙眸，雖不確定他是從何處聽到的消息，只是也清楚這些必是瞞不過他的，斟酌一會兒方道：「你爹爹他做錯了事，皇祖父把他關起來，你母親如今在陪著他、照顧他。」

「那、那皇祖父不惱了便會將爹爹放出來嗎？還有母親，她若得空了會來看我嗎？皇叔祖，我有點想母親了……」

陸修琰嘆息著摸摸他的腦袋瓜子，他說想母親，可見曹氏確實是真心疼愛他。他早應該想到才是，當日在章王府書房找不到解藥，便是曹氏先行一步取了去。曹氏是陸宥誠的妻子，對陸宥誠的事想來比外人知道的更多些，否則也不會想到去盜那解藥。

陸宥誠有今日下場全是咎由自取，只可惜了曹氏被夫牽連。

不過，陸宥誠到底是皇兄親生兒子，以皇兄的性情，想來也不會讓人太過作踐他。

「會嗎、會嗎？皇叔祖、皇叔祖？」無色見他不回答，又重複地大聲問了幾句。

「會的，等你皇祖父不惱了……」到底不忍給他虛無的希望，陸修琰含含糊糊地回答。

無色一聽，頓時放下心來，只是一會兒，他又追問：「那我可以去看看母親嗎？我許久沒見她了。」

說到後面，他的聲音有些悶悶的。

陸修琰沈默不語。

「酒肉小和尚……」一旁的秦若蕖看出他的為難，正想勸勸無色，卻被陸修琰打斷了。

「鑫兒，你可願意日後與皇叔祖一起生活？」陸修琰低著頭，盯著他那雙黑白分明的滴溜溜大眼睛，相當認真地問。

他竟忘了，無色不再是什麼也不懂的小孩子，他已經慢慢長大，有自己的判斷、有自己的想法，他已經自作主張一回，不應該再私自為他決定。

無色呆了呆，小嘴微張。「和皇叔祖、和芋頭姊姊一起嗎？」

「是啊，你可願意？」秦若蕖也加入行列，輕聲問。

「願意啊！可是、可是，若是我和你們一起了，那、那母親怎麼辦？」小傢伙有些苦惱地撓撓後腦勺。

他望了望亦是一臉為難的陸修琰，再看看秦若蕖，最後，目光落到秦若蕖的小腹處，而後，用力跺了跺腳，好不艱難地道：「我跟你們一起，我要看著妹妹出生，然後教她讀書習武。」

陸修琰聞言挑挑眉，想要糾正他的稱呼，話到嘴邊又改變了主意。

秦若蕖沒有留意這一點，笑咪咪地捏捏他的肉臉蛋。「你怎麼就肯定是妹妹？」

「我就是知道啊！」無色睜大了眼睛。

都說小孩子的話極準，秦若蕖也有幾分相信，況且生的是兒子還是女兒，不管是她還是陸修琰都不在意，故而笑道：「既如此，那妹妹便拜託你了。」

「不客氣、不客氣。」小傢伙眉眼彎彎地朝她拱拱手。

陸修琰失笑，覺得將來有這兩個活寶在身邊，他怕是連情緒低落的時刻都沒有。

平王的死訊傳到宮中時，宣和帝也只是淡淡地道了聲「知道了」，便再無話。

翌日早朝，冊封鄭王陸宥恒為太子的旨意便正式詔告天下，如此盛事，自然再無人關注那曾經風光無邊、最終下場淒慘的平王。

因陸修琰禁足閉門謝客，故而秦澤苡等秦氏族人雖得知秦若蕖有孕的消息，也不好上門探望，只讓人送了賀禮前來。

秦若蕖一一收下，又回了禮，再細細問了岳玲瓏之事，知道嫂嫂產期便是這幾日，一時心裡既高興又忐忑。

只待相隔數日秦府傳來喜訊，岳玲瓏平安產下一子，她又驚又喜，樂得團團轉地整理著欲給小姪兒的見面禮。

陸修琰笑著坐在一旁看著她，並不阻止。

好不容易禁足期滿，他頭一件事便是帶著有孕的妻子前去拜見親舅晉寧侯許昌洲。

得知外甥媳婦有孕，一向不苟言笑的許昌洲也抑制不住滿臉的笑容，一旁的晉寧侯夫人更是笑得合不攏嘴，拉著秦若蕖的手關切地問來問去。

四人坐了一陣子，晉寧侯夫人便牽著秦若蕖到別屋裡說些孕婦的體己話，陸修琰自然不必跟上。

這一下，屋內便只剩下許昌洲與陸修琰舅甥兩人。

陸修琰遲疑了一陣子，終是忍不住輕聲問：「舅舅，外祖父當年怎會、怎會……」

許昌洲瞥了他一眼，放下手中的茶盞。「你想問你外祖父怎會願意將女兒送入宮中？」

陸修琰點點頭。

他知道父皇一直很尊敬外祖父，而以外祖父的性子，再加上許氏家訓，是絕不願意將自家姑娘嫁給注定會妻妾成群的皇室男兒的。

「你外祖父從來都不願意，堅持要嫁的是你母后。」

「母后？」陸修琰愣住了。

「是啊，那傻丫頭不知怎麼想的，無論別人怎麼勸也不聽。」提到那執拗的妹妹，許昌洲嘆氣。

「為什麼？母后應該不是那種在意名利榮華的女子。」陸修琰低低地又問。

「除了情字，還能有什麼原因？枉她自負聰明，偏偏……你父皇是位明君，卻非良人。」

是明君，非良人……

所以，母后的情意最終在漫長的宮中歲月中消耗殆盡，所以，才會有兄嫂及史書記載的，寬和聰慧、賢良淑德的一代賢后。

想到幼時曾偶爾聽父皇提及母后，說她總是一副雲淡風輕，彷彿什麼也不放在心上、什麼也不在意的模樣。

他不禁長長地嘆了口氣，心中不知怎麼有些許難受。

父皇他可知道，自己錯過了母后的愛？

便是初時不知道，到後來總會有所察覺的吧？那些年，他曾無數次怔怔地望著自己出神，想來是透過自己去追憶早已逝去的母后吧？

「修琰，好好待你的妻子，人的心很脆弱，禁不起半點傷害。」許昌洲語重心長地拍拍他的肩，低聲道。

「舅舅放心，修琰知道應該怎樣做。」

自始至終，許昌洲都沒有問他無端被撤職之事，更沒有問他日後的打算，彷彿這不過是一場尋常的親人團聚罷了。

陸宥誠的死訊傳來時，陸修琰的確有些始料未及，只是深思一陣子便又覺得在意料當中。

陸宥誠本就是個心高氣傲又心胸狹窄之人，對自己的下場始終忿忿不平。陸修琰早有聽聞他自被囚後日日買醉，醉後便大聲怒罵宣和帝的不公、陸宥恒的奸詐，以及他的陰險。平王的死及陸宥恒被冊立為太子的消息，先後傳入他的耳中，越發讓他暴躁多怒，最終在一次大醉之後突然暴斃，經刑部仵作細查，證實為飲酒過量而亡。

宣和帝得知後大病了一場，陸宥誠雖是犯下大錯，但到底是親生骨肉，如今驟然離去，難免心傷。

因生父亡故，無色身為人子，自然得披麻帶孝，所幸宣和帝雖貶了陸宥誠為庶人，但對他的妻妾兒女並沒有為難，仍是准其留在原本的章王府中。

一身縞素的曹氏高坐在上首，冷冷地掃視著陸宥誠留下的一眾妾室，被她的目光掃到的，均不自禁地縮了縮身子。

先前曹氏隨侍夫君，這偌大的府邸便沒了名正言順當家之人，自然人人心裡都打起了算盤，一時間，竟把整個府邸鬧得烏煙瘴氣；尤其是錢側妃與張庶妃，這兩人都生有兒子，自覺比只生了女兒的李側妃要高一等，更不將那些連一兒半女都生不出來的姬妾放在眼內。至於原本的什麼等級啊、品階啊，笑話！平民百姓家除了妻就是妾，而她們統統是妾，還有什麼高低貴賤之分！

故而，曾經趾高氣揚的李側妃，竟生生被張庶妃壓了一頭去。

只是如今曹氏歸來……一切便又有所不同了。

「母親，我讓染梅姊姊端來的參湯，妳可喝了？」無色邁過門檻，朝著曹氏蹦蹦跳跳地跑來。

乍見他出現，曹氏身上的冷意便褪了下去。

「喝了、喝了。你怎麼過來了？」曹氏為他整整領子，輕聲問。

「竹英姊姊說妳這陣子總是吃不下東西，我特意來監督的。」無色笑咪咪地盯著她。

曹氏失笑，心裡卻是熨貼得很。

「別聽那丫鬟亂說，母親只是胃口不大好，故而才吃得少了些。」

「那我以後天天來陪妳用餐，青玉姊姊說了，有我陪著的話，母親便會吃得很香。」小傢伙說得頭頭是道。

曹氏一時不解這青玉是何人，詢問的目光便投向一旁的竹英。

「青玉是端王妃身邊的大丫鬟。」竹英笑著為她解疑。

曹氏微微一笑，牽著他的小手往門外走，絲毫不理會身後那些姬妾。

「這話青玉姑娘倒是說對了。」

「真的嗎？那我天天來陪妳，但是妳可不能像皇叔祖那樣動不動笑話人家吃得像隻小豬。」

「你可以再多吃些，母親絕不笑話。」

母子兩人的對話遠遠飄來，屋內眾女神色各異。

錢側妃低著頭暗地思忖。

章王府已經徹底完了，反倒是曾經最讓她瞧不上的陸淮鑫，身後因有端王夫婦撐著，又得曹氏愛護，前程比起自己的兒子竟不知要光明多少倍。

她一時又有些慶幸，慶幸兒子當初不聽她的話，總愛偷偷地跟著兄長玩耍，也使得相比其他孩子，無色與她的兒子更親近些；至於同樣育有一子的張庶妃……

她瞥了一眼抿著嘴不知在想些什麼的張庶妃，暗地冷哼一聲。

秦若蕖是在一個陽光明媚的日子裡突然破水的，送入佈置妥當的產房幾個時辰後，一陣哇哇哇的嬰孩啼哭聲便傳了出來。

「恭喜王爺，恭喜王爺，王妃生了位小郡主！」道喜之聲爭先恐後地傳出，讓一直候在門外的陸修琰再忍不住哈哈大笑起來。

「賞，重重有賞！」

很快地，消息便傳入宮中，宣和帝雖有些遺憾生的不是兒子，但紀皇后倒不在意，笑著道：「先開花後結果，如今來了位小郡主，下回可不是要來小世子了嗎？」

宣和帝一想，深以為然，當即捋鬚大笑。

端王府內，陸修琰抱著新得的寶貝女兒愛不釋手。多虧了無色大師當年死皮賴臉地討要抱抱，這才使得他如今初次抱女兒也能有模有樣，讓一旁的奶嬤嬤嘖嘖稱奇。

秦若蕖的身體一向極好，孕期期間又有夫君寸步不離的陪伴，素嵐、青玉等人的精心照顧，心情一直保持愉悅，故而生產得極為順利。產後雖是有些疲倦，但睡了一陣後又用了清粥小菜，整個人瞧著竟容光煥發。

「阿蕖妳瞧妳瞧，咱們的女兒多可愛啊！」陸修琰一臉獻寶地抱著女兒直往她身邊湊。

秦若蕖探過去一望，當即噘起了嘴。「紅彤彤、皺巴巴的……」

陸修琰聽出她話中的嫌棄，生氣地瞪她。「不許這樣說我的女兒！」

秦若蕖「噗哧」一下笑出聲來，嗔道：「我十月懷胎生下她，難不成連說說都不行了？」

陸修琰輕哼一聲，低下頭去一臉寵溺地望著熟睡中的寶貝女兒。

看著他這副有女萬事足的模樣，秦若蕖心中一片柔軟。

都說愛一個人最好的表現，便是愛她生下的孩子，並且認定他們的孩子是這世間最可愛的孩子，正如她眼前這個抱著女兒笑得一臉滿足歡欣的男子。

「皇叔祖，妹妹呢？我要看妹妹！」一家三口溫情脈脈，卻不防被無色的大嗓門打斷，秦若蕖一抬頭，已見無色如炮彈闖了進來。

陸修琰心情正好，也不與他講究什麼規矩不規矩，好脾氣地微微彎了彎腰，讓小傢伙看清他懷中的寶貝女兒。

「這就是妹妹嗎？怎麼像隻小猴子一樣？」無色納悶地撓撓後腦勺。

不待陸修琰啐他，他又加了句。「不過就算是小猴子也沒關係，我一樣會好好地教她唸書習武的。」

陸修琰小心翼翼地將女兒送到秦若蕖的懷中，瞥了小傢伙一眼，而後不疾不徐地道：「她不是妹妹，她是你姑姑。」

姑姑？無色顯然愣住了。

下一刻，他哇哇叫著直跳腳。「不是、不是，她就是妹妹、就是妹妹，我才不要她當姑姑，不要、不要！」

虧死人，當真是虧死人！芋頭姊姊成了叔祖母倒也罷了，如今這個剛出生的小猴子居然要當他的姑姑？不行，絕對不行，打死他也不行！

他這一大叫，原本睡得正熟的「姑姑」一下子被吵醒了，當即扯著嗓門哇哇哇地大哭起來，慌得秦若蕖連忙去哄。

「不行、不行，不要姑姑，不要姑姑……」

「嗚哇、嗚哇……」

「乖，莫哭了，都是鑫姪兒壞，吵到小姑姑睡覺。」陸修琰加入哄女兒的行列。

「不准叫人家姪兒，人家才不是她的姪兒！」無色大師更大聲地抗議，堅決要維護早已碎成渣渣的「輩分」。

「酒肉小和尚，你再怎麼不肯承認，她還是你姑姑啊！」秦若蕖百忙之中也不忘勸他接受現實。

「我要回萬華寺，我要當師叔祖！你們太欺負人了，太欺負人了！」恨恨跺腳，強烈譴責。

霎時間，整個屋裡鬧成一團，嬰孩的哭聲、孩童的吵鬧不依聲、年輕男子別有用意的輕哄聲……種種聲音交織在一起，越發顯得整座府邸熱鬧非凡。

最後，還是青玉忍著笑意上前，哄著氣呼呼的無色大師下去用些香甜可口的糕點，這才讓他再度展現笑容。

陸修琰見狀，再忍不住哈哈一笑。

「你怎麼總這般欺負他啊，小心他到皇后娘娘跟前告狀去。」秦若蕖沒好氣地戳戳他的臉，嬌嗔道。

陸修琰一口將那根作惡的手指含著磨了磨，滿意地看著她的臉頰一點一點地暈上紅霞。

端王府小郡主自出生便注定了集萬千寵愛在一身，不提寵她如珠如寶的父母，便是宮中的宣和帝與紀皇后也對小丫頭疼到不行，更不必說秦澤苡、陸宥恒等人對她的喜愛。

生了個女兒還能這麼得寵，端王妃頓時成了京城大小人家夫人、小姐的羨慕對象。

而遙遠的益安城內，白髮蒼蒼的秦老夫人正跪在佛前唸著經，忽聽身後秦三夫人歡喜的聲音。

「母親，生了、生了！阿蕖生了個小郡主，母女平安！」

秦老夫人混濁的眼睛陡然一亮，一會兒有些擔憂地道：「是個女兒，不知王爺……」

「母親放心，澤苡來了信，王爺對小郡主可疼得厲害，時時抱著都不肯撒手。」秦三夫人明白她的擔心，笑著道。

「這就好、這就好……」秦老夫人總算放下心來。

「小郡主長得像阿藻還是像王爺？」少頃，她有些期待地問。

「像阿藻，澤苡說了，跟阿藻就像一個模子印出來一般。」秦三夫人扶著她在太師椅上落坐，親手為她倒了杯茶，再送到她的手中，看著她抓牢了才鬆開。

「像阿藻，那必定長得乖巧可愛。」秦老夫人臉上洋溢著喜悅的笑容。

望著她明顯蒼老了不少的容顏，想到這些年她日日夜夜被思念及愧疚所折磨，秦三夫人暗暗嘆了口氣。

「待小郡主再大些，王爺便會帶著阿藻回來看您。」

儘管這些謊話已經說了無數回，可每一回，都能瞬間讓秦老夫人綻開笑顏。

「不急、不急，小郡主還小，離不開爹娘，不好遠行，我這把老骨頭還硬朗著呢，再等等也不要緊。」

有希望才能活得長久，因為有希望，所以她才一次又一次地戰勝病魔，堅強地等著遠方的孫女兒歸來……

「嗯，母親說得是。」秦三夫人背過身去拭了拭淚，這才若無其事地笑著附和。

第四十一章

陸修琰覺得，天底下再沒有比他的女兒可愛的孩子了，尤其是隨著小姑娘一日大過一日，五官長開了、會笑了，一逗她，便會逸出一連串又軟又甜、讓他愛到不行的笑聲。

秦若蕖進屋時，便見陸修琰與無色兩人一人一邊地圍在那張精緻的小床邊逗著床上的小丫頭，不過一會兒的工夫，嬰孩特有的嬌嫩笑聲便灑了滿屋。

「你看、你看，她笑了，她笑了！」無色拉著陸修琰的袖口，指著笑得眉眼彎彎的小丫頭驚喜地大聲叫道。

陸修琰笑著拍拍他的手，聽見身後熟悉的腳步聲時回頭一望，當即迎了上去，牽著秦若蕖的手並肩坐在貴妃榻上，輕聲問：「東西可都收拾好了？」

「都收拾好了。」秦若蕖點點頭，頓了頓，略有些遲疑地問：「皇上真的同意你離京了嗎？」

「我已經是閒人一個，哪裡去不得？況且咱們又不是一去不回。放心吧，皇兄他並沒有反對。」陸修琰在她臉上偷親一下，慢條斯理地道。

秦若蕖這才放下心來。

「那咱們便按原定的計劃，先帶酒肉小和尚到萬華寺，讓他與住持大師他們團聚；接著往酈陽去見爹爹，也讓爹爹見見外孫女兒，最後便到益安去探望祖母她老人家，末了再取道往岳梁接酒肉小和尚。」

「好，如此安排實是最好不過了。」陸修琰頷首表示贊同。

「真的帶我回去見師父和大師兄他們嗎？」無色耳尖地聽到他們的談話，也不哄「小姑姑」了，屁顛屁顛地跑過來，眨著滴溜溜的眼睛一臉期待。

「這是自然，快要見到住持大師他們了，心裡可高興？」秦若蕖笑咪咪地問。

「高興、高興，再高興不過了！」無色樂得直翻筋斗，驚得正邁步進來的青玉險些將手上的茶壺都打翻了。

陸修琰與秦若蕖對望一眼，均有些忍俊不禁。

「對了、對了，還要跟母親說一聲，免得她心裡掛念。」無色突然停下動作，一溜煙地跑了出去，遠遠便傳來他喚茗忠備車的聲音。

陸修琰望著他遠去的身影，讚許地點了點頭。「果真是長大了，也會為人著想了。」

他已經徵求了曹氏的同意，不過無色再親自前去說一聲自然更好。

秦若蕖抱著女兒在懷中輕哄著，聽到他這話也不禁笑道：「他長大許多，也不知住持大師他們可還認得出？」

「自己親手帶大的孩子，不管他長得什麼樣都會認得出。來，爹爹抱抱。」他一面說著，一面行至她的身邊，接手將女兒抱過來，看著小丫頭小小地打了個呵欠，眼皮眨幾下，不過半晌的工夫便睡了過去。

「這丫頭不愛哭也不愛鬧，又乖又聽話，天底下怎麼會有這般可愛的孩子呢！」陸修琰愛不釋手地抱著軟綿綿的小女兒，喟嘆道。

秦若蕖再忍不住笑出聲來，沒好氣地瞋了他一眼。

這人真是夠了，老王賣瓜也不是這般自誇的。

得知他們夫婦打算南下看望父親與祖母，秦澤苡本是欲與他們同行的，只可惜公事忙碌，唯有歇了心思。

「哥哥，你不再惱爹爹了嗎？」秦若蕖沈思片刻，輕聲問。

秦澤苡長長地嘆了口氣，低低地道：「前些日我作了個夢，夢見小時候咱們一家四口開開心心的日子，娘一如記憶中那麼溫柔、那麼慈愛。阿蕖，這麼多年來我一直在想，我到底在惱他什麼？他雖然娶了別人，可他對咱們兄妹卻始終疼愛；便是娘親，在他的心裡也占據著別人永遠無法侵占的地位……阿蕖，他老了，上個月洗墨來信，說他大病了一場，身體也不如往些年好，近來更是經常一個人對著空空的屋子自言自語，偶爾還會喚著娘親與咱們的名字。子欲養而親不在，那是為人子女最悲哀之事。阿蕖，這種悲傷我已經承受了一回，再不願承受第二回、第三回……所以，我放下了。」

也許是已經為人父，也許是事過境遷，他的心境早已發生變化，有許多看法與觀點也與早些年不一樣。

「待明年春闈過後，我便打算辭去身上差事，自此侍奉爹爹身側，一家人再不分開。」片刻，秦澤苡又輕聲道。

當初會選擇留京，不過是因為擔心妹妹嫁到京城後無娘家人扶持，可這些年下來，他發覺自己真的是多慮了。

不待秦若蕖再說，他緩緩從袖中取出收藏多年的那封協議書，遞到她的跟前，道：「這是當年王爺立下的字據，如今我將它交到妳的手上，或留或毀全憑妳處理。」

秦若蕖疑惑地接過一看，整個人當即僵住了。

秦澤苡嘆息著拍拍她的肩，轉身離開。

陸修琰從外頭回來時，見妻子低著頭獨自一人坐在榻上，連隔壁間被無色逗得格格直笑的女兒也引不起她的興致，一時有些奇怪，上前摟著她問：「怎麼了？這般悶悶不樂的。」

秦若蕖伸臂環著他的腰，臉蛋貼在他的胸口處，細聲細氣地問：「陸修琰，你為什麼要立下那樣的字據？」

「什麼字據？」陸修琰親了她一口，不解地反問。

「就是當年你當著哥哥的面立下的那張字據。」

陸修琰愣怔一會兒，笑問：「妳知道了？」

秦若蕖一言不發地將那已經有些發黃的紙遞給他。

陸修琰看了一眼便認出這正是當年立下的那封。

「這不算什麼，總歸這輩子我身邊也只得妳一個，妳更不可能有機會和離另嫁，既如此，這所謂字據便形同廢紙一張，立與不立又有何妨？」他毫不在意地道。

秦若蕖將他抱得更緊了。

「只不過，我一直以為舅兄那等清流學子應是視錢財如糞土，倒沒想到……妳瞧，和離另嫁不止，還要分去我八成家財呢！」他笑著指著協議書上的某一行道。

秦若蕖抬眸瞥了他一眼，也忍不住笑了。

她輕捶他的胸膛，嗔道：「讓你小瞧我哥哥，哥哥可不是那種一心唯讀聖賢書，什麼都不懂、什麼都不會的書呆子。」

陸修琰笑著點頭。「是本王當年眼拙了，只是如此人才卻不願入朝為官，確實是朝廷的損失。」

「人各有志，哥哥是個受不住束縛的，這些年肯留在國子監，也是因為不放心我遠嫁之故。」兄長的心意她又怎可能不知。

「妳有一位好兄長。」陸修琰親親她的臉蛋，含笑道。

「我還有一位好夫君！」秦若蕖笑盈盈地接了話。

陸修琰哈哈大笑，狠狠地在她嘴上親了一記。

端王夫婦帶著女兒與無色離京的那一日，碧空萬里無雲，涼風徐徐而至，溫柔地輕拂行人的臉龐，為他們驅趕炎熱。

別過送行的秦澤苡等人，馬車便帶著他們踏上了南下的路。

想到很快便可以與師父、師兄及眾多徒子、徒孫們團聚，無色興奮得小臉紅彤彤，連最喜歡逗弄的「小姑姑」也不理會了，一路上吱吱喳喳地掰著手指頭數著給師父、師兄們帶的禮物。

因帶著小女兒，陸修琰並不急著趕路，而是走一陣便停一陣，偶爾看到好景致還抱著女兒、牽著妻子下去散散心。

無色初時還會不斷地催促，可慢慢也來了興致，一行人說說笑笑的倒也不覺得悶。再長的路也終有走到盡頭的時候，終於，他們還是到達了岳梁的萬華寺。

早就得到消息的僧人乍見眼前錦衣華服的無色，彼此對望，都有些不敢相信。

「二師兄，都這般久了，怎麼你的小娃娃還沒有生出來啊！」直到見他猛地撲向圓滾滾的無癡大師，拍著他的大肚子促狹地大笑，一名二十來歲的年輕僧人方肯定地道：「是師叔祖，大家不用懷疑了。」

無癡大師圓圓的臉上盡是笑意，在他的小腦袋上輕輕拍了拍。「小師弟。」

「師叔祖您老人家可總算回來了，山裡的野果子都不知換了幾季。」

「師叔祖您老怎麼長頭髮了？長頭髮了不好看，剃了吧！」

「師叔祖、師叔祖，戒賢師兄又學了幾道拿手好菜，您又有口福了！」

「師叔祖、師叔祖……」

無色大師如同眾星捧月般被徒子、徒孫們圍在其中，笑得眼睛都瞇成了一道縫。當了這般久「孫子」，他終於又可以當「祖」了！

陸修琰只掃了他一眼便知他的心思，覺得好笑不已，抬眸見空相住持與無嗔大師幾人緩步而來，連忙迎上前去見禮。

此時的無色也看到了他們，立即從包圍中擠出來，一把撲上前去緊緊地抱著空相住持的腰，撒嬌地喚。「師父、師父，弟子可想您了……」

空相住持一時不察被他撲個正著，虧得他身邊的無嗔大師眼明手快地扶住他，才讓他穩住了身子。

「無色……」他打了個佛號，慈愛地拍拍小弟子的背。

無色不知怎地一下子便紅了眼，嗚咽著又叫了聲「師父」。

饒是空相住持也不禁眼眶微濕，一下又一下地輕輕撫著他的背，無聲地安慰著。

他身邊的無嗔等幾名弟子不約而同地別過臉去，飛快地用袖口拭了拭眼角。

此時此景，陸修琰自然不便打擾，牽著秦若蕖的手朝著無癡等人微微點頭致意，毫無聲息地離開了。

「當年我便是在此處重遇了妳，看著妳這個傻姑娘被無色大師騙得團團轉。」牽著秦若蕖的手緩步重行昔日路，一直行至當年那棵大樹下，陸修琰笑道。

秦若蕖吶吶地撓撓耳根。「酒肉小和尚一向古靈精怪的……」

陸修琰失笑，輕輕捏捏她的鼻子。「怎不說是妳傻？」

秦若蕖拂開他的手，嬌嗔地瞪了他一眼，甩開他快步往前走。

他搖頭笑笑，大步跟了上去。

「陸修琰，當年你怎麼就喜歡上我了呢？」與他攜手走了一陣，秦若蕖忽地輕聲問。

她那個時候傻乎乎的，日子也過得懵懵懂懂，連自己是不是真的喜歡對方也搞不大清楚，怎麼就讓他喜歡上了呢？

陸修琰微微一笑。「或許是被那又落水、又被馬蜂蜇的臭棋簍子觸動了心。」

又落水、又被馬蜂蜇的臭棋簍子？秦若蕖愣住了，片刻，羞窘萬分地往他肩上捶了一記。「不許再說人家那些糗事！」

陸修琰朗聲大笑，在她又要捶過來時，連忙將那小拳頭包在掌中緊緊地握著。

兩人只在岳梁逗留了兩日便啟程往酈陽而去。

馬車內，陸修琰抱著粉裝玉琢的小女兒在懷中逗弄著，引來一陣陣嬌嫩軟糯的清脆笑聲。

「萱兒乖，叫爹爹。」他輕聲哄著笑出一抹口水的小丫頭。

秦若蕖忍不住「噗哧」一聲笑了出來，嗔道：「你也太著急了，她才多大啊，就會叫爹了？」

陸修琰也不理會她，繼續無比耐心地哄著小女兒，誘她叫爹爹。

可是回答他的，只有嬰孩「咿咿啞啞」的嬌軟聲。

秦若蕖好笑地在那執著的爹爹額上戳了戳，將女兒從他懷中抱了回來，看著懷中的小姑娘睜著那雙滴溜溜的大眼睛衝她甜甜地笑著，心中愛極，忍不住低下頭去在她的臉蛋上親了親。

陸修琰含笑凝視著母女倆，展臂將這兩個心中至寶擁入懷中，先是親親大的，然後再親親小的，笑得滿足又自在。

酈陽秦宅內，秦季勳失神地坐在偌大的屋子裡，恍恍惚惚間，忽見一名女子坐在梳妝檯前，對鏡理著妝。

「清、清筠……」他喃喃地喚著，起身一步一步地朝對方走去。

那女子緩緩地轉過身來，桃腮杏臉，眉目如畫，正是他記憶中溫柔秀美的妻子。

「清筠！」他眼中光芒乍亮，大步邁過去，張臂就要將她抱住，卻一下子抱了個空。

「清筠、清筠……」他慌得大聲叫喚，如無頭蒼蠅般在屋內四處翻尋著。

「老爺，老爺，您怎麼了？」聽到異響的洗墨連忙推門而入，一見他這般模樣便明白了，快步走過去扶著他。「老爺……」

秦季勳神情有幾分呆滯地望向他，好一會兒才夢囈般道：「是洗墨啊！」

洗墨扶著他在太師椅上坐下，倒了盞茶遞到他的面前，卻聽對方低低地道：「洗墨，我又見到清筠了，最近經常會見到她，你說，她是不是來接我了？」

洗墨呼吸一窒，連忙別過臉去拭拭眼角淚意。

「老爺，您這是太累了。您不記得了？少夫人給您生了個孫兒，王妃也生了個小郡主，您如今既當了祖父，又當了外祖父呢！」

秦季勳緩緩地綻開一絲笑容。「我記得，時間過得真快，不過眨眼的工夫，澤苡與阿蘗都有自己的孩兒了，清筠泉下有知，必也會相當高興。」

「是呢，夫人若泉下有知，必會非常高興。對了，老爺，少爺來信了！」洗墨突然想起懷中的信函，連忙掏出來遞到他跟前。

「澤苡來信了？」秦季勳大喜，忙不迭地接過拆開細閱，看著看著，整個人激動得顫慄不止。

「洗、洗墨，澤苡說讓我為孫兒起個名字；還有、還有，王爺帶著、帶著阿蕖及外孫女兒來看、看我了！」

「當真？恭喜老爺，賀喜老爺！」洗墨亦是驚喜萬分。少爺請老爺為兒子取名，這不就說明他已經不再惱老爺了嗎？還有小姐……

「老爺、老爺，王爺帶著王妃與小郡主到了！」正說話間，有府中下人大聲叫著小跑進來稟道。

秦季勳一聽，立即將那信函遞給洗墨，匆匆扔下一句「把它收好」便急急忙忙地迎了出去。

行至後花園裡，遠遠便見一對年輕的華服夫婦並肩前行，那身形挺拔的男子懷中還抱著一個小小的嬰孩。

這對夫婦，正是陸修琰與秦若蕖。

秦季勳的視線一下子便變得模糊，他定定地望著那兩人含笑朝自己走來，越來越近，越來越清晰。

「爹爹！」乍一見秦季勳的模樣，秦若蕖喉嚨一哽，顫聲叫了出來。

眼前的男子，兩鬢斑白，面容瘦削，微微下陷的眼窩，略有幾分佝僂的背，顯示著歲月的滄桑，哪還有半分當年清雅如玉、俊逸非凡的益安第一才子模樣。

「好、好、好，回來就好，回來就好！」秦季勳激動得聲音都顫抖起來。

秦若蕖的眼淚一下子便流了下來，再忍不住撲上前去抱著他。「爹爹，對不起，都是女兒不好……」

「都當娘了，怎還像個小孩子一般愛哭，乖，莫哭了，一直都是爹爹沒用，是爹爹對不起妳，對不起妳哥哥，更對不起妳娘……」秦季勳拍著她的背安慰著，說著說著，喉嚨似是被東西堵住了一般，再也說不下去。

看著抱頭痛哭、互相道歉的父女兩人，陸修琰微微嘆了口氣，他輕咳一聲，輕晃了晃懷中的女兒，引來小姑娘「咿咿啞啞」的聲音，這才笑著道：「岳丈大人、阿蕖，萱兒都要取笑你們了。」

話音剛落，似是回應他的話一般，小小姑娘當真格格地笑起來，稚嫩清脆的笑聲灑了滿園，一下子便衝散了原本縈繞眾人身邊的傷感。

「這、這是小郡主？」秦季勳背過身去抹了一把淚，待覺心情平復下來後，這才將視線投到陸修琰懷中的嬰孩身上，激動地問。

「岳丈大人，她是萱兒，是您的外孫女萱兒。」陸修琰笑著介紹，由著妻子接過女兒小心翼翼地往秦季勳懷裡送。

「別別別，萬一、萬一弄疼她，可、可怎生是好！」秦季勳嚇得臉都白了，可雙手碰著軟綿綿的小姑娘，對著那張與女兒幼時一般無二的臉龐，不知怎麼便不捨得鬆開了。

陸修琰有些意外他抱孩子的動作竟是這般熟練，一旁的秦若蕖看出他的不解，得意地抿嘴一笑。

「小的時候，爹爹可是經常抱著我在園子裡玩耍的。」她的語氣，有些驕傲，也有些懷念。

陸修琰微微一笑，目光落到熟練地哄著外孫女兒，將小姑娘逗得格格地笑個不停的秦季勳身上，看著他明顯比當年消瘦的身軀，心中暗暗地嘆了口氣。

「園子裡風大，老爺不請王爺、王妃回屋裡坐坐嗎？」遠遠地站在一旁的素嵐拭了拭淚，笑著上前道。

秦季勳如夢初醒。「對對對，瞧我這老糊塗！王爺，阿蕖，快快隨我到屋裡坐。」

這一日，事隔多年的酈陽秦宅，終於再度迎來了歡笑聲。

素嵐含淚注視著屋內說笑不止的三代人，片刻，掀開門簾靜靜地退了出去。

「青玉？」出了院門再走出一段距離，見青玉愣愣地站在假山石旁，她不解地上前輕喚。

青玉回過神來，見是她，語氣有些落寞地道：「嵐姨，當年我哥哥便是在這座府邸犯下了一輩子的大錯嗎？」

素嵐一愣，少頃，嘆息上前摟過她，輕聲道：「傻姑娘，都過去了，妳哥哥身不由己，不管是我還是王妃，甚至九泉之下的夫人，也不會怪他的。」

「是的，青玉，我也好，我娘也罷，都不會怪妳哥哥的。」秦若蕖不知什麼時候來到她們的身邊，聞言亦低低地道。

青玉紅著眼，嗚咽著喚。「王妃……」

秦若蕖執著她的手，輕聲道：「這麼多年來，妳一直陪在我的身邊，沒有妳，便沒有如今的秦若蕖；至於妳哥哥之事，嵐姨已經跟我說過了，當年若非有他，只怕我也早隨我娘去了。所以，青玉，不要再愧疚，更不要再懷著贖罪之心，妳不欠任何人。」

「我、我明白了，四小姐，不，蕖小姐……」

秦若蕖輕聲笑了起來，用力擁抱她一下，道：「我是四小姐，也是蕖小姐，更是端王妃。」

青玉只怔了須臾便明白她話中意思，瞬間便綻開了帶淚的笑顏。「是，王妃！」

「回屋歇息去吧，趕了這些天的路也該累了。」秦若蕖輕拍拍她的手背，叮囑道。

待青玉走後，她轉身便見素嵐一臉欣慰地望著自己。

「小姐，妳真的長大了！」

秦若蕖不好意思地微微低下頭，蚊蚋般喚了聲。「嵐姨……」

素嵐正欲再說，忽見陸修琰邁步朝這邊走來，她笑了笑，遙遙朝著對方福了福，毫無聲息地離開了。

秦若蕖得不到她的回應，正覺奇怪，左手突然被人牽著，緊接著耳邊便響起陸修琰醇厚的嗓音。

「陪我四處走走可好？」

她迎著他溫柔的眼神，淺淺地笑了起來。「好。」

她也想陪他看看，看看這個記載著自己童年最歡樂、最幸福時光的地方。

夫妻兩人攜手慢行，秦若蕖細細地向身邊人介紹府中每一處。

「那邊是綻芳亭，每年中秋爹娘和我們兄妹兩人便坐在那裡賞月，只可惜每回沒多久我便會睏得打起瞌睡來，最後還是爹爹把我抱回屋。那裡是哥哥的小書房，說是書房，其實當初根本沒幾本書，全是哥哥四處搜刮回來藏著的小玩意兒，什麼亂七八糟的都有，真不知道他是從哪裡尋來的。從這裡往左一直走就是府裡的繡房，我娘的繡功很好，爹爹和我們兄妹的衣裳很多都是娘親手做的，可是爹爹生怕會累著她，故而還是請了不少繡娘回來。

「沿著此路走下去便是……」秦若蕖原本都是興致勃勃的，說到此處，臉上笑容卻一下子便消失不見。

陸修琰不解，正欲細問，抬眸打量所處之地，思忖一會兒，當即便明白了。

他緊緊地握著她的手，無比溫柔地道：「我想去看看，妳帶我去可好？」

秦若蕖低著頭，良久，輕輕地道：「好……」

兩人沈默地攜手直行，穿過一道月拱門，踏上幾級石階來到一座院門之前。

果然是正院……陸修琰暗嘆。

正院，便是當年衛清筠喪命之處。

他用力地握了握那漸漸有些冰涼的小手，故作輕鬆地道：「有件事一直瞞著妳。」

「什、什麼事？」秦若蕖深深地呼吸幾下，側頭問。

「當年我曾經從這院子裡抱出一個昏迷不醒的小姑娘，後來，小姑娘無以為報，以身相許了。」他半真半假地道。

秦若蕖怔住了，下一刻，眼睛陡然瞪大，結結巴巴地道：「那、那個小、小姑娘就、就是、就是……」

「她的名字叫秦若蕖，又叫秦四娘。」陸修琰笑咪咪地接了話。

見果如自己猜想那般，秦若蕖一雙如含著兩汪春水的明眸瞪得更大了。

「所以，阿蕖，此處不是妳的惡夢之源。」

她輕咬著唇瓣，眼中閃著點點淚光。片刻，她吸了吸鼻子，伸手將緊閉著的院門推開，而後，率先走了進去，回身朝他露出一個燦若朝陽的笑靨。

「陸修琰，我帶你去見見娘親……」

曾經，她以為此處是幸福的終點，卻不曾想過，其實這也是另一段幸福的開始。

夫妻兩人攜手從正院離開後，院外拐角處緩緩走出一個身影。他深深凝望著那對璧人漸行漸遠，良久，長長地嘆了口氣，這才轉身推開緊閉的院門，大步跨了進去。

「青筠，妳可瞧見咱們的女婿了？他很好，雖為親王之尊，待阿蕖卻是一心一意，有他在阿蕖身邊，日後我也能放心去尋妳了。這輩子我沒有盡到為人夫君、為人父親之責，本是無顏求下輩子；只是若是可以，來世容我好生補償妳可好？」他一絲不苟地擦拭著案檯上的靈位，語氣溫柔得彷彿對著摯愛之人，瘦削的手拂過靈位，「秦門衛氏」幾個字緩緩地露了出來。

陸修琰夫婦的到來，讓本已了無生趣，一心求死的秦季勳一掃以往的頹廢，對嬌嬌軟軟的外孫女更是疼到骨子裡。

秦若蕖端著素嵐親手做的點心進屋時，便見秦季勳與陸修琰翁婿兩人正臨窗對弈，而離秦季勳不遠的精緻小床上則躺著呼呼大睡的小郡主。

笑容便是這般毫無預兆地漾上她的臉龐。

將手中的點心放到桌上，她正欲招呼翁婿兩人前來食用，便見本是睡得正香的女兒不知何時竟醒了過來，發出一陣軟軟的「咿咿啞啞」聲。

她轉身正要去抱，可有個人動作卻比她更快，三步併成兩步地過去，熟練地將小床上的小郡主抱到了懷中。

「外祖父的小萱兒醒了？」秦季勳疼愛地抱著外孫女兒，語氣是說不出的輕柔。

小郡主撲閃撲閃滴溜溜的大眼睛，忽地格格笑了起來，小手一抓，竟是一把抓住他的鬍鬚。小丫頭力氣雖小，可手舞足蹈起來也讓秦季勳疼得齜牙咧嘴。

小丫頭還以為外祖父如同平日那般陪她玩，格格格地笑得更歡暢了。

陸修琰與秦若蕖兩人見狀連忙上前，一個握著女兒的小手將秦季勳的鬍鬚解救出來，一個伸手將調皮的小丫頭抱了過去。

「小壞蛋，怎能欺負外祖父！」秦若蕖好笑地捏了捏小丫頭紅撲撲的臉蛋，嗔怪道。

「沒有、沒有，萱兒可乖了，又怎會欺負外祖父。」秦季勳輕撫了撫被扯得有點疼的下頷，聽到女兒此話，連忙心疼地道。

秦若蕖無奈地笑了笑，任著父親伸手將女兒抱過去，看著他一面抱著心肝寶貝外孫女在懷，一面重新落坐，繼續方才的棋局。

陸修琰挑挑眉，見老泰山興致不減，亦跟著緩緩在棋盤前坐了下來。

「咿啞啞……」誰知小郡主突然伸出白嫩嫩的小手在棋盤上一拍，只聽得一陣「嘩啦」的棋子落地聲，好好的棋局便被撥亂了，秦季勳所執的黑子更是散了滿地，陸修琰的白子亦被撥得七零八落，再也分不清原本位置。

或許是覺得嘩啦的聲音甚是好聽，小丫頭更高興了，小手越發拍得起勁，一連串格格格的笑聲從小嘴逸了出來。

「這個小壞蛋……」秦若蕖撫額。

秦季勳卻是毫不在意，哈哈一笑，將懷中的小丫頭舉高，狠狠地在她的臉蛋上親了一記，朗聲道：「小萱兒也要學下棋嗎？外祖父教妳可好？」

「爹爹，您就別再縱著她了。」秦若蕖更加無奈了，小丫頭原就有一個對她千依百順的爹爹，如今又多了一個寵溺無度的外祖父，將來不知會被嬌慣成什麼樣。

秦季勳笑呵呵地並不以為然。「小萱兒這般懂事，再怎麼疼愛也不為過。」

事到如今，棋自然是無法再下了，陸修琰拍了拍衣袍，含笑望向在外祖父懷中笑得正歡的女兒，頷首表示贊同。「岳父大人說得極是。」

他的女兒自然該千嬌百寵地長大。

秦若藻嘆氣，唯有吩咐屋內的侍女們好生伺候。

回到他們夫妻住的院落，迎面便見素嵐抱著乾淨衣物站在廊下，整個人瞧來卻是有些魂不守舍。

「嵐姨？」她喊了幾聲不見對方反應，狐疑地走上前，輕拉了拉她的袖口。

「啊，王、王妃，妳回、回來了，我、我先把衣服晾了……」素嵐頓時回神，結結巴巴地應道。

「可是嵐姨，妳手上的衣物是漿洗乾淨的……」秦若藻無奈提醒。

「對對對，瞧我，都老糊塗了。」素嵐勉強扯起一絲尷尬的笑容。

「嵐姨一點兒都不老，咱們走出去，不知道的還以為是姊妹呢！」秦若藻壓下心中疑惑，笑咪咪地挽著她的手臂道。

「盡會說好聽話哄我高興。」

「才不是，人家說的是實話。」

兩人說說笑笑地進屋，直到見素嵐轉身進了裡間，秦若藻方問在屋內收拾的青玉。「嵐姨這是怎麼了？」

青玉早已按捺不住地拉著她到一旁，一臉神秘地道：「王妃，今日我與嵐姨在一間店裡發現有位夫人長得與她甚是相像，就是年紀比嵐姨要大些。」

秦若藻頓時來了興致。「像到何種程度？」

「看著她，就像是看見若干年後的嵐姨。」

「那嵐姨是見了她才這般失魂落魄的？」

「當時我一見那位夫人，便打算讓嵐姨看看，沒想到嵐姨突然拉著我急急忙忙離開了。我問她可是出什麼事了，她偏又說什麼也沒有，奇奇怪怪的。」青玉回道。

秦若蕖思忖片刻，亦想不出個所以然來。對素嵐，她可謂知之甚少，自有記憶以來，她便一直陪在自己的身邊，尤其是娘親過世後，她更是視她如母，至於她祖籍何處、家裡還有些什麼人，為何會到秦府？她一無所知。出於尊重，她更不可能著人私下打探。

「此事咱們便只當不知，若是嵐姨想說了，自然會對咱們說。」最終，她只能叮囑青玉。

青玉點點頭。

這晚，秦若蕖躺在陸修琰懷中，夫妻兩人有一搭、沒一搭地閒聊著，不經意間提及白日從青玉處聽來關於素嵐的異樣，正撫著妻子長髮的陸修琰動作一頓，濃眉微微皺了皺。

「怎麼了？」秦若蕖察覺他的動作，抬眸問。

「阿蕖，妳可曾想過，嵐姨的出身也許並不簡單。」

曾經的「蕖姑娘」一心一意想著為母報仇，無論是暗中打探仇人下落，還是後來給放逐西南的長樂侯使絆子，牽扯的金錢、人脈必不會少，而在這當中發揮穿針引線作用的，恰恰是素嵐。

不管是獨力將衛清筠留下的產業暗中擴展，還是網羅了以錢伯為首的一干幫手，素嵐的手段與魄力可見一斑，尋常人家哪能養得出這般姑娘！

秦若蕖沈默良久，低低地嘆了口氣，緊緊地抱著他，悶悶地道：「不管她是什麼出身，我只知道她是我心中最重要的親人，沒有她，就不會有如今的我。」

她又怎麼可能不清楚她的嵐姨並非尋常女子，只是不願去深究罷了。

陸修琰親親她的額角，輕拍著她的背，輕聲道：「我明白。」

不管她是什麼出身，也不管她因何會委身秦府，只衝著這些年她對妻子的關心愛護，他也定會敬她護她。

只是秦若蕖自己也想不到，幾日後便遇到了青玉口中的那位與素嵐長相甚為相似的夫人。

這一日，秦季勳照樣是抱著寶貝外孫女兒，與陸修琰在書房裡談古論今，中間夾雜著小丫頭咿咿啞啞的稚嫩軟語，竟是說不出的和諧。

秦若蕖不欲打擾他們，見天氣甚好，想到多年不曾回到這座充滿童年幸福時光的小城，心中一動，遂命人準備車馬，帶著青玉往城中最熱鬧的東街而去。

「王……夫人妳看，這東西倒也有趣，小……小姐想必會喜歡。」城中百珍閣內，秦若蕖正為店中琳琅滿目的各式商品看得眼花撩亂，青玉拿著一個形似房子的木盒一臉驚奇地道。

秦若蕖掃了一眼，還未來得及開口說話，忽見櫃檯後的簾子被人掀起，下一刻，一名年約三十來歲，身著藍衣的女子便走了出來，朝她恭敬地行禮，道：「這位夫人，我家老夫人有請。」

「不知貴府老夫人是……」秦若蕖蛾眉微蹙。

她向來少與人往來，如今回到酈陽也是十數年來頭一回，更不可能認識城中什麼夫人，若是說對方知曉自己的身分主動前來結交，也不可能只派個下人來請。

「我家老夫人夫家姓唐。」

「王妃，她便是那位與嵐姨長相相似的老夫人身邊伺候之人。」青玉定睛打量那女子片刻，這才湊到秦若蕖身邊壓低聲音回道。

秦若蕖微怔，認真打量起眼前的女子，見她雖生得平凡無奇，身上穿戴卻非尋常人家下人所有，那通身的氣派瞧來是個大戶人家府上極為得臉的。

再者，與嵐姨容貌相似的夫人……她也是想見識一下。

「請帶路。」心中既有了打算，她微微一揚手，頷首道。

那女子又朝她福了福身，這才領著她往店裡後堂而去。

雖是心中早有準備，只是當秦若蕖看到唐老夫人的容貌時，仍是止不住吃了一驚。世間竟然有如此相似之人！若非年齡不對，她都險些懷疑眼前這位錦衣華服的女子是素嵐。

「妳……是唐老夫人？」

「老身夫家確實是姓唐，這位夫人請坐。」那唐老夫人朝她點了點頭。

秦若蕖心中對她與素嵐的關係到底存疑，也不在意她的態度，遂在下首的太師椅上落坐。

「老身請夫人來，是為了一事。」唐老夫人開門見山。

秦若蕖心中微動，臉上卻不顯分毫。「老夫人請講。」

「老身要為夫人身邊的素嵐贖身。」

贖身？秦若蕖雙眉蹙得更緊了，卻是輕撫著腕上的玉鐲，並不接對方的話。

見她如此，那唐老夫人又道：「價錢任夫人提，老身無有不允，只是素嵐老身必是要帶走的！」語氣竟是相當的強硬。

秦若蕖緩緩對上她的視線，不疾不徐地道：「只怕是要讓老夫人失望了。」

「妳不答應？」唐老夫人臉色一變，眼神陡然變得凌厲起來。

青玉見狀，不動聲色地上前半步，牢牢地將秦若蕖護在身側，就怕對方會對自家王妃不利。

「滾開！」秦若蕖還想再說，忽聽身後傳來素嵐的怒斥，當下便怔住了，循聲回頭一看，便見素嵐用力推開了守在門外的兩名僕婦，大步走了進來。

「我說過，我的事不用妳管，更不容許妳打擾王——夫人。」素嵐如同護崽的母雞一般將她與青玉護在身後，滿臉怒容地瞪著唐老夫人，相當不客氣地道。

唐老夫人被她噎了噎，驀地大怒，用力一掌拍在案上。「放肆，有妳這般忤逆生母的女兒嗎?!」

秦若蕖心口一跳，望向素嵐，卻見素嵐臉色一白，冷冷地道：「有其母必有其女，我以為夫人您二十年前便已經明白了。」

「妳！」唐老夫人氣得渾身顫抖。

「小姐，妳少說兩句吧，夫人這些年日日掛念著妳，生怕妳在外頭受了委屈。」那藍衣女子連忙扶著唐老夫人，體貼地為對方順著氣，而後衝著素嵐不贊同地道。

素嵐輕咬著唇瓣，猛地抓著秦若蕖的手轉身往外頭走。

青玉見狀連忙邁步欲跟上，走出幾步又停了下來，深深地望了唐老夫人主僕一眼，道：「嵐姨從來都不是下人，她一直是自由之身，來去全憑她心意。」

一言既了，也不再看那對主僕的臉色，快步離開。

鬧了這麼一齣，秦若蕖也沒有心情再逛了，遂決定回府。

一路上，她也沒有問素嵐關於那唐老夫人之事，只任她一人靜靜地坐著。

只是，方才的素嵐與那唐老夫人主僕之話仍不時在耳畔迴響，她不自禁地陷入了沈思。

嵐姨果然出身不凡，原來是大戶人家的姑娘，不知為何會流落到了娘親身邊；只是瞧她方才的表現，似是與那唐老夫人有些不和，到底是什麼了不得的緣故，才讓她們母女如此……

「我本姓唐，先父乃金洲韓唐商行前任家主。」忽然，素嵐飽含苦澀的輕語在她身側響起，她驚訝抬眸。

韓唐商行前任家主之女？難怪……

「方才那位確實是我的生身之母，如今金洲唐府的……」素嵐喉嚨一哽，神色更是有幾分淒楚。

秦若蕖下意識地握著她的雙手，輕聲道：「妳不必再說，不管妳出身何處，永遠是我的嵐姨，其他的都不重要。」

素嵐深深地吸了口氣，勉強衝她揚了個笑容，片刻，低低地又道：「我母親本是官宦之女，自恃身分，原應配官宦名門之後，只是當年先父對她一見傾心，使了些不光彩的手段……毀、毀了她的清譽，亦斷了她高嫁之路。先父以唐府三分之一的家財求聘她為原配夫人，婚後更是千般寵愛、萬般遷就，及至後來便有了我。」

出身官宦之家的大家閨秀，本一心高嫁，哪想到最後竟嫁給了商戶人家。士農工商，哪怕夫君腰纏萬貫，到底不過末流，讓心高氣傲的她怎能甘心？所幸夫君一直溫柔待她，又一向伏低做小，嬌寵如珠如寶，或多或少消去她心中的不平。

可有那麼一日，她突然發現，原來當年自己的被迫下嫁竟全是夫君暗地謀算，看著原本出身不如她、容貌才學不如她的閨中姊妹一個一個成了誥命夫人，夫婿前程似錦，人前人後備受尊崇，對比自己……溫柔體貼的夫婿原來是毀她錦繡前程的罪魁禍首，不甘與怨恨如同毒瘤般在她心中越長越大，最終，吞蝕了她的心，蒙蔽了她的眼……

兩行清淚緩緩滑落，想到生父的枉死，素嵐心如刀絞。

親生母親殺害了親生父親，那一刻，她只覺天都塌了。她只恨自己為什麼不再狠一些，恨自己為什麼流著那個女人的血，否則她一定會親手了結她，為最疼愛自己的父親報仇！

她從未如此痛恨自己，沒有父親的那個家再不是她的家，終於，在生父下葬後的次日，她拋下一切，孤身一人離開了那座讓她窒息的府邸。

「……我身無分文暈倒在廟前，是妳娘親救了我。那時我已無去處，便懇求妳娘收下我，我願為奴為婢伺候她一生；妳娘拗我不過，又憐我孤苦無依，遂將我留在府中，只是始終不同意我賣身。素嵐此名，是我自己取的，只因妳娘身邊伺候的丫鬟名字中均含『素』字；而『嵐』，則是我父親為我取的小名。」素嵐輕拭了拭頰上淚水，啞聲道。

秦若蕖覺得整顆心被人擰著一般，喉嚨亦是堵得厲害，她不敢想像，當年才十來歲的嵐姨，親眼目睹生母犯下的那等罪孽，是如何熬過來的。

唐父為了一己之私枉顧他人意願，以不光彩的手段得到唐夫人的下嫁，誠然，這是相當令人不齒的；哪怕他待唐母確實是一片真心，婚後更是以行動證明了自己的深情，但也不能抹去他的錯。

至於唐老夫人那等目無下塵的高門之女，秦若蕖多多少少有些了解。她本就自恃出身，又怎可能瞧得上身為商戶的唐父，可最終卻又不得不委身下嫁，心裡總是覺得委屈不平；及至後來猛然得知自己的下嫁竟是枕邊人的設計，又恰逢曾經唯她馬首是瞻的閨中姊妹耀威在前，一時仇恨遮眼，這才犯下了大錯。

這段孽債，到底是誰欠了誰？

此時此刻，再多的安慰都是蒼白的，她唯有緊緊地摟著素嵐的腰埋入她的懷中，希望以自己的體溫去溫暖她的身心。

素嵐任由她抱著自己，無聲落淚。

第四十二章

再次見到唐老夫人，是秦若蘗一家準備離開的前一日。

這日，素嵐帶著青玉前去拜祭當年慘死的秦府下人，陸修琰陪著秦季勳在書房整理著對方收集的名家書畫。

秦若蘗好不容易將女兒哄睡，本是打算歇個晌，忽聽府中下人來稟，說是有位唐姓夫人求見王妃。

她不自禁地皺眉，暗自慶幸素嵐不在府中，略思忖一會兒，吩咐道：「請她到花廳候著。」

從素嵐口中得知唐老夫人當年所做之事後，對她的觀感著實有些微妙，只是到底顧忌著對方是素嵐的生身之母，也不便過於慢待。

「老身見過王妃娘娘。」靜靜地在花廳等候的唐老夫人乍見秦若蘗的身影出現，連忙上前行禮。

秦若蘗也不意外她知道自己的身分，道了聲「老夫人免禮」便在上首落坐。

「老身眼拙，不識王妃，上次多有怠慢，還請王妃看在老身老眼昏花的分上饒恕幾分。」

「不知者不罪，老夫人不必放在心上。」秦若蘗並不在意地道。

唐老夫人沈默不語。

秦若蕖也不催她，施施然端著茶盅啜了口茶，待一碗茶將要飲盡之時，終於聽到對方緩緩地道：「嵐嵐，她、她可在府上？」

「嵐姨一早便出去了，此時並不在府中。」

唐老夫人嘆息一聲，又道：「我此生唯嵐嵐一女，當年她離我而去，這二十年來我是日日寢食難安，唯恐她在外頭遭人欺負，又怕她不知保重，所幸她得貴人相救，能伴於王妃身側；只是我已是風燭殘年，族人狼子野心，我一婦道人家數十年來獨力苦撐家業，早已不堪重負，如今唯願母女團聚，共聚天倫，亦讓家業傳承，不負亡夫之託。」

秦若蕖默默地為自己續了茶水，若非早已得知當年內情，她都要被對方這一番話感動了。

唐老夫人嚥嚥口水，有些抓不準對方的心思。自那日見了秦若蕖後，她越想越不對勁，遂暗中命人徹查對方身分，終於得知自己的女兒如今竟是端王妃身邊的紅人，一時詫異不已。

若是再年輕十數年，她或許會想藉這個千載難逢的機會與端王府攀上關係，可如今她垂垂老矣，身邊竟難覓一個真心待己之人，憶及唯一的女兒，總歸想念得緊。

終於，秦若蕖抬眸迎上她的視線，嗓音平穩。「老夫人，我尊重嵐姨的決定，她若要走，我縱是再不捨也絕不會教她為難；她若想留，不管是誰也休想將她從我身邊逼走。」

門外，一直默不作聲的素嵐深吸口氣，衝著一臉擔憂地望著自己的青玉安慰地笑了笑，陡然轉身走了進去。

「王妃，讓我與她單獨談談吧！」

聽到這熟悉的嗓音，秦若蕖心中一突，暗叫不好，但當她對上素嵐平靜的臉龐時，略一頓，點了點頭，起身離開。

屋裡，母女兩人相顧無言。

許久之後，素嵐啞聲輕問：「我只問妳一句，這些年，妳可曾後悔過？」

唐老夫人臉色蒼白，雙唇抖動不止，卻是什麼話也沒有說。

後悔嗎？她不知道，她只知道這些年與族人鬥得身心疲累時，憶及曾經被人捧在手心萬般疼愛的日子，便覺心口一陣一陣抽痛。

只是，那樣便是後悔了嗎？她的眼神漸漸變得迷茫。

「我乃朝廷三品大員之女，府中唯一嫡出的姑娘，生來注定是嫁入世家貴胄、高門大戶，受人尊崇，享受一生榮耀富貴。妳父親不過低賤的商戶之子，若非他設計毀我清譽，我又豈會淪為商人之婦，平白遭人恥笑……我恨他，恨他毀我一生，恨他……」

千言萬語似是被堵了回去，她再也說不出半個字，眼中卻隱隱可見水光。

唯有她知道，這個「恨」字早已不似當初。她說恨他毀了自己一生，可他的一生，最終不也毀在了自己手上？

她說著恨他，其實早已經分不清什麼才是恨。她一遍遍地在心裡告訴自己：她恨他，她不後悔，因為她心底知道，若是後悔了，此生此世便再沒有活下去的動力。

素嵐又怎會知道她心中曲折難懂的想法，見她到今時今日仍然沒有半分悔意，失望鋪天蓋地席捲而來。

「妳走吧！便當我已經死了。我父親是低賤的商人，我自然也是低賤的商人之女，更是妳一生的恥辱。從今以後，再不必來尋我，自此天各一方，永不相見。」

言畢，她再不願多看一眼，頭也不回地舉步離開。

唐老夫人伸手欲拉住她，卻只能觸到她的衣角，眼睜睜地看著唯一的女兒越行越遠，遠到要徹底退出她的生命，一種無邊無際的恐慌襲上心頭，她跌跌撞撞地衝出門去。「嵐嵐、嵐嵐……」

對那日在花廳發生的一切，秦若蕖並沒有追問，也沒有問素嵐的打算。正如她曾向唐老夫人說過的那般，若是素嵐要走，她便是再不捨也不會教她為難；若是她想留，任何人也別想將她逼離。

她有條不紊地吩咐著下人搬運行李，又叮囑留守的下人好生看顧家門，一家人便啟程往益安方向而去。

秦季勳本欲留在酈陽家中等候兒子、兒媳與孫兒的到來，可秦若蕖又怎放心讓他一人留下，又是撒嬌、又是耍賴地讓他與自己一起離開。女兒的一片孝心，秦季勳豈會不知，加上的確捨不得寶貝外孫女，故而便應允下來，與女兒、女婿一起啟程返回益安老宅。

說到底，這些年他也是掛念著家中老母親的。

馬車裡，陸修琰擁妻子在懷，不時低下頭去偷記香，引來秦若蕖一陣嗔怪。他低低地笑出聲，將妻子摟得更緊，雙唇貼在她的耳畔，嗓音低沈。

「說吧，前些日悶悶不樂的是為了何事？」

秦若蕖臉上笑意微凝，伸出臂去環住他的脖頸，軟軟地道：「就知道瞞你不過，是嵐姨之事，不過如今已經沒事了，你不必擔心，事關她府中秘事，我……」

「沒事就好，若是有什麼事解決不了，妳莫要強撐，萬事還有我。」陸修琰親親她的臉頰，輕聲道。

秦若蕖知他體貼自己的為難，心裡暖洋洋的，撒嬌地往他懷裡鑽，得意地道：「那是自然，夫君是用來做什麼的？用來擋災揹禍的！」

陸修琰低低地笑了起來，震動的胸腔緊貼著她的，教她心如鹿撞，又是歡喜、又是甜蜜。

「陸修琰，你怎麼就那麼好呢？」她喃喃低語。

「不好又怎配得上妳，嗯？」陸修琰額頭抵著她的，輕啄了啄她的唇瓣，含笑回了一句。

秦若蕖羞澀地將臉藏到他的頸窩，惹來對方更愉悅的低笑。

再次踏入益安秦府的大門時，秦若蕖感慨萬千，往事如走馬燈般浮上心頭，五味雜陳，尤其是當她對上白髮蒼蒼、老態龍鍾的秦老夫人時，鼻子一酸，眼淚便毫無預兆地流了下來。

「祖母！」她快步上前，一下子便跪在秦老夫人身前。

秦老夫人老淚縱橫，顫抖著伸手去扶她，祖孫兩人抱頭痛哭。

一旁的秦府眾人也跟著抹起眼淚。

只有經歷過之人，才能明白此時此刻的團聚有多麼不易。

良久，秦三夫人才抹著淚上前，勸慰哭得止不住的祖孫兩人。

「回來了就好，回來了就好……」秦老夫人緊緊抓住秦若蕖的手，抖著雙唇道。

「母親，還是進屋再說吧，您便是不為自個兒，也想想小郡主，小小的孩子跟著爹娘趕了這麼久的路，必是悶極了。」秦三夫人輕聲又勸。

「對對對，瞧我這老糊塗，王爺見笑了。這、這便是小郡主？」秦老夫人如夢初醒，一拍腦袋，滿目期盼地望向抱著女兒的陸修琰。

陸修琰笑道：「對，這便是您的曾孫女兒。」

秦老夫人激動得不停搓著手，連聲道：「快快進屋來，莫要在風口裡站著，萬一著了涼可不得了。」

一面說，一面率先抓著秦若蕖的手往屋裡走去。

眾人見狀自然連忙跟上，自又是一番歡喜和樂不提。

陸修琰唇畔帶笑，看著乖巧地被秦老夫人抱在懷中，正被一干秦府女眷圍在當中的女兒，不動聲色地打量起屋內眾人。

大房及二房只到了嫡出的長子、長媳及未出嫁的姑娘，三房的秦叔楷夫婦倒是帶著兒女孫輩全來了。他自然明白並非大房、二房有意怠慢，而是這兩房知道自己不受歡迎，不敢前來礙眼。

雖說事過境遷，可衛清筠的慘死，大房、二房總是難脫干係。

秦老夫人仔細打量著懷中的小郡主，漸漸地，眼中浮現了淚花。

「這孩子，長得與阿蘽小的時候煞是相似，連性子也是一般無二，一樣的乖巧伶俐。」她顫著聲音道。

「母親說得甚是，尤其小郡主這雙眼睛，越發相像。」秦三夫人笑著接話。

「我也想看看小外甥女……」年紀最小的秦七娘被姊姊、嫂嫂們擋在了外頭，踮著腳尖欲往裡探，卻是什麼也沒有看到，不禁有些急了。

秦若蘽聞聲抬眸望了過來，唇畔笑容更深了，她抱過女兒緩步來到秦七娘身前，抓著女兒的小手朝她拱了拱，笑道：「來，萱兒見過七姨母。」

小郡主或許是覺得好玩，格格格地笑了起來，讓歡喜得臉蛋紅彤彤的秦七娘眸光大盛，伸出手想去抱，卻被一旁的秦三夫人搶先抱了過去。

「別別別，這丫頭笨手笨腳的，小心弄疼了孩子。」秦三夫人不贊同地望向秦若蘽，又沒好氣地衝秦七娘道：「瞧瞧便罷了，可不能冒冒失失不知輕重。」

「我、我不會的……」秦七娘吶吶地道。

「七妹妹一向穩重，哪有三伯母說得這般。」秦若蘽好笑地輕撫秦七娘的臉龐。

好些年未見，當年那個有些靦覥的小妹妹已經長成大姑娘了，只是這性子瞧來倒沒有什麼改變。

秦七娘到底不敢再去抱小小的嬰孩，小心翼翼地握著那軟綿綿、胖嘟嘟的小手。「萱兒，我是七姨母。」

一時間，又有其他年輕的小輩圍上前來，你一言、我一語地自我介紹起來。

當晚，秦府裡自有一番歡迎盛宴，一掃多年的沈寂，充滿了歡聲笑語。

整晚，秦老夫人臉上笑容不絕，慈愛溫柔的眼神不時投向坐在身側的秦若蕖；只是當她不經意地環顧一周，不見長媳與次子夫婦時，笑容有片刻的凝滯。

眼中緩緩地泛起一絲苦澀，尤其是看著不遠處正與秦季勳說笑的秦叔楷，再瞧瞧宛如後宅主人的秦三夫人，那絲苦澀便又濃厚了幾分。

宴罷眾人各自散去，秦老夫人打起精神拉著秦若蕖仔細叮囑了一番，這才讓她離開。

相隔片刻，一名身著墨綠衣裙的中年女子捧著盛有溫水的銅盆走了進來。

「母親。」那女子將銅盆置於秦老夫人腳邊，熟練地伺候秦老夫人脫去鞋襪。

秦老夫人一言不發地看著她為自己洗腳，眼睛有幾分濕潤。

「這些年苦了妳，若非仲桓他……」

「兒媳不苦，母親不必憂心。」女子輕聲回道，正是秦老夫人的次媳，秦二老爺秦仲桓的髮妻。

「明日待我與阿蕖……到底是骨肉至親，怎──」

「母親萬萬不可。」話音未落便被秦二夫人打斷。「母親，欠人的終歸要還，做了錯事總要付出代價，四弟與阿蕖難得回來，母親何必攪了他們父女興致。」

秦二夫人扯過一旁乾淨的棉巾，小心翼翼地擦去秦老夫人腳上的水珠，又道：「況且，這些年來不管是夫君還是幾個孩子，都不曾吃過太大的苦頭，這何嘗不是因為阿蕖的善良，否則以她如今的地位，若是存心報復，這世間又哪有我們一家的立足之地？這都是兒媳的心裡話，大嫂想必也是這般想法，否則她也不會如兒媳一般，只遣了澤耀夫妻與三丫頭前來。」

秦老夫人長長地嘆了口氣，閉上眼眸掩飾眼中的複雜。

她親生的三個兒子——伯宗、仲桓、季勳，到頭來雖非形同陌路，卻也不遠；三兒子叔楷雖好，到底非她親生，只是如今……

「我明白了，天色已晚，妳也早些回去吧！」

「好，那兒媳便先回去了，母親也早些安歇。」秦二夫人點點頭，吩咐明柳好生伺候，這才離開。

走出院門，她朝著秦若蕖居住的攬芳院方向定定地凝望片刻，若有還無地嘆息一聲。

如今的日子雖沒有往年那般風光，她的心卻是難得的平靜，不用每晚夜深人靜時看到枕邊人被噩夢驚醒而束手無策，也不必再為後宅那點權力勾心鬥角。

便是她的兒女，也彷彿一夜之間長大了、懂事了。

如此，她還有什麼好不滿，還有什麼好怨怪呢？

回到久違的攬芳院，見陸修琰披著猶帶濕意的長髮隨意倒在榻上，秦若蕖瞋怪地瞪了他一眼，接過青玉遞來的布巾為他絞著髮，數落道：「夜裡本就比白日裡涼，你對著窗口坐倒也罷了，怎麼連頭髮也不擦擦？若是落下個什麼毛病，我瞧你能得什麼好！」

陸修琰笑咪咪地任由她念叨，長臂一伸摟著她的纖腰將她抱坐在膝上，腦袋搭在她的肩窩處，嗅著那陣宜人的芬芳，啟唇，含著小巧的耳垂。

「啊……」秦若蕖一陣哆嗦，整個人便軟倒在他的身上。「你、你，可惡……」紅著臉嬌嗔地指控，翦水雙眸媚意流淌，說不出的誘人。

陸修琰輕笑，大掌在她身上四處點火。「誰讓妳去了這般久都不回來，萱兒都鬧了幾回了。」

「我、我不過是送、送祖母回、回房，陪著她說、說了會兒話，哪裡就、就是久了？」秦若蕖微微喘息著反駁。

「嗯，不久，妳說什麼便是什麼，是我等不及……」陸修琰好脾氣地哄著，稍一用力將她抱起，大步往床榻方向走去。

「不，我、我還未、未曾沐浴……」秦若蕖兀自掙扎。

「過一會兒我親自伺候妳沐浴更衣便是……」

被他這般一折騰，秦若蕖次日誤了起床的時辰便是意料當中之事。

她恨恨地瞪著一臉討好地為自己布菜的陸修琰，揉揉痠痛的腰，越想越不甘，掄起小拳頭便往他身上砸去。

「都怪你！祖母她們此時必在背後裡取笑我。」

「好好好，都怪我、都怪我，妳嚐嚐這粥，火候剛剛好。」陸修琰輕聲輕哄，體貼地吹了吹勺子裡的熱粥，送到她的嘴邊。

秦若蕖啊一口嚥了下去，自以為凶狠地又瞪了他一眼，這才乖乖地坐著任他餵自己吃粥。

陸修琰嘴角微揚，好心情地伺候著妻子用膳。

對於大夫人、秦仲桓夫婦的缺席，秦若蕖自然知道，可她什麼也沒有問。她承認自己確實不想看到他們，或許再過十年八載之後，她會慢慢放下，但至少目前，她還做不到若無其事地面對那些或直接、或間接害了娘親之人。

這日，秦若蕖從秦老夫人處回來，進門便見女兒在素嵐懷中掙扎，手指指向門口啞啞直叫。

「這是怎麼了？」她握著小丫頭的小手，笑著問。

素嵐無奈地道：「平日這時辰都是老爺抱著她到外頭玩耍，今日偏巧老爺在會客，這不，咱們的小郡主待不住了。」

秦若蕖不動聲色地打量她一番，見她神色如常，絲毫不受唐老夫人影響，稍稍放下心來。

「才這麼小便已經待不住了，若是長大了如何是好。」她斂下思緒，好笑地抱過女兒，捏捏她的小臉蛋。

小丫頭仰著臉衝她直樂呵，大大的眼睛撲閃撲閃的，胖嘟嘟的臉蛋紅撲撲得甚是喜人。

「來，娘帶妳逛園子去！」外頭天氣正好，秦若蕖也怕小丫頭悶壞，乾脆抱著她往園子裡去。

「萱兒，那是蝴蝶，蝴、蝶。」一路逛一路引著女兒說話，可小丫頭只是傻乎乎地望著她，不時還發出一陣格格格的軟糯笑聲。

「小懶丫頭，怎麼就不肯開口說話呢？」秦若蕖無法，有些洩氣地戳了戳女兒的臉蛋。

「小郡主還小呢，王妃也太心急了些。」一旁的青玉笑著道。

「她的小表兄這般大的時候，已經會叫娘了。」秦若蕖嘀咕。

這個小表兄，指的自然是她的嫡親姪兒，兄長秦澤苡之子。

「急不得，得慢慢來。」青玉接過小丫頭，也好讓她歇一歇。

秦若蕖用手帕拂了拂涼亭中石凳上的灰塵，剛坐上去，便聽身後有人在喚。

「四妹妹。」

她回頭一看，認出是秦三娘，噙笑招呼道：「三姊姊，可真巧啊，快進來坐坐。」

秦三娘有幾分遲疑地在對面落坐，視線投向抱著小郡主站在秦若蕖身後的青玉，嘴唇微微動了動。

青玉哪會不明白她的意思，詢問般望向秦若蕖，見她微不可見地朝自己點了點頭，這才笑道：「王妃，我抱小郡主到那邊看花去。」

「去吧！」

青玉的身影越走越遠後，秦三娘方幽幽地道：「咱們姊妹七人，也唯有四妹妹妳最幸福了，夫君體貼，女兒可愛，世間女子一生期盼的，妳全都擁有了。」

秦若蕖淺笑不語。

秦三娘也不等她的回答，若有若無地嘆息一聲，似是自言自語地道：「上個月與大姊姊見了一面，風華正茂的年紀，可她瞧來卻是憔悴了許多，這些年過得不易的除了母親，連她這個出嫁女也不例外。我以前一直瞧不上二姊姊，覺得她矯揉造作，心眼頗多，可如今想來，誰沒有自己的生存法則，至少，她如今的日子過得相當順心。」

她曾經何止瞧不上秦二娘，便是秦若蕖也瞧不大上，更因兩人年紀最接近，而秦若蕖是四房嫡出，她是長房庶出，自然什麼都被壓了一頭，心裡難免不甘。

「……我的親事已經訂下來了，訂的是雲洲城司徒員外嫡長子，雖不是什麼高門大戶，可家裡卻沒有什麼煩心事，人也簡單。」秦伯宗一死，秦三娘得守孝三年，親事自然便被耽擱了，及至出孝期，年齡卻又比尋常未嫁姑娘大上許多，議親更是不易。

秦若蕖有些意外地望向她，見她神情平靜，一時倒有些猜不著她的心思。

秦三娘輕拂垂落鬢邊的髮絲，露出一個淺淺的笑容。「妳放心，我早已經想開了，與其高嫁受人白眼，倒不如嫁個供著我的人家。寧為雞頭不為鳳尾，妳說對不對？」

秦若蕖定定地凝望著她片刻，終於笑了。「是，三姊姊說得極對。」

姊妹兩人對望一眼，不約而同地「噗哧」一聲笑了出來。

「真想不到咱們還有這般輕鬆自在坐在一起說說話的時候。」秦三娘喟嘆一聲道。

這麼多年下來，她終於知道自己的父親當初犯下的罪孽，心裡的震驚自是不必說，可為人女兒，她又能如何？

「待日後妳嫁了人，怕是再也難了。」秦若蕖笑道。

「這倒也是。」秦三娘頷首表示贊同。

兩人又閒聊一陣，秦三娘突然道：「妹妹可還記得那徽陽陳家？就是那有個女兒進宮作了女官，後來犯了錯被今上降罪的。」

秦若蕖至此方記起，當年那刺了自己一刀，險些要了自己性命的女官陳毓筱正是出自徽陽陳府。

說起來，她與陳氏姊妹大約是命盤不合，未嫁之時陪著祖母上香卻險些被陳毓筱陷害當了她的替死鬼，嫁人之後又被她錯手刺了一刀。

後來她多少聽聞了陳氏姊妹之間的恩怨，陳毓筱乃是陳大人原配夫人所出唯一女兒，陳毓昕是繼室所出，姊妹兩人是面和心不和，有生母扶持的陳毓昕自然占上風，逼得正兒八經的嫡長女陳毓筱只有招架之功，毫無還手之力。

再到後來，陳毓筱進宮當了女官，千方百計得到江貴妃的信任，想來是為了謀個好前程以待將來揚眉吐氣；可讓她氣不過的是，她自己在宮中處處小心，不敢冒尖，可宮外她最痛恨的妹妹陳毓昕卻借著她的勢得到門好親事。

不過最後姊妹兩人都沒落得什麼好，宮中的陳毓筱先是失了清白，再到後來意圖謀害皇族被賜死；而宮外的陳毓昕本就是借了江貴妃的勢才嫁入高門，江貴妃一倒，她失了靠山，又能得到什麼好。

「……我也是前陣子方聽說，原來當初那陳毓昕曾妄想五哥。」秦三娘忽地壓低聲音道。

她口中的五哥，指的自然是秦若蕖唯一的嫡親兄長秦澤苡。

秦若蕖如夢初醒，怪道當初在楊府初見那陳毓昕時，她待自己那般熱情呢，原來如此……

「不說那些不相干的。對了，七妹妹呢？怎不見她？」

「她姨娘身子有些不適，她留在家中照顧著。」秦三娘回道。

「原來如此。」秦若蕖點點頭，並不追問。

秦府姑娘七個，如今唯有年紀最小的秦七娘尚未婚配。大夫人這些年力不從心，對庶女的親事並不太看重，雖不至撒手不管的地步，但也沒有多花心思，倒有一種任庶女生母作主的意思。

秦若蕖想了想，終是忍不住低聲道：「七妹妹，妳要多看顧些。」

對大房裡頭的事，她自是一萬個不願意插手。

秦三娘頷首應下。「妳放心，她總也是我們家的姑娘，不管是我，還是幾位兄長，都不會不管她。她姨娘前幾個月曾相中了一戶人家的公子，險些交換了訂親信物，還是大哥派人仔細打聽了對方品行，知道那不是個東西，急忙回來阻止了。或許是因為此，她姨娘受了些打擊，身子才有些不好。」

沒有了以往的富貴，大房的兄妹們關係倒是更加親近了，若是以前，身為嫡長子的秦澤耀哪會理會庶妹的好歹。

「嗚哇……」一陣孩童的哭聲陡然在身後響起，秦若蕖一愣，回頭一看，見被青玉抱在懷中的女兒正朝這邊張著小手大哭，那模樣，似是要她抱抱。

「快去吧，外甥女想必是要找娘了。」秦三娘催促。

秦若蕖連忙告了聲罪，急急忙忙地迎著朝自己走來的青玉而去。

「嗚，娘、娘……」當那聲含糊卻又飽含委屈的「娘」傳入耳中時，她身子一僵，隨即大喜，加快腳步迎上前，接過張著手朝自己撲來的女兒。

小丫頭打著哭嗝，緊緊地摟著她的脖頸。「娘、娘……」

秦若蕖喜不自勝。這懶丫頭，終於開口叫人了！

「萱兒乖，娘在這兒呢，不哭！」抱著愛嬌的小哭包輕輕搖了搖，秦若蕖臉上的笑容越發明媚。

「恭喜王妃，小郡主終於開口叫人了。」青玉亦是無限歡喜。

遠處的秦三娘怔怔地望著這一幕良久，微微勾了勾嘴角。

對嫁人後的日子，她突然充滿了期待，也許日後也會有一個如小郡主這般可愛的女兒，一個似端王那般體貼的夫君。

她再深深地望了秦若蕖母女一眼，終於轉身離開。

端王府的小郡主終於開口叫人了，這可是件了不得之事，一時間，得到消息趕過來的陸修琰與秦季勳圍作一團，一個接一個地哄著小丫頭叫自己。

小丫頭眨巴著一雙漆黑明亮如寶石般的眼睛，看看這個，又瞧瞧那個，最後朝陸修琰伸出了藕節般的肉手臂。

「萱兒，叫聲爹爹。」陸修琰誘哄著她，並不伸手去抱。

小丫頭見爹爹不似平常那般抱自己，小嘴一扁，眼睛瞬間泛起了委屈的淚花，心疼得秦季勳急急伸手欲抱。

小丫頭被外祖父抱在懷中，眼睛卻一眨不眨地盯著陸修琰，彷彿在控訴爹爹的狠心。

陸修琰笑嘆一聲，朝著女兒張開雙臂。「來，爹爹抱！」

小丫頭頓時開心了，啞啞叫著朝他撲來，慌得抱著她的秦季勳連忙用力，就怕小丫頭摔著。

看著笑得眉眼彎彎地被陸修琰抱在懷中的外孫女，秦季勳無奈地道：「到底是父女情深啊！」

秦若蕖有些得意，女兒平日雖愛黏爹爹和外祖父，可開口喚的第一個人卻是她這個做娘的。

她這副翹著小尾巴的得意模樣落到陸修琰眼中，讓他好笑不已。這個傻丫頭……

陸修琰夫婦在益安只逗留半月有餘，出來的日子到底長了些，雖然不捨，夫妻兩人還是在一個風和日麗的日子裡辭別秦府眾人，帶著女兒按照原定計劃往岳梁接無色一同返京。

「爹爹，您回去吧！哥哥身上的差事已經卸了下來，早則兩個月，晚則半年便能回來與您團聚了。」勸下依依不捨地送了又送的秦季勳，秦若蕖夫妻兩人終於踏上了往岳梁的路。

抵達岳梁萬華寺時，早就得到消息的無色一見他們的身影，立即笑嘻嘻地迎了上來。

「你、你、你的頭髮是怎麼回事?!」乍見他的腦袋，陸修琰險些一口氣提不上來。

無色摸摸勉強及耳的頭髮，憨憨地道：「嘻嘻，我自己剪的，他們都不肯幫我剃頭，我就自己剪了，只是手藝不行，剪得七零八落的，二師兄又幫我修了一下。」

「身體髮膚受之父母，你早已不是佛門中人，怎能、怎能……」陸修琰恨恨地瞪他，著實氣不過地一掌拍向他的後腦勺。

「格格格……」本是安安靜靜地伏在娘親懷中的小郡主忽地拍著小手笑了起來，陸修琰也覺得好笑。「瞧吧，我女兒都要取笑你了。」

無色努著嘴不樂意地輕哼一聲，嘀咕道：「有什麼好笑的，人家本來就是酒肉和尚嘛！」

陸修琰板著臉帶著他一一向寺內眾僧道別，又拎著他上了回京的馬車，末了還放下狠話。「瞧我回京後怎樣收拾你！」

無色一點也不怕他，掀開車簾衝著他的背影扮了個鬼臉，正正對上秦若蕖幸災樂禍的眼神，有些不好意思地吐吐舌頭，「嗖」的一下便往車裡縮了回去。

「其實，我還是習慣酒肉小和尚腦袋光溜溜的模樣。」馬車內，秦若蕖笑咪咪地道。

陸修琰先在女兒的小臉上狠狠親了一記，而後笑道：「那小子分明不是做和尚的料，卻愛扮成和尚的模樣。」

秦若蕖輕笑，嬌嗔地在他額上一點。「人家日後是要當得道的酒肉老和尚的。」

陸修琰哈哈一笑，也是想到無色大師的宏偉志願。

見爹娘笑得開心，不明所以的小郡主也跟著格格笑了起來。

「小傻瓜，妳樂呵什麼呀？」秦若蕖看得好笑，握著女兒的小手逗她。

「娘……」小丫頭軟軟地喚了一聲，喜得秦若蕖摟過她親了又親。

陸修琰看著有些吃味，酸溜溜地道：「這壞丫頭，真是白疼妳了，娘都叫了好多回，爹爹卻是一次也沒叫過。」

秦若蕖得意地衝他一笑。「我生的女兒自然與我更親近，要不怎麼說女兒是母親的小棉襖呢？」

一面氣他，一面又哄著女兒叫娘，偏偏小丫頭還真的給她面子，一聲又一聲叫得異常歡快，聽得陸修琰酸意難當。

「……爹爹。」嬌嬌軟軟的一聲，驚得他一下子便挺直了腰，難以置信地緊緊盯著妻子懷中的女兒，連聲音都有幾分顫抖。

「萱、萱兒，妳方才是不是叫了爹爹？」

小丫頭歡快地朝他張開小短臂。「爹爹，抱抱，抱抱……」

字正腔圓，確確實實叫爹爹！

陸修琰大喜，哈哈笑著抱過女兒，高高將小丫頭舉起。「哈哈，果然是本王的乖女兒！」

秦若蕖滿面笑容地望著樂成一團的父女兩人，抬手輕輕掀開車簾，郊外帶著涼意的清風迎面撲來，她愜意地閉上雙眸，感受這難得的溫情。

她愛的人都在身邊，掛念的親人也過得好好的，今生今世，她已經無憾。

「娘……」女兒嬌嬌的呼喚響在耳旁，她笑著回眸，腰間忽地一緊，下一刻，整個人便落到了熟悉又溫暖的男子懷抱中。

陸修琰心滿意足地抱著妻女，先是親親女兒的臉蛋，又輕啄妻子的唇瓣，渾身上下瀰漫著難以言喻的歡喜與幸福。

他承認，他確實是御妻無術，可那又怎樣呢？總歸這一生她都會在自己的身邊，成就他的幸福與圓滿！

——全書完

番外一　只恨當時年少無知

要說安郡王陸淮鑫這輩子最後悔的是什麼事，就是年幼無知被端王陸修琰從岳梁萬華寺騙到了京城，生生由「祖宗」跌落成「孫輩」。

每每憶起此事，郡王殿下都追悔莫及，大恨當年年少無知，以致上了賊船，墜了身分。

「鑫鑫、鑫鑫……」孩童特有的嬌嫩嗓音遠遠傳來，陸淮鑫臉色一變，當即「嗖」的一聲躍出窗外，瞬間逃之夭夭。

安郡王殿下覺得，端王府那對父子大抵是他這輩子的剋星，老的那個就不再提了，小的那個簡直就是個小混蛋！

鑫鑫？啊呸！他是無色大師，擁有無數徒子徒孫、在萬華寺橫著走的無色大師！才不是什麼鬼鑫鑫！

偏那個毛都沒長齊的端王小世子，不知是不是故意的，一聲一聲「鑫鑫、鑫鑫」地喚他，喚得他雞皮疙瘩都不知掉了多少斤。

簡直是奇恥大辱！

老的那個仗著武力驚人，逼得他不得不低頭叫一聲皇叔祖倒也罷了，芋頭姊姊好歹照顧了他這麼多年，喊她一聲皇叔祖母也不是太過於難為，可那奶娃娃陸祈銘，憑什麼呀，憑什麼要讓他叫皇叔啊?!

三歲的端王小世子陸祈銘像隻小鴨子般搖搖擺擺地邁進屋，不見屋內有人，小嘴咂了幾下，軟軟地又喚了幾聲。「鑫鑫、鑫鑫、鑫鑫……」

「小世子，殿下不在屋裡，奴婢瞧著他往東門方向去了。」屋外有侍女聽到響聲，連忙進來稟道。

小世子扁了扁嘴，有些委屈地道：「壞鑫鑫！」

「銘兒？銘兒……」女子溫柔的聲音在屋外響起，小傢伙頓時一掃滿臉的不高興，樂顛顛地朝迎面走來的華服女子撲去，奶聲奶氣地喊。「娘……」

秦若蕖笑著抱起腳邊的兒子，親親小傢伙胖嘟嘟的臉蛋，輕聲問：「鑫兒不在屋裡嗎？」

「鑫鑫壞，不帶銘兒玩。」小世子嬌嬌地告起狀來。

「殿下方才還在屋裡的，世子進來之前便離開了。」侍立一旁的侍女解釋道。

秦若蕖心知肚明，有些好笑地勾了勾嘴角。

這麼多年過去了，酒肉小和尚還執著著輩分不肯低頭，便是她都難聽他喚自己一聲叔祖母，更別提她的一雙兒女了。

女兒是個憨丫頭，被他騙著叫一聲哥哥，可兒子卻是個鬼靈精，總愛追在他的身後清脆響亮地喚「鑫鑫」，再加上還有一個唯恐天下不亂的陸修琰……因這輩分稱呼，府內已經鬧了不少笑話，偶爾連帝后也會拿來逗趣幾句。

卻說安郡王殿下被那聲「鑫鑫」堵得滿心不痛快，乾脆一溜煙地去尋能讓他心情放鬆的端王府小郡主。

「萱兒，哥哥來尋妳啦！」十三、四歲的少年動作俐落地翻過牆頭，衝著秋千上的小姑娘笑呵呵地道。

小郡主眼睛一亮，立即從秋千上跳了下來，如同鳥兒般張開雙臂朝他飛撲過來。

「鑫鑫！」

郡王殿下一個踉蹌，「撲通」一下摔倒在地。

「萱、萱兒，我、我是哥哥，不是、不是鑫鑫。」他齜牙咧嘴地揉了揉摔得有點疼的屁股，努力揚出一個笑容，意欲糾正小姑娘的稱呼。

小郡主歪著腦袋，認真地盯著他看了一會兒，這才對著小手指軟軟地道：「可是、可是爹爹說了，你不是萱兒的哥哥，而是萱兒的姪兒。」

就知道那壞蛋會扯他後腿！陸淮鑫暗自啐道。

「妳爹爹在跟妳開玩笑呢！萱兒乖，不能叫鑫鑫，只能叫哥哥……」

「喲，騙我女兒騙得挺順溜的嘛！」孰料他話還未說完，身後便響起陸修琰涼涼的聲音。他頭皮發麻，僵硬地回過頭來，看著小郡主歡快地撲入爹爹的懷中，一聲聲「爹爹」叫得相當響亮。

「爹爹，你怎麼現在才回來呀，萱兒可想你了。」小姑娘摟著爹爹的脖子，愛嬌地道。

陸修琰疼愛地揉揉女兒的小腦袋。「在家裡可有乖乖聽話？」

「乖，可乖了，娘親剛才還誇我呢！」小姑娘驕傲地仰了仰小腦袋。

「真是爹爹的乖女兒！」陸修琰毫不吝嗇地誇獎，滿意地看著寶貝女兒瞬間笑得眉眼彎彎好不歡喜。

哄得女兒高興了，他才緩緩地將視線投向一旁手足無措的陸淮鑫，不疾不徐地道：「只能叫哥哥，嗯？」

陸淮鑫乾笑幾聲，趁著他沒留意，扔下一句「母親有事尋我，我先回去了」便飛快地溜之大吉。

望著他落荒而逃的身影，陸修琰忍不住笑出聲來。這個混小子！

「萱兒，是誰教妳叫鑫鑫的啊？」抱著女兒往屋裡去，陸修琰隨口問道。

「是皇伯父教的。」小姑娘老實地回答。

皇兄？陸修琰腳步一滯，好笑地搖搖頭。看來皇兄心情不錯啊，都會拿小輩來逗趣取樂了。

卻說安郡王殿下逃出了端王府，本想往太子府上尋堂弟陸淮睿，卻聽聞陸淮睿護送太子妃回娘家祝壽，一時覺得頗為無趣，唯有打道回府。

回到他的安郡王府，忽聽一陣吵鬧之聲，他不自禁地皺眉，側身問一旁的下人。「出什麼事了？是何人在此喧譁吵鬧。」

府裡是他的嫡母曹氏在掌管，曹氏素有手段，將府內料理得井井有條，似如今這般吵鬧倒是頭一遭。

「回殿下，是錢夫人娘家嫂子。錢夫人說二公子輕薄了她的女兒，要、要錢夫人給她一個交代。」

陸淮鑫雙眉皺得更緊，本是不欲理會，只是想到那個有些軟弱的二弟陸淮哲，暗自嘆了口氣，轉身往那喧譁處走去。

「我可是親眼目睹，明明是妳兒子輕薄了我女兒，難不成妳還想以權勢壓人？今日無論如何妳都得給我一個交代！」離得近了，便聽見婦人囂張的大叫。

眼中閃過一絲厭惡，他快走幾步，厲聲喝道：「何人如此大膽，竟敢在我郡王府內撒野！」

話音剛落，那刺耳的婦人聲音頓時便止住了，下一刻，一個臃腫的身影便朝他撲來，他腳步一移，避過對方。

「郡王爺您來得正好，您可要為我們母女作主啊！府上二公子輕薄了我女兒，卻硬要倒打一耙——」

「住口！」

「我沒有！」

陸淮鑫額上青筋隱隱跳動，喝止的話剛出口，便聽到陸淮哲憤怒的辯解。

他掃了一眼正氣得滿臉通紅的陸淮哲，又看看雙目噴火地盯著娘家嫂子與哭哭啼啼的姪女兒的錢夫人，最後眼光落到靜靜地坐在一旁、一言不發的曹氏身上。

「母親身子剛好，怎麼在風口處坐著？」他上前朝曹氏行了禮，關心地道曹氏含笑道：「回來了？我不要緊，在屋裡覺得有些悶，故而出來散散心。」

「母親要散心往別處去便是，何苦在此讓些不知所謂之人污了眼睛。」

曹氏笑笑，並沒有接他這話。

一旁的錢夫人與陸淮哲臉色紅了又白，尤其是陸淮哲，恨不得找個地洞鑽進去。

錢家嫂子見狀不樂意了，尖聲道：「郡王爺這是什麼話？若不是您家二公子——」

「報官吧！」陸淮鑫根本懶得再聽她說，直接扔下一句，當場便將錢家母女炸懵了。

「妳說我二弟輕薄了妳女兒，我二弟卻說沒有，既然各執一詞，那乾脆讓官府來審理。若真是我二弟的錯，長兄為父，我自會替妳女兒作主，三媒六聘迎她進門；若是妳母女兩人無中生有……哼，我安郡王府亦非讓人隨意欺辱的，到時定要定妳一個訛詐皇族之罪！」

錢家嫂子愣愣地望著他，對上那凌厲的眼神，不自禁地打了個寒顫，結結巴巴地道：

「這、這不必、不必驚動、驚動官府吧？」

「來人，拿我的牌子去請梁大人！」陸淮鑫懶得理會她，上前扶起曹氏，輕聲道：「母親，我扶您回屋。」

曹氏怔怔地望著他，少頃，噙笑道：「好。」

果真是誰教養的孩子像誰，方才那氣勢逼人的凌厲模樣，倒是與端王有幾分相像。

見府中下人拿著安郡王的腰牌就要往外走，錢家母女終於怕了。她們的目的不過是賴上陸淮哲，若是告了官，不論輸贏，錢家姑娘這輩子也別想再有什麼好名聲了。

「你真的要去告官？」進了屋，曹氏問。

陸淮鑫笑咪咪地搖搖頭。「自然不會。我又不傻，不過是嚇唬嚇唬她，這種事傳出去，錢家姑娘固然名聲盡毀，可咱們府上也得不到什麼好處，平白給人增添話題罷了。錢夫人是個聰明人，接下來自然會懂得怎樣處理。」

曹氏失笑，又有幾分欣慰，這孩子終於成長到足以支撐門庭了。

章王因謀逆被廢，最終死於監禁中，隨著他的死，他曾經犯下的罪也漸漸被掩蓋下去。一年前，太子以「禍不及妻兒」為由，上摺請求恢復章王一脈皇族身分，宣和帝按下不表，太子再三請求，終於打動了宣和帝，下旨冊封章王長子陸淮鑫為安郡王。雖沒有赦免章王，但也算是間接承認了他那一脈。

曾經的章王府變成了安郡王府，安郡王陸淮鑫自然是名正言順的主人，尊養母曹氏為太夫人，章王生前的幾位側妃、庶妃則從姓氏稱某夫人。

這個錢夫人，自然便是曾經的錢側妃，二公子陸淮哲的生母。

「前幾日，聽太子妃提前為大殿下選妃之事，我想著你比大殿下還要年長些，大殿下都要選妃了，你自然也不好落後。來，告訴母親，你中意什麼樣的姑娘？母親也好替你留意留意。」曹氏笑盈盈地轉了話題。

陸淮鑫臉色一僵，乾笑幾聲，撓撓後腦勺道：「母親，這、這也太早了吧？我、我……」

「不早、不早，議親之事宜早不宜遲，怎樣？中意什麼樣的姑娘？」曹氏往他跟前湊了湊，臉上笑意更深。

陸淮鑫下意識地退了幾步，神色越發尷尬了。

「啊！我想起來了，母親，我還有重要之事要辦，先告辭了！」話音剛落，不待曹氏反應，幾個箭步，瞬間便消失在曹氏眼前。

曹氏望著他消失的方向，終於忍不住「噗哧」一下笑出聲來。這傻小子……

遠遠地逃離曹氏後，安郡王殿下拍拍胸口，有種劫後餘生的詭異之感。

「大、大哥。」忽聽身後有人喚自己，回頭一看，見是陸淮哲，臉色頓時一沈，頗有幾分恨鐵不成鋼地道：「你一個爺兒們好意思，竟被個女流之輩設計，說出去也不怕人笑話！」

陸淮哲吶吶不敢語，好一會兒，才低低地道：「對、對不起。」

陸淮鑫瞪了他一會兒終於洩氣了。

這個弟弟自來便是個軟弱怕惡的性子，這輩子怕也難改了。罷了、罷了，誰讓他是自己的兄弟呢，日後多照應些便是。

「你日後小心些便是。」他隨意朝著對方揮了揮手，就要離開。

「是，多謝大哥教誨，我、我日後一定小心。」偷偷地打量他的神色，見他臉色緩了下來，陸淮哲暗暗鬆了口氣，朝他露出一個羞澀歡喜的笑容。

陸淮鑫被他那崇拜的眼神晃了晃，一時心裡竟有些得意，因為端王那雙兒女帶來的幾分憋屈竟也消散了。

安安分分地在郡王府裡待了幾日，安郡王殿下終於坐不住了，騎著他從陸修琰那死皮賴臉弄來的小白馬，一陣風似地往端王府而去。

「小萱兒，哥哥來了！」熟門熟路地鑽進小郡主常去玩耍的小院，人未至，大嗓門便已經嚷起來。

「鑫鑫！」正往嘴裡塞點心的小郡主聞聲望去，眼睛一亮，歡呼道。

陸淮鑫嘴角微微抽搐，眼珠子轉了轉，裝出一副傷心不已的模樣抹著眼睛道：「銘兒欺負我便算了，連小萱兒也欺負我，我的命怎麼就這般苦啊！」

小姑娘一聽便急了，邁著小短腿「噔噔噔」地走到他的身邊，扯著他的衣角笨拙地安慰道：「不哭、不哭。」下一刻，又有些委屈地辯解道：「人家才沒有欺負你……」

皺著小眉頭認真地想了想，噘著嘴又道：「好吧、好吧，你若不喜歡，我便不叫你鑫鑫。」

「就知道小萱兒最好了！」陸淮鑫強忍著笑意，摟著小姑娘用力地在她的臉蛋上親了一口，親得小姑娘一臉嫌棄地別過臉去。

「不要把口水弄到人家臉上啦！」

「我就要！」陸淮鑫卻存心與她作對，稍用上幾分力將小姑娘軟軟的身子抱在懷中，在那軟軟嫩嫩的臉蛋上親了又親，惹得小姑娘邊笑邊躲。

「好了，都是郡王爺了，怎麼還像個孩子一般。」秦若蕖進來時，見這一大一小的鬧作一團，一時好笑不已。

「娘親，哥哥壞，欺負人！」小姑娘乘機掙脫，撲向秦若蕖嬌聲告起狀來。

秦若蕖還未來得及說話，一個小小的身影如同炮彈從門外衝了進來，一把抱著陸淮鑫的腿，仰著小臉衝他歡快地叫。「鑫鑫！」

陸淮鑫想溜已經來不及了，苦哈哈地望著胖嘟嘟的小世子，片刻，有些不甘心地捏捏那紅撲撲、軟綿綿的小臉蛋。「年紀雖小，動作倒是挺索利的啊！」

小世子衝他呵呵地笑了起來，眉眼彎彎地脆聲道：「鑫鑫，叫叔叔，叫叔叔……」

陸淮鑫臉色變了又變。「休想！」

想要甩開小傢伙逃之夭夭，哪想到對方卻如牛皮糖般黏他黏得極緊，只是怕傷到這小不點，他也不敢用力，唯有認命地仰天長嘆。

「叫叔叔、叫叔叔……」一旁的小郡主也嘻嘻哈哈地加入了行列，姊弟倆一人一邊抱著他的腿，你一言、我一語叫得歡快。

秦若蕖忍俊不禁，卻也不上前阻止，眼帶揶揄地看著郡王殿下的窘態。

陸淮鑫被這兩隻小麻雀鬧得頭都大了，但仍是緊緊地抿著嘴，堅決不肯屈服。

他雖然有抵死不從的決心，可那兩個小傢伙竟然也相當堅持，大有你不叫我便不放人的架勢。

「叫叔叔嘛，叫叔叔嘛……」

「叫嘛、叫嘛……」

「這是在鬧哪一齣？」聞聲過來看熱鬧的陸修琰背著手緩步走近。

秦若蕖輕笑，朝著那一大兩小努努嘴，難掩笑意地道：「你瞧便是。」

陸修琰哈哈一笑，見郡王殿下已經被逼得直冒汗，偏那兩個小的卻越叫越起勁，叫聲、笑聲交織在一起，傳得很遠很遠。

終於，郡王殿下還是敗下陣來，憋著一張紅臉，艱難地擠出一句。「小、叔、叔……可以了吧！」

他這聲「小叔叔」剛出口，小世子還沒有什麼反應，陸修琰已經哈哈大笑起來，一面笑，一面抱起兒子高高地舉著，朗聲道：「真不愧是本王的兒子，果真有些本事，竟能撬得開你皇姪的嘴巴。」

見自家爹爹笑得如此高興，小世子也捂著小嘴嘻嘻地笑了起來，小郡主撲閃撲閃著大眼睛，同樣跟著傻乎乎地笑個不停。

陸淮鑫臉色幾經變化，煞是好看。

完了、完了，什麼都完了，他怎麼就屈服了呢！怎麼能屈服了呢！

都說有一便有二，有二便有三，或許是端王府的牛皮糖黏得太緊，又或許是心裡有些自暴自棄，接下來，郡王殿下那聲「小叔叔」倒是出現得越發頻繁了。

但在陸修琰與秦若蕖夫妻眼中，這小子的臉皮卻是越來越厚了。

比如此刻——

郡王殿下蹺著二郎腿躺在湘妃榻上，沒皮沒臉地朝正努力用小勺子挖著半邊西瓜的小世子懶洋洋地道：「我說小叔叔，為人長輩總要有些長輩的模樣，可不能獨食啊，趕緊餵姪兒我一口。」

小世子終於成功地挖出一勺瓜肉，正想要送進嘴裡，聽到他這話呆了呆，一張小臉隨即糾結地皺了又皺。

陸淮鑫頓時一樂，清咳一聲，一本正經地又道：「你爹娘是你的長輩，他們是不是有什麼好吃的、好玩的、好用的都讓給你？」

見小傢伙眨巴眨巴眼睛，老老實實地點了點頭，他險些笑出聲來。此時此刻，他猛然發現，其實有這麼一個小小的長輩似乎挺有意思的。

「那你呢？是不是也應該如你爹娘那般，做個關心愛護晚輩的長輩？」語氣越來越溫柔，誘哄的意味更是越來越強烈。

小傢伙皺著小眉頭，盯著手上的瓜肉片刻，一狠心，依依不捨地送到他的嘴邊，別過臉去道：「嗯，給你吃！」

陸淮鑫努力抑著上揚的嘴角，一口將那勺送到嘴邊的瓜肉吞了下去。

眼看著小傢伙扁著嘴好不委屈的模樣，他故意大聲地道：「好吃、好吃，這瓜可真甜，小皇叔，再來一勺！」

小傢伙小嘴微張，眼淚在眼眶裡打了幾個轉，偏偏不肯掉下來，不但如此，居然還真的又再用力挖了一勺送到陸淮鑫的嘴邊。

陸淮鑫有幾分詫異，原以為這小傢伙必定是不願意的了，哪想到他年紀雖小，可該堅持的卻能堅持下來。

皇叔祖與芋頭姊姊教子有方啊！他暗暗點頭。

使壞地又訛了幾口小世子的西瓜，他才裝模作樣地摸著肚子道：「好了，小皇叔，我吃飽了，剩下的就留給你吧！」

小世子一聽，生怕他反悔似的，立即抱著半邊西瓜「噔噔噔」地跑開了。

剩下安郡王殿下看著他消失的方向咧著嘴無聲大笑。

有意思、有意思！

自此以後，情形便有了翻天覆地的變化，小世子陸祈銘沒有再纏著陸淮鑫要他叫自己叔叔，倒是陸淮鑫自己嚐到了趣味，每每對著小傢伙「小皇叔、小皇叔」地叫得響亮。

只是他卻忘了，小孩子總有長大的一天，也有騙不到的時候。當小世子年紀漸長，慢慢懂事後，他終於嚐到了搬石頭砸自己腳的滋味。

這一日，萬華寺的覺明大師奉師命前往京城相國寺聽禪，作為萬華寺的無色大師，難得看見故人，陸淮鑫自然樂呵呵地去湊熱鬧。

說起來，論輩分，覺明大師應喚他一聲「師叔」。

只是他沒想到的是，剛抵達相國寺門，便見門外候著端王府的車駕。他納悶地撓了撓頭，沒料到陸修琰也會帶著兒子前來。

到底是親近之人，他連忙迎上前去。「叔祖父，小叔叔。」

在外頭，他自然會顧忌著身分，自然不用皇家的稱呼。

陸修琰瞥了他一眼，並不意外他的出現。

「姪兒今日很乖，為叔深感欣慰！」正整理著身上小衣裳的小世子陸祈銘忽地抬頭，對上他的視線認真地道。

陸淮鑫嘴角一抽。同樣是五歲，這小子比他姊姊五歲時難對付多了，果然是老狐狸生的小狐狸！

「覺遠見過小師叔。」得到自家師叔到了的消息的覺遠大師，早已迫不及待地迎出門，畢竟，那可是他與師父、師伯們把屎把尿帶大的小師叔。

見許久不見的師姪出現在眼前，陸淮鑫頓時高興了，大步上前抓住覺遠大師的手臂搖了搖。

「覺遠師姪，你可終於來了，師父與諸位師兄他們可好？」

「托小師叔的福，住持大師、師父與諸位師叔都好。」

一旁的王府隨從聽到這兩人的談話，均詫異地抬眸望了過來。

十五、六歲、錦衣華服的師叔，年逾四旬、寶相莊嚴的師姪，這搭配怎麼看怎麼怪。

覺遠大師並不知眾人所想，又上前幾步向陸修琰行禮。「施主有禮。」

輪到小世子時，他的動作似是頓了頓，眼睛忽地閃過一絲促狹的笑意，雙手合十緩緩地道：「貧僧覺遠見過師叔祖。」

話音未落，一旁的無色大師已經哇哇叫了起來。「什麼師叔祖，為什麼他會是你的師叔祖?!」

「小師叔您的叔伯輩，那豈不是覺遠的師叔祖？」覺遠大師一本正經地回道。

不等無色大師再說，他又不解地道：「難道貧僧方才聽錯了？小師叔不是喊這位施主為叔叔？」

當即，兩張一大一小卻甚是相似的臉龐同時朝無色大師轉了過來。

無色大師張張嘴，望向學著自家爹爹的模樣板著小臉的小世子，突然間意識到，也許他兩年前又犯了一個錯誤。

十年前，他可以說自己是年少無知，那兩年前呢？

這個問題困擾了他多年，直到有一年，在一個陽光明媚的日子裡，他帶著新婚妻子前去拜見陸修琰夫婦，臨行前提及此事，臉上帶著幸福笑意的新嫁娘瞋了他一眼，道：「或許是鬼迷心竅了吧！」

他摸著下巴略一思忖，一拍大腿笑道：「果是如此！」

新上任的安郡王妃「噗哧」一下笑出聲來。

——本篇完

番外二　願來世似今生

陸修琰隨手將帕子扔到一邊，問：「王妃和小郡主呢？」

「回王爺，王妃與小郡主在水榭。」侍女畢恭畢敬地回答。話音剛落，便見對方一拂衣袖，轉身大步邁出門。

走在曲曲折折的園中青石小路上，輕風迎面吹來，送來縷縷清香，樹上的鳥兒歡樂地唱著歌，像在為那迎風起舞的花兒伴著樂。

他目不斜視地走著，直到水榭處那熟悉的一大一小兩道身影映入眼簾。

柔柔的清風吹拂著，正溫柔地為小姑娘擦著臉的女子隨手將被風吹亂的髮絲撥到耳後，而後在小姑娘的臉上親了親。

難以言喻的滿足感霎時便盈滿心房，他不由得加快腳步，朝那兩個心之所繫的人兒走去。

離得近，便聽見寶貝女兒嬌嬌的不滿之聲。「娘，爹爹怎麼還不回來呀？」

秦若蕖將女兒摟到懷中輕聲地哄。「快回了，爹爹很快就回來陪萱兒了。」

「萱兒。」

三歲的小郡主還想再問，忽聽一個熟悉的帶笑嗓音，小姑娘眼睛陡然一亮，立即掙扎著從石凳上跳下，而後朝著向她張著雙臂的陸修琰撲過去，異常清脆地喚。「爹爹！」

陸修琰朗聲笑著一把將她抱起，響亮地在小姑娘軟軟嫩嫩的臉蛋上親了一記，霎時間，一連串銀鈴般的笑聲灑滿水榭。

秦若蕖眸中柔光閃閃，臉上同樣帶著欣喜的明媚笑容。好些日子不見，她其實也是挺想念他的。

陸修琰逗了女兒一陣子，這才抱著她來到妻子身邊，趁著四周沒人留意，飛快地在她臉上偷了記香，惹來對方一記嬌嗔。

他哈哈一笑，一手抱著女兒，一手牽著妻子落坐。

「可總算回來了，你寶貝女兒天天纏著人念叨爹爹什麼時候回來，半點也不讓人空閒。」秦若蕖捏捏女兒的小臉蛋，雖是抱怨的語氣，可語氣中帶著的笑意與寵溺卻是怎麼也掩飾不住。

陸修琰還來不及答話，懷中的小女兒便撒嬌地往他懷裡鑽了鑽，仰著小臉蛋嬌嬌地道：「爹爹不在，萱兒可想爹爹了，娘親也是。」

秦若蕖瞋了她一眼，倒是沒有反駁她的話，只是臉頰卻悄悄泛起了淺淺的粉色。

陸修琰心裡暖意流淌，見妻子臉蛋微紅的模樣著實撩人，忍不住偷偷在她掌心上撓了撓，臉上卻是一本正經。「爹爹也想妳們。」

得到滿意的回答，小姑娘臉上的笑容更加明媚了，使勁地在他懷裡撒嬌，不停地喚著「爹爹、爹爹」。

秦若蕖沒好氣地道：「就只記得妳爹爹！」

小姑娘格格笑著，一雙黑白分明的大眼睛笑成了彎彎的兩輪新月，小臉蛋紅撲撲的煞是喜人。

氣氛正好，忽聽一陣嬰孩的大哭聲，陸修琰怔了怔，隨即笑著搖頭，抱著女兒跟在循聲快步而去的妻子身後。

「弟弟醒了就哭，不乖。」乖巧地偎在他懷裡的小郡主撲閃小扇子般的睫毛，軟軟地告狀。

陸修琰笑著揉揉她的小腦袋。「弟弟還小。」

話音剛落，秦若蕖便抱著一個白胖娃娃走了過來，正是夫妻兩人那剛滿百日便被冊為端王世子的長子陸祈銘。

此時正伏在娘親懷中的小傢伙委屈地扁著小嘴，睫毛還帶著濕意，只是當他看見陸修琰的身影時，小嘴驚訝地微微張開，下一瞬間便轉過身去，伸開藕節般的小手緊緊摟著秦若蕖的脖頸，撅著屁股直往她懷裡鑽。

「這小子……」見兒子半邊臉埋入妻子懷中，偶爾還偷偷朝自己望過來，一對上他的視線又連忙移開，陸修琰失笑。

「這是爹爹呀，不認得了？」秦若蕖握著兒子肉肉的小手，逗著他叫爹爹。

無奈小傢伙就是不肯開口，只用那雙滴溜溜的大眼睛盯著陸修琰，小身子依賴地偎著娘親。

陸修琰也不在意，伸手在他的肉臉蛋上捏了捏，笑道：「不過半月不見，倒是連爹爹都認不得了？」

小世子咂咂粉嫩的小嘴，大眼睛好奇地盯著他一會兒，而後將臉埋入娘親的頸窩。

秦若蕖輕拍他肉肉的小屁股，輕聲衝夫君道：「剛醒來，還迷迷糊糊的，前些日子萱兒給他看你的畫像，教他喊爹爹，姊弟倆你一言、我一語的倒是逗趣得緊。」

夫妻兩人一面說著話，一面抱著孩子回屋。

進了屋，兩人又與一雙兒女逗樂小半個時辰。到底是血脈至親，很快地，小世子對爹爹的陌生便消除了，小小的身子被陸修琰抱在懷中，不時「咿啞咿啞」地說著誰也聽不懂的話。小郡主調皮地攀著陸修琰的背，小傢伙還衝著她「啞啞」直叫，伸著小胖手去撥姊姊的手，彷彿怕她把爹爹搶走一般，逗得陸修琰哈哈大笑，忍不住在兩個寶貝疙瘩臉蛋上各親了一口。

秦若蕖笑看著他們父子三人鬧，卻不阻止，偶爾溫柔地為兒女拭拭臉上的薄汗，又或是擦擦小手，偌大的屋裡，稚子的軟語與男子的清朗笑聲久久不絕。

又相隔小半個時辰，自有奶嬤嬤們前來將小姊弟倆抱下去，將空間留給夫妻倆。

陸修琰呷了口茶，不經意抬頭，對上妻子溫柔的眼神，心中一暖，伸出手去將她抱坐在腿上，大掌摟著她的纖腰，先輕輕親了親她的眉梢眼角，而後深深吻上那嫣紅的唇瓣。

好一會兒，他才氣息不穩地抵著她的額頭，望入那泛著水氣的明眸，嗓音低沈，蘊著濃濃的情意。「我不在府中，那兩個調皮鬼沒少鬧妳吧？王妃辛苦了！」

秦若蕖雙頰酡紅，眼神迷醉，軟綿綿地靠著他的胸膛，少頃，才柔柔地道：「不苦，都有丫鬟、婆子們呢……」

兩人耳鬢廝磨好一陣子，陸修琰略遲疑片刻，終是緩緩地道：「長樂侯回京了。」

不管過程如何凶險，也不管付出了多少代價，長樂侯最終還是平安地歸來了。

陸修琰自然知道長樂侯這幾年過得相當不易，好幾回九死一生，若非他手段了得，只怕如今歸來的只會是他的屍體；而他更清楚，長樂侯這幾年活在刀尖上的日子，離不開妻子暗中的手段。

憑心而論，他不認為長樂侯有什麼了不得之錯，只是順手推了一門自己不喜歡的親事，而在那之後發生的一切，他根本不清楚也想不到；況且，於朝廷而言，長樂侯乃難得之棟梁，皇兄甚至日後太子登基也需要這樣的能臣輔佐。

秦若蕖愣了愣，在他懷中抬眸，見對方一臉不安地望著自己，菱唇輕抿。少刻，一絲釋然的笑意浮於唇畔。

「如此一來，長樂侯夫人也總算能放下心來了。」

其實若非他突然提及，她已經記不起長樂侯此人，也忘了當年曾派人暗中給遠離京城的長樂侯使絆子一事。曾經的恩怨紛爭早已被平淡而又幸福的日子所抹去，如今的她，只想過著相夫教子的尋常日子。

陸修琰打量著她的神色，見她滿臉坦然，絲毫瞧不出有半分不妥，略思忖一回，先是湊過去含著她的唇瓣親了一會兒，額頭抵著她的，輕聲道：「那妳呢？」

秦若蕖知道他的意思，迎著他的視線認真地道：「我有你們就夠了。」

陸修琰輕笑出聲，眸中柔情流淌，在她臉頰響亮地香了一記。「那咱們再給萱兒添一個弟弟或妹妹吧？」

秦若蕖輕捶他的肩，卻沒有反對。

當年被免了職務後，直至今時今日，陸修琰仍舊是「閒人」一個。其間太子也好，朝臣也罷，均曾向宣和帝請旨恢復端王職務，可宣和帝始終沒有應允；只是該給端王府的一切待遇用度倒不曾缺過，對端王的一雙兒女也是多有寵愛，如此一來，倒讓朝臣有些摸不清他的態度。

陸修琰本人瞧來倒是不大在意，每日在家中陪伴妻兒，間或與友人相約外出，日子過得倒也自在逍遙。

夫君能日日陪伴身邊，秦若蕖自是歡喜，可她更清楚，她的夫君並非胸無大志、碌碌無為的男兒，他有一顆為國為民的心，如今被冷落，總是當年的自己連累了他；尤其是當她看著他左手的斷指時，心口總是抑制不住一陣陣抽痛。

全都是因為自己……

「哎喲！」忽覺唇上一痛，她輕呼出聲，瞪了始作俑者一眼。

陸修琰輕笑，大掌在她身上四處點火，薄唇湊到她耳畔，濕熱的氣息很快便染紅了那白淨小巧的耳。「妳不專心……」

話音剛落，不待她多說，逕自扯落紗帳，掩住滿床的春色。

只是秦若蕖自己也沒有想到，她會在長樂侯回京的次日便遇到對方。

這一日是她進宮向皇后請安的日子，憶及前些日子宮裡傳出話來，說是皇后娘娘想念小郡主，她特意將女兒帶上，母女兩人在陸修琰的護送下向皇宮方向而去。

到了宮門前，奶嬤嬤抱著小郡主下了轎輦，而她則是被陸修琰體貼地攙扶下來。左手被包在那厚實的大掌時，她抬眸瞋了一眼藉機在她手上輕捏一記的夫君，忽聽身側有男子的見禮問安之聲。

她側頭一望，笑容微斂。

長樂侯……

或許是經歷了數年朝不保夕的日子，他整個人瞧來比當年離京前更添了幾分沈穩氣度，本就是不苟言笑之人，再加上眉間那條長入髮間的疤痕，更顯冷硬。

「端王妃。」身邊的夫君與對方說了些什麼，她沒留意，卻見長樂侯恭恭敬敬地朝著她行禮。她怔了須臾，隨即得體地回了句。「侯爺有禮了。」

長樂侯並不多話，微微地點了點頭便拱手告辭了。

秦若蕖瞥了一眼他離開的背影，眼簾微垂。

「……阿蕖。」陸修琰有些擔心地輕喚。

「去吧，我也要往鳳坤宮去了，皇嫂想必要等急了。」秦若蕖衝他揚了個淺淺的笑容，輕聲道。

陸修琰定定地盯著她的臉龐片刻，拍拍她的手背。「那我先到皇兄處去，過一會兒便來鳳坤宮接妳們。」

「好。」

一直感覺離得身後的夫妻倆遠了，長樂侯才緩緩地止步。他微微側身，深深地望了一眼漸漸化作一個黑點的女子身影，良久，低低地嘆了口氣。

她的眼神平和，想來，因自己無心之失而帶來的罪孽算是了了吧？

「侯爺，該回府了，夫人還在府中等著您呢！」身邊的侍從久不見他動身，輕聲提醒。

是了，他的妻還在家中等著他的歸來呢！眸光陡然一亮，他緊抿著唇，大步流星往宮外方向而去。

剛進得鳳坤宮，秦若蕖尚未來得及向皇后行禮問安，得到稟報的皇后卻已吩咐宮女將軟綿綿地趴在嬤嬤懷中的小郡主抱了上來，摟過她歡喜地直叫「心肝肉」。

小丫頭一大早便被叫起，整個人還有些迷迷糊糊的，這一路上也是半睡半醒，突然落到一個有些陌生的懷抱，伸著小手揉了揉眼睛，微張著小嘴呆呆地望著衝她笑得溫柔慈愛的紀皇后。

「傻丫頭，不認得皇伯母了？」紀皇后愛極，親了親那軟綿粉嫩的小臉蛋，輕聲笑著問。

小郡主眨巴眨巴小扇子般的睫毛，轉過頭來望了望含笑站於一旁的娘親，見娘親朝她笑著點了點頭，小丫頭當即乖巧地喚。「皇伯母！」

紀皇后喜不自勝地在她臉蛋上連連親了好幾口，又逗著問她諸如「平日在家裡都做些什麼呀」之類的話，看著小小的姑娘掰著胖指頭，脆生生地數著平日所做的每一件事，頓時心軟得一塌糊塗。

「弟弟弄髒了衣裳，我給他取了乾淨的……」小丫頭嘴裡含著紀皇后餵食的甜點，含含糊糊地道。

「萱兒真乖，是個好姊姊。」紀皇后毫不吝嗇地誇獎。

話音剛落，便見小丫頭笑得眉眼彎彎好不得意。

秦若蕖嘴角微揚，一言不發地看著上首這一大一小的互動，不經意地目光落到紀皇后的身上，望著那經時光沈澱越發顯得端莊平和，卻又帶了幾分歲月痕跡的臉龐，想到近幾年帝后兩人的相處，不禁有些許失神。

帝后伉儷情深這段佳話早已傳揚了數十年，秦若蕖也不得不承認，今上對結髮妻子確實是敬重有加；只是近幾年，她卻覺得，原本相敬如賓的帝后夫婦倒是多了幾分難以言喻的親密，尤其是皇上這幾年對皇后的寵愛，比對前些年那寵冠後宮的貴妃娘娘更甚。

她雖不知導致帝后之間關係轉變的緣由是什麼，但這種轉變卻是她所樂見的。宮中女子不易，哪怕是身為後宮之主，若無夫君的真心疼愛，縱使舉案齊眉，到底意難平。

此時的御書房內，宣和帝放下茶盅，淡淡地瞥了一眼坐在下首的陸修琰，道：「這幾年你日子過得倒是挺悠閒啊！」

「托皇兄鴻福。」陸修琰微微一笑，略頓，又道：「皇兄也不遑多讓，繁忙政事有太子殿下分擔，後宮中又有皇嫂與諸位嬪妃處處體貼，說起來，今年又是選秀之年，皇嫂想必早早計劃好一切，好為皇兄多選幾朵解語花。」

宣和帝微微僵了僵，隨即冷笑道：「你若是嫌端王府後院空虛，朕便作主挑幾名佳人進府陪伴王妃，也好為王妃分擔分擔。」

「多謝皇兄好意，臣弟自來便是個口味專一、不好雜食之人，怕是無福消受美人恩。」陸修琰施施然拂了拂袖口，不疾不徐地道。

宣和帝氣結，狠狠地瞪了他一眼。

陸修琰只作不知，依舊好整以暇地呷著茶。

宣和帝獨自生了一會兒悶氣後，終於長長地嘆了口氣，頭疼地揉了揉額角。「你皇嫂她……女子的心思著實讓人捉摸不透，朕、朕又不是那貪色之人，也明言餘生只願陪著她，為何她硬是不肯相信……」

陸修琰抬眸，片刻，緩緩地道：「刻在心中數十年的認知，難道皇兄以為只憑一、兩句諾言便能抹去了？」

宣和帝沈默，久久無言。

「銘兒呢？怎不把他也帶進來？」紀皇后不知御書房中的夫君心中起伏，她一面擦著小郡主那沾滿點心碎渣的小手，一面問秦若蕖。

「昨日與他爹爹玩得晚了些，夜裡又醒了一回，今日一早卻是起不來了。」秦若蕖笑著回道。

「那斷斷不能擾了他，小孩子正是長身子的時候，可一定要睡足了。」紀皇后忙道。

「正是呢！我本想著抱他進來請安，王爺卻說『皇嫂素來疼愛姪兒，若她知曉擾了孩子，豈不心疼？若是那般，倒是咱們的罪過了』。」

「六皇弟這話卻是說到我心坎裡去了。」紀皇后頷首，略頓一會兒，皺眉又道：「六皇弟道理是明，只是怎地沒個輕重？怎能帶著孩子耍到誤了睡覺的時辰！」

秦若蕖掩唇輕笑。「皇嫂教訓得是，改日必要當面說說他才是。」

紀皇后無奈搖頭，知道陸修琰對一雙兒女是疼到了骨子裡，加上半月不見，心中必是掛念得緊，故而也不再說，遂轉了話題，說些孩子們平日的趣事。

而她口中提到的孩子，自然是太子前些年剛得的嫡次子，小傢伙比小郡主大一歲，正是活潑好玩的年紀，深得帝后疼愛。

妯娌兩人說說笑笑一陣，自有宮人笑著來稟，說是皇上與端王爺正朝鳳坤宮而來。

秦若蕖微微一笑，正要說話，本是乖巧地偎著紀皇后的小郡主一聽爹爹來了，立即拍著小手格格笑著喚。「爹爹、爹爹……」

紀皇后好笑地摟她在懷中。「爹爹一來便不要皇伯母了嗎？」

「要皇伯母，也要爹爹。」小丫頭甜甜地回答，一會兒又加了一句。「還要娘親和弟弟。」

「瞧這甜嘴丫頭！」紀皇后笑得合不攏嘴。
陸修琰跟在宣和帝的身後走進殿內，首先映入他眼簾的便是一身親王妃儀服，亭亭立於殿中一旁的妻子。不過瞬間的工夫，便對上了秦若蕖回望過來的眼神，夫妻兩人相視一笑。
「萱兒丫頭也來了，讓皇伯父瞧瞧可長高了些？」受過禮後，宣和帝自然而然地在紀皇后身邊坐下，抓住想跑去爹爹身邊的小姑娘手臂，輕捏捏她的臉蛋，笑道。
小郡主眼睛忽閃忽閃的，聽到這話立即挺了挺小胸脯，一臉驕傲地道：「長高好些了，您瞧。」
「嗯，瞧著確實是比上回見的時候高了。」宣和帝一本正經地上上下下打量了她好一會兒，這才含笑道。
小姑娘一聽更得意了，小身板挺得直直的，樂得眾人再忍不住笑出聲來。
陸修琰忍笑上前抱起女兒，哄著她有模有樣地向宣和帝行禮。
閒話間，宣和帝的視線落到秦若蕖身上，嘴角的笑意不由自主地斂下幾分。
經歷當年那些事，他對這位端王妃著實難有好感，只因為皇弟眼裡、心裡就只裝得下她一人，加上對方還生下了一雙兒女，這幾年又是本本分分地相夫教子，皇后更是相當喜歡她，他也只能認下了。
陸修琰一家三口在鳳坤宮裡又坐了小半個時辰便離開了。
「臣妾今日一早到母妃宮中去，見母妃精神好了許多，早膳還多用了半碗粥，太醫也說已無大礙，皇上不必過於擔憂。」見宣和帝眉間微蹙，紀皇后以為他擔心前些日子偶感風寒的康太妃，故勸道。

宣和帝愣了愣，知道她誤會了，握著她的手道：「有妳在，朕又怎會不放心，只是辛苦妳了。」

怡昌長公主死後，或許是慢慢地接受了女兒已經不在的現實，康太妃整個人身上的尖銳卻是折了不少，尤其是近兩年，性子越發沈默寡言，加上又一心一意唸起了佛，倒是比以往的她更容易相處了。

「這都是臣妾的本分，怎敢說辛苦。」紀皇后帶著淺淺的笑，親自給他續了茶水。

宣和帝眼睛一眨也不眨地凝望著她，看著那數十年如一日溫和端莊的臉龐，不知不覺地抬手輕撫上去。

「阿璿……」喃喃輕喚。

紀皇后心口一震。

多少年了？多少年未曾聽過他這般喚自己的小名了？是自她入主後宮，還是自兒子出生？抑或是他心中那位佳人另嫁之後？

藉著放下茶盅的機會，她微微側臉避過他的輕撫，垂眸掩飾眼中波動後，嗓音輕柔又平和地道：「前日聽麗妃身邊的宮女來稟，說麗妃心口疼的病又犯了，皇上不如去瞧瞧？」

似有一盆水兜頭淋下來，當即便將宣和帝的滿腹柔情沖了個乾乾淨淨。他微不可聞地苦笑一聲，緩緩地伸手環著她的腰，下頷搭在她的肩窩處，如個孩童般悶悶地道：「我又不是大夫，瞧不瞧又能如何？況且，我早已顧不及旁人了……」後面一句說得含含糊糊的，紀皇后聽得並不真切。

她整個人被他擁在懷中，身子微僵，只不過很快便放鬆下來。到底，這個男人是她此生唯一愛過的，哪怕心中曾經有過失望，但這數十年相處下來，他早已融入她的骨血，輕易割捨不掉。

出宮的宮道上。

「萱兒乖，讓嬤嬤抱。」見女兒仍舊賴在陸修琰懷中，秦若蕖輕聲哄道。

「不嘛、不嘛，就要爹爹抱。」小丫頭將腦袋搖得像撥浪鼓，小手牢牢地抱著陸修琰的脖頸，一副生怕別人把她抱走的模樣。

「好好好，爹爹抱、爹爹抱！」陸修琰一迭聲哄道。

秦若蕖見狀沒好氣地瞋了他一眼，小聲道：「你就寵著她吧，讓人瞧見了我看你還有什麼王爺威嚴。」

抱著這麼一個嬌嬌軟軟的小傢伙一路招搖，還能有什麼威嚴？

陸修琰笑睨她一眼，嗓音低啞。「本王的女兒，本王樂意寵著，旁人的看法與我何干？」

被他抱在懷中的小丫頭見爹爹只顧著和娘親說話也不理自己，不樂意了，伸出肉肉的小爪子拍他的臉頰，嘟著嘴撒嬌地喚。「爹爹，你理理萱兒嘛！」

「小霸道鬼！」秦若蕖笑嘆一聲，搖頭道。

回到王府，剛走在正院的十字甬路上，便聽見孩子哇哇的大哭聲。秦若蕖愣了愣，循聲望去，見兒子扶著遊廊旁的石柱哭得好不可憐，丫鬟、婆子們圍著他又是哄、又是求的，奶嬤嬤伸手欲抱他還被拍開。

「這是怎麼了？」牽著女兒走進來的陸修琰皺眉。「這麼多人連個孩子都哄不住，要妳們何用！」

滿院的丫鬟、婆子嚇得跪了一地，秦若蕖無奈地瞥他一眼，快步上前將兒子抱起來，輕柔地為他拭去淚水，又細心地為他擦了擦小手，這才親了親他的臉蛋，輕聲道：「傻小子，怎麼哭了？」

小世子打著哭嗝往她懷裡鑽，小手抱得她緊緊的。

「世子醒來便吵著要找王妃，誰勸也沒用。」新提拔上來頂替青玉的侍女臘梅壯著膽子回道。

半年前，青玉便由陸修琰夫婦作主，風風光光地從端王府出嫁，成為崔二公子長英的夫人。

秦若蕖輕哄著懷中的兒子，屏退左右，瞪了沈著臉的夫君一眼，嗔道：「又嚇唬人！」

陸修琰聞言只是笑了笑，輕輕捏了捏兒子的小鼻子。「壞小子，怎地一時半刻也離不得娘親。」

小傢伙皺了皺鼻子，小嘴委屈地扁了扁，咂咂幾下，軟軟地道：「爹爹壞……」

陸修琰身子僵了僵，隨即大喜。「阿蕖，妳聽，他會叫爹爹了！」

秦若蕖也是意外得很，這小傢伙如他姊姊當年那般，總不肯叫人，倒沒想到頭一回開口便是三個字，而且每個字的讀音還相當的標準。

「他可不是叫爹爹，他是控訴爹爹壞呢！」她取笑道。

陸修琰也不在意，笑得一臉親切和藹地誘哄著兒子。「銘兒乖，再叫一聲爹爹。」

奈何小傢伙別過臉去不再理他，將臉蛋埋入娘親香香的懷抱中，小屁股撅了撅。

「爹爹才不壞！」本是咬著手指頭、歪著腦袋，好奇地望著弟弟的小郡主突然插嘴，脆聲反駁道。

她最喜歡的爹爹才不壞呢！

秦若蕖好笑地搖搖頭，掃了因為女兒的維護而顯得十分得意的夫君一眼，抱了抱懷中的胖小子，抱著他轉身回屋。

將兒子哄得眉開眼笑後，想到府中有些雜事未處理，秦若蕖便叮囑雲鷲與臘梅好生伺候著姊弟倆，她自己則往抱廈廳去。

行經院中秋千架，見素嵐手執信函怔怔地立於廊下，一時好奇上前。「嵐姨，怎麼了？是何人來的信？」

素嵐回神，平靜地將信摺好塞進信封裡，道：「金洲來的信，她，過世了。」

下一刻，她便露出一個似哭似笑的表情。「她說她早就後悔了……從動手的那一刻就後悔了，可是，錯了便是錯了，後悔又有什麼用呢？」

秦若蕖好一會兒才醒悟過來，這個「她」指的便是素嵐的生母唐老夫人。

她沈默片刻，輕聲道：「那妳可要回去一趟？」

素嵐失神地望向遠處，良久，似是微微嘆息了一聲，道：「回去吧，終究母女一場……」

「阿藻，怎麼一個人站在此處？」從書房回來的陸修琰見妻子呆呆地站著，上前環著她的肩關心地問。

秦若蕖這才回過神來，見素嵐不知什麼時候已經離開了，悶悶地靠著夫君的肩，道：「陸修琰，下輩子、下下輩子咱們也要如這輩子一般，不離不棄，相伴到老。」

陸修琰微微一笑，在她額上落下溫柔的一吻，嗓音低沈又充滿磁性。「好，不離不棄，相伴到老。」

——全篇完

537

傲王馴嬌 3 完

國家圖書館出版品預行編目資料

傲王馴嬌／陸柒著. --
初版. -- 臺北市：狗屋, 2017.07
冊； 公分. --（文創風）
ISBN 978-986-328-746-9（第3冊：平裝）. --

857.7　　　　106007790

著作者	陸柒
編輯	張蕙芸
校對	沈毓萍　周貝桂
發行所	狗屋出版社有限公司
地址	台北市104中山區龍江路71巷15號1樓
電話	02-2776-5889～0
發行字號	局版台業字845號
法律顧問	蕭雄淋律師
總經銷	知遠文化事業有限公司
電話	02-2664-8800
初版	2017年7月
國際書碼	ISBN-13　978-986-328-746-9

本著作物由北京晉江原創網絡科技有限公司授權出版

定價250元

狗屋劃撥帳號：19001626

網址：love.doghouse.com.tw　E-mail：love@doghouse.com.tw